VERGELTUNG

kristin harte

Kinship
press

VERGELTUNG

kristin harte

Kapitel

1

„Noch eine."

Ich schenkte meinem besten Freund Gage ein Grinsen, das gleiche, das ich zu benutzen pflegte, wenn ich im Begriff war, ein Geschäft abzuschließen. Mein älterer Bruder nannte es mein Verkäuferlächeln. „Bist du sicher, dass du das tun willst?"

Gage starrte mich an, seine fast schwarzen Augen gaben nichts her. „Noch eine, Trottel."

Ich schüttelte langsam den Kopf, gackerte und runzelte die Stirn. „Dann überkaufst du dich."

„Willst du dieses Spiel für mich spielen?"

„Nö. Ich passe nur auf dich auf."

Er blinzelte und versuchte so sehr, mich zu Knacken. Aber ich hatte nicht vor, mich mit dem Seil aufzuhängen, das er mir entgegenstreckte. Ich wartete einfach, lehnte mich in meinem Stuhl zurück. Lässig und selbstbewusst. Und bluffte wie ein Wichser, um ihn aus dem Konzept zu bringen. Der Kerl hatte Glück, wenn er Karten spielte, und ich hasste es, zu verlieren.

Gage presste seinen Kiefer zusammen. „Noch eine."

Ich warf seine fünfte Karte über den Tisch und betrachtete, was er bereits auf dem Tisch liegen hatte. Sein Blatt bestand aus zwei Dreien, einer Fünf und einer Vier. Damit war er jetzt bereits bei fünfzehn; mehr als einundzwanzig durften es nicht werden. Mit der neuen Karte würde er sich auf jeden Fall überkaufen.

„Entweder hast du dich gerade überkauft, oder du hast ein 5-Karten-Charlie-Blatt. Ich entscheide mich für die erste Möglichkeit. Ich halte."

Gage drehte die Karte um und ließ mich nicht sehen, ob er eine gute oder eine schlechte Karte erwischt hatte. Und dann legte er sie hin.

Herz 6. Einundzwanzig bei einer Fünf-Karten-Spanne.

„Arschloch." Ich nahm meine eigenen Karten in die Hand - insgesamt waren es traurige achtzehn - und wedelte mit den Fingern nach seinen.

„Du bist ein schlechter Verlierer", bemerkte er, während er mir seine Karten gab.

„Bin ich nicht." Okay, das klang vielleicht etwas gereizter, als ich beabsichtigt hatte. „Ich bin es nur nicht gewohnt, zu verlieren, das ist alles. Das ist eine solche Seltenheit für mich."

Gage schnaubte. „Rede dir das nur weiter ein."

„Versucht Bishop wieder diesen ‚Ich verliere nie'-Spruch abzuziehen?" Deacon, der Besitzer der Bar, in der wir beschlossen hatten, Black Jack zu spielen, stellte einen Teller mit Buffalo Wings vor uns auf den Tisch und ließ sich in einen leeren Stuhl fallen. „Diesen Mist zieht er schon ab, seit ich ihn kenne."

Gage könnte gelächelt haben – angesichts seines beeindruckenden Bartes war das schwer zu sagen. „Schon seit dem Tag, an dem *ich* ihn *kennengelernt habe*, und das ist verdammt lang her."

„Du willst also sagen, dass er schon lange ein schlechter Verlierer ist?"

„Verpiss dich", sagte ich und warf eine Serviette nach Deacon.

Gage ließ sich nicht beirren. „Ich muss wissen, wie weit diese Unfähigkeit zu verlieren zurückreicht. Wo ist Alder heute Abend?"

Deacon verschluckte sich fast an seinem Bier. „Der Kerl sabbert seit drei verdammt langen Jahren nach Shye und hat es endlich geschafft, die kleine Blondine zu überzeugen, sich mit ihm abzugeben. Was glaubst du also, wo er ist?"

Da wollte ich ihm auf keinen Fall widersprechen. „Wenn der Mann nicht gerade mit dem Gesicht, dem Finger oder dem Schwanz tief drinsteckt, macht er was im Leben falsch."

Deacon hob die Augenbrauen... und sein Bier. „Darauf stoßen wir an."

Gage sah aus, als wolle er antworten, aber dann leuchtete sein Telefon auf und lenkte ihn ab. Er tippte ein paar Mal auf den Bildschirm, dann fuhr er mit dem Finger am Rand entlang und scrollte. Je mehr er las, desto tiefer wurden die Furchen in seiner Stirn. Ich hätte Geld darauf gewettet, dass sie sich sogar bis hinter seinen Haaransatz zogen.

„Problem?", fragte ich, bevor ich einen ausgiebigen, tiefen Zug von meinem Bier nahm.

Deacon grinste mich an. „Es ist spät. Das ist entweder ein Booty Call, oder jemand ist betrunken und braucht eine Mitfahrgelegenheit nach Hause."

„Wenn es ein Betrunkener ist, bedeutet das, er hat seinen Alkohol woanders konsumiert als in deiner Bar", antwortete ich.

Deacon zuckte mit den Schultern und sah sich in der fast leeren Bar um. Der Jury Room war belebter als an einem normalen Dienstagabend, aber nicht überfüllt. „Wenn sie ihr Geld für den billigen Schnaps und das warme Bier drüben im Tracks in Rock Falls verschwenden wollen, ist das ihr eigenes Problem."

Das Tracks war die einzige andere Bar im Umkreis von vierzig Meilen von Justice, der kleinen Stadt, in der ich aufgewachsen war und in der ich immer noch lebte. Es war auch ein Drecksloch, was Deacons Lokal zum Kronjuwel der Gegend machte. Nicht, dass sie besonders schön gewesen wäre. Spelunke beschrieb die Bar definitiv, aber das Essen war gut und das Bier kalt. Was brauchte man mehr?

Endlich sah Gage von seinem Telefon auf. „Wir haben ein Problem."

„Scheiße." Deacon setzte sein Bier ab und lehnte sich vor. Bereit und konzentriert. In diesem Moment sah er meinem Bruder Alder so ähnlich. „Schnüffelt Sheriff Baker wieder in der Stadt herum, oder sind es die Soul Suckers?"

Gage grunzte, dann widmete er seine Aufmerksamkeit wieder dem Telefon. Seine Daumen flogen über den Bildschirm. „Moment."

Oh, sicher, richtig. Wir sollten einfach einen Moment *warten.* Als ob man eine der beiden Optionen, die Deacon erwähnte, einfach beiseitelegen könnte, um demjenigen, der am anderen Ende der Leitung saß, Emojis zu schicken. Der Soul Suckers-Motorradclub hatte in den letzten Wochen einen Haufen Ärger verursacht. Und zwar die Art von Ärger, die zu niedergebrannten Häusern und einer Beerdigung der Frau eines Freundes geführt hatte. Das neue Mädchen meines Bruders Alder stand im Mittelpunkt der ersten Welle von Angriffen, die alle von einem Meth-Labor ausgingen, das der Club in unseren Wäldern betrieben hatte. Sie schickten ihre Leute, um Alder auszuschalten, nachdem wir sie von ihrer Drogenküche abgeschnitten hatten - Männer, die es nie wieder nach Hause schafften. Nicht, dass irgendjemand außer uns, die wir die Situation gemeistert hatten, etwas davon wusste. Gage, Alder und ich hatten dafür gesorgt, dass niemand von dem Vorfall erzählen konnte.

Der Motorradklub musste davon ausgehen, dass wir sie getötet hatten, doch in der Stadt war es ein paar Wochen lang ruhig gewesen. Zu ruhig. Und Sheriff Baker... nun, er war verdammt korrupt. Das war er schon immer gewesen. Wenn er Wind davon bekäme, was wir getan hatten, kämen wir wahrscheinlich in den Knast. Nicht annähernd so schlimm wie das, was die Soul Suckers uns antun würden, aber trotzdem nicht gut.

„Ich kann nicht glauben, dass sie uns nicht schon angegriffen haben", sagte ich, während ich mit meiner Bierflasche spielte und meine Gedanken sich schneller drehten als das Glas. „Zwei von ihren Clubbrüdern haben es nicht nach Hause geschafft. Wenn das meine Jungs wären…"

„Wir wären ihnen sofort auf den Fersen." Gage - derzeit Mechaniker für schwere Maschinen im Holzunternehmen meiner Familie, Kennard Mills, und mein ehemaliger SEAL-Teamkollege - schienen auf der gleichen Wellenlänge zu sein. Das war nicht überraschend. „Du und ich, wir würden durch ihre Türen brechen und ihr Team ausschalten, bevor sie wüssten, wie ihnen geschieht. Aber Alder und Deacon hier nicht."

Deacon schnappte sich einen Hähnchenflügel und biss hinein, bevor er ein langgezogenes, sarkastisch klingendes „Nö" ertönen ließ.

Sie hatten nicht Unrecht. Mein älterer Bruder und ich gingen sehr unterschiedlich mit Konflikten um - als SEALs hängten Gage und ich uns rein und taten, was nötig war. Als Green Berets waren Deacon und mein Bruder eher strategisch veranlagt und durchleuchteten jeden Winkel, bevor sie sich für die beste Vorgehensweise entschieden. SEALs waren direkt - Green Berets waren verdammt raffiniert. Und die Soul Suckers waren heimtückisch. Darauf würde ich mein Leben verwetten.

„Lass uns die Sicherheit am Kamm verdoppeln." Ich knackte mit dem Hals und versuchte, wie mein älterer Bruder zu denken. „Alder würde auf Sabotage setzen, um den Feind abzuschütteln, was bedeutet, dass die Soul Suckers das auch tun könnten. Wir können es nicht gebrauchen, dass jemand kommt und unsere Ausrüstung durcheinanderbringt."

„Wir sind schon dran, allerdings bringt uns das zu einem anderen Punkt. Die Nachricht, die ich gerade bekommen habe."

„Dein Booty Call?", fragte Deacon und wackelte auf die lächerlichste Art und Weise mit den Augenbrauen.

„Wenn das eine Booty-Call-SMS wäre, würden wir nur noch eine Staubwolke von ihm sehen. Und er würde sicher nicht mehr hier sitzen, Deac."

Deacon zuckte mit den Schultern. „Vielleicht mag er dein Lächeln mehr als ihres, Schönling."

Dafür setzte ich mein bestes Grinsen auf. „Ich bin ziemlich beliebt."

Gage verdrehte die Augen. „Ihr zwei kennt Felicia in Rock Falls?"

Sicher tat er das. Wie jeder andere Mann, der bei Kennard Mills arbeitete. Felicia war das Gesprächsthema schlechthin, seit sie vor ein paar Monaten in die Gegend gezogen war. Sie hatte heftig geflirtet und ein paar offensichtliche Annäherungsversuche unternommen, um meine Aufmerksamkeit zu erlangen, aber das würde nichts werden. Ich fickte nicht in so greifbarer Nähe - zu leicht verfiel ich in ein Durcheinander aus Anhänglichkeit und einer Frau, die mehr wollte, als ich zu geben bereit war. Und ich war definitiv nicht an mehr interessiert *oder* an ihr.

Deacon grinste. „Groß, ewig lange Beine, süßer kleiner Schwung am Hintern, wenn sie in dem Schnapsladen herumläuft, in dem sie arbeitet. Ja, ich kenne sie. Das ist dein Booty Call? Ich dachte eher, dass Bishop sich annähern würde. Scheint mehr sein Typ zu sein."

Sie hatte zwar ein Aussehen, auf das jeder Mann abfuhr, aber es gab etwas an ihr, das ich mied.

Bevor ich ein Wort sagen konnte, schüttelte Gage den Kopf. „Bishop lässt sich nicht mit Rothaarigen ein."

Deacon lehnte sich zurück, offensichtlich fassungslos. „Warum zum Teufel nicht?"

Beide Männer sahen mich erwartungsvoll an, aber dieses Gespräch würde ich auf keinen Fall führen. „Blondinen sind mir lieber. Worüber schreibt dir Felicia eine SMS?"

„Das Wetter."

Ich blinzelte und suchte in meinem Kopf nach dem Euphemismus in dieser Antwort. Ich fand ihn nicht.

Deacon wohl auch nicht. „Die heiße Rothaarige, die im Schnapsladen arbeitet, schreibt dir eine SMS über das Wetter? Mann, und Bishop hat gesagt, *Alder* würde das Leben falsch machen."

„Halt die Klappe, alter Mann", sagte Gage ohne einen Hauch von Wut in seiner Stimme. „Die Tussi hat einen Abschluss in Meteorologie und beobachtet seit zwei Wochen die Vorhersagemodelle. Unsere Regenzeit wird bald noch schlimmer."

Das erregte definitiv meine Aufmerksamkeit. Holz beherrschte mein Leben. Das war immer so und würde immer so bleiben. Als Sohn eines Sägewerkbesitzers hatte ich keine andere Wahl. Die Besessenheit von Wachstumsraten, Artenvielfalt und Forstwirtschaft hatte sich einfach so ergeben. Schon als Kind war ich mit meinem Vater in den Wäldern unterwegs gewesen und hatte gelernt, die gesunden Bäume von denen zu unterscheiden, die gefällt werden mussten, noch bevor ich Kinderfußball spielen konnte. Wie jedes Holzfällerkind lernte ich Geometrie und berechnete den Stumpfwert, d.h. die Menge an Brettern, die man auf der Grundlage des Durchmessers eines Baumstamms in Brusthöhe gewinnen konnte. Natürlich befand sich dieser Punkt damals Alter über meinem Kopf, aber mein Vater sorgte dafür, dass ich alle Berechnungen nachvollziehen konnte. Bäume und Holz waren mein *Ding* geworden. Das Wetter kam allerdings an zweiter Stelle. Vor allem schlechtes Wetter.

Und in der Regenzeit an der Rocky Mountain Front gab es nur eine Art von schlechtem Wetter. „Die Kaltfront, die die Gebirgskette hinaufzieht, wird genau über uns zum Stillstand kommen, nicht wahr?"

„Sieht so aus." Gage nahm einen weiteren Schluck von seinem Bier und leerte damit die Flasche. „Sie sagte mir, dass es mindestens eine Woche lang durchgehend regnen wird, wahrscheinlich ab morgen Nachmittag."

Scheiße, das war nicht gut. „Sieht aus, als werden wir nass, Jungs."

Deacon schnaubte. „Es wird regnen. Mein Gott. Kommen wir zurück zu der wichtigeren Frage, warum keiner von euch beiden Felicia nass macht."

Gage zuckte mit den Schultern, nahm sein Telefon und tippte eine Nachricht ein. „Ich bin nicht interessiert."

Der ehemalige Scharfschütze der Special Forces auf der anderen

Seite des Tisches schüttelte ungläubig den Kopf. „Und, Bishop? Keine Rothaarigen? Was ist so schlimm an Rothaarigen?"

Ich weigere mich nach wie vor. „Ich würde lieber wissen, warum du nicht derjenige bist, der sie klarmacht, wenn du sie so perfekt findest."

Deacon schauderte. „Das Mädchen ist halb so alt wie ich."

Ich rechnete nach - Deacon war ungefähr so alt wie mein Bruder Alder. Felicia ungefähr wie meine jüngste Schwester Lainie. Er war also nicht annähernd doppelt so alt wie sie. „Auf keinen Fall. Sie ist höchstens zehn Jahre jünger."

Der Blick, den er mir zuwarf, triefte vor Sarkasmus. „Nicht viel besser, Mann."

Gage schnappte sich einen Hähnchenflügel und ignorierte sein Telefon endlich einen Augenblick lang. „Also geht Bishop nicht mit Rothaarigen aus..."

„Behalte das mit dem Ausgehen für dich", unterbrach ich.

Gage ließ sich anscheinend nicht abschrecken. „Gut. Bishop geht überhaupt nicht aus, und er steht *nicht* auf Rothaarige. Und Deacon mag keine Frauen, die viel jünger sind als er. Stimmt das?"

Deacon lehnte sich grinsend zurück. „Ich warte darauf, dass irgendeine reiche Übervierzigerin in meinem Leben auftaucht und mich einfach umhaut."

„Da wirst du verdammt lange warten müssen", sagte ich.

„Nee. Ich war bei einer Hellseherin, als ich das letzte Mal in Vegas war. Sie sagte, ich würde meine Seelenverwandte noch vor Ende des Jahres finden."

Meine Brust schnürte sich zusammen. „Hellseherin aus Vegas" ließ all meine Alarmsirenen schrillen, nicht, weil ich nicht glaubte, dass einige von ihnen gewisse Talente hatten. Nein, ich wusste, dass einige welche hatten. Ganz besonders eine. Und diese eine war der Grund, warum ich mich nicht mit rothaarigen Frauen einließ.

Gage starrte mich von der anderen Seite des Tisches an. „Du warst bei einer Hellseherin?"

„Ja. Süßes kleines Ding - ganz blond und großäugig. Und einen tollen Vorbau hatte sie." Er streckte seine Hände aus, als würde er nach besagten Brüsten greifen, was Gage zum Lachen brachte, während ich nach meiner Flasche griff und einen weiteren Schluck nahm. Ich versuchte, die Übelkeit zu unterdrücken, die in meinem Bauch aufstieg.

Nicht sie, nicht sie. Blond, nicht rot. Das kann sie nicht sein.

„Also, wolltest du etwas über deine Zukunft herausfinden oder dir ein Date besorgen?", fragte Gage.

„Auf jeden Fall ein Date. Was ich auch bekommen hätte, aber dann sah sie die Sache mit der Seelenverwandtschaft und sagte, sie könne einer anderen Frau so kurz vor unserer ersten Begegnung nicht den Mann wegnehmen."

„Warte", sagte Gage und hob seine Hand. „Deine eigene Zukunft hat dir die Nummer vereitelt?"

Ich verschluckte mich an meinem Bier.

Deacon machte ein finsteres Gesicht. „Verpiss dich."

Gage grinste breit und zog die Aufmerksamkeit der wenigen Barbesucher auf sich, die hier saßen. Sein Hund Rex erhob sich sogar aus dem kleinen Bettchen, das Deacon neben der Tür für ihn aufbewahrt hatte, und hüpfte zu uns herüber. Wir hatten nie ein Haustier gehabt, als wir aufwuchsen - bei fünf Kindern dachte ich immer, dass meine Mutter und mein Vater beschäftigt genug gewesen waren -, also hatten Rex und ich eine schwache Beziehung. Eine, die sich nicht gefestigt hatte, als er und sein Besitzer vor ein paar Monaten bei mir eingezogen waren. Aber Gage liebte den haarigen kleinen Scheißer. Genauso wie Deacon, auch wenn er es nie direkt sagte.

Doch der Hund sorgte für die perfekte Ablenkung.

„Komm schon, Rex", sagte Deacon und stand auf. „Lass uns mal sehen, was für Leckereien ich hinten für dich habe, und überlass die beiden Dumpfbacken ihren Karten."

Auf keinen Fall wollte ich mir diese Gelegenheit entgehen lassen. „Pass auf, Mann. Du könntest deine Seelenverwandte verpassen, wenn du zu lange verschwindest."

Deacon zeigte mir den Mittelfinger, als er nach hinten ging. Ich betrachtete das als Sieg.

„So ein Blödsinn", sagte Gage kopfschüttelnd.

„Du glaubst nicht daran?"

„Hellsehen und Zukunftsdeutung und so?" Er runzelte die Stirn. „Kein bisschen. Du?"

Ich zuckte mit den Schultern und versuchte angestrengt, nicht an Tarotkarten und Teesätzen und all die anderen Dinge zu denken, von denen ich einst völlig umgeben gewesen war. „Ich glaube, manche Menschen sind intuitiver als andere."

„Nun, ich denke, einige Leute sind verschlagener als andere und wissen, wie sie die Menschen so manipulieren können, dass sie gerade genug Informationen preisgeben, um ihre Lügen zu nähren."

„Erinnere mich daran, dass wir bei Gelegenheit zu Miss Hansen gehen. Sie könnte deine Meinung ändern."

„Die alte Dame oben auf dem Widows Ridge?"

„Ja. Sie ist Hellseherin. Sie kann aus deinem Teesatz lesen und Tarot und so."

Er grunzte. „Eine alte Dame mit einem guten Gespür für Menschen wird mich nicht umstimmen."

Auch mich hätte das nicht umgestimmt. Aber dann war ihre Enkelin bei ihr eingezogen, und ich hatte aus erster Hand erfahren, wie sich das Talent, das Miss Hansen an den Tag legte, über die Generationen hinweg vererbt hatte. Aber Gage wusste nichts von Anabeth Monroe - Vegas-Performerin und berühmte Tarot-Kartenleserin - und wenn es nach mir ginge, würde er auch nie von ihr erfahren.

„Komm schon", sagte ich, schnappte mir die Karten und mischte das Deck. „Lass uns noch ein oder zwei Runden spielen."

„Schmollst du dann wieder, wenn du verlierst?"

Ich grinste und klammerte mich mit jeder Faser meines Seins an die Ablenkung. „Du gehst davon aus, dass ich verliere. Aber ich sagte doch schon, wie selten das vorkommt."

Es sei denn, wir reden über Frauen. Darüber, dass ich mein

Herz und meine Seele an die feurige Rothaarige verloren hatte, die ohne ein Wort der Erklärung weggegangen war. Die, über die ich nie wirklich hinweggekommen war. Die, die ich gelegentlich in den Promi-Nachrichten sah, obwohl ich versuchte, allem aus dem Weg zu gehen, was mit ihr zu tun hatte.

Ich war anscheinend schlecht in Liebesdingen, aber ich konnte Karten spielen. Und ich würde nicht wieder verlieren.

„Hey, Deacon", rief ich und weckte die Aufmerksamkeit des Barbesitzers, als er aus der Küche kam. „Hier drüben noch zwei Bier. Ich habe eine lange, siegreiche Nacht vor mir."

Kapitel

2

Anabeth

Der Himmel hatte sich in den zwei Tagen, die ich in Justice verbracht hatte, allmählich verdunkelt; die typischen Spätsommerwolken zogen über uns auf. An meinem dritten Morgen in der Stadt schienen die Regentropfen jeden Moment fallen zu können. Genau wie meine Tränen.

Nicht weinen. Nicht weinen. Was auch immer du tust, du darfst nicht weinen.

Das Mantra hallte in meinem Kopf wider, ohne mich wirklich zu beruhigen, aber es gab mir etwas, auf das ich mich konzentrieren konnte. Zwei Tage lang war schierer Wille das Einzige gewesen, was mich davon abgehalten hatte, mir jedes Mal die Augen aus dem Kopf zu heulen, wenn ich meine Großmutter in ihrem Zimmer alleinließ. Heute wäre ich eigentlich gar nicht von ihr weggegangen, da das Ende sich zu nähern schien, aber ich brauchte den Trost einer guten Tasse Tee. Also hatte ich den Mut aufgebracht, aus ihrer Zimmertür zu gehen, und war dann zu meinem Lieblingszimmer in dem großen alten Bauernhaus gegangen, in dem sie die meiste Zeit ihres Lebens verbracht hatte... und in dem sie bald sterben würde.

Der Holzboden ihrer Küche glänzte unter meinen Füßen, und die cremefarbenen Schränke funkelten förmlich. Alles sah noch genauso aus wie damals, als ich in dieses Haus eingezogen war, als kleines Mädchen, erschöpft und niedergeschlagen von zu vielen Jahren in Pflegefamilien. Aber der eine Ort, der mich immer angezogen hatte, den ich vom ersten Augenblick an geliebt hatte, war die Fensterbank. Groß und tief, konnte ich mich an einem wolkenverhangenen Tag wie diesem stundenlang hier einkuscheln, mit Tee in der einen und einem Buch in der anderen Hand. Alles Dinge, die ich zu lieben gelernt hatte, weil ich viel Zeit mit meiner Großmutter, Miss „nenn mich nicht Missy oder Melissa, es ist nur Miss" Hansen, verbrachte.

Aber heute kuschelte ich mich nicht ein, ich las auch nicht. Ich bereitete mich darauf vor, die einzige Person auf dieser Welt zu betrauern, der ich jemals wirklich etwas bedeutet hatte... nun, zumindest die einzige, die ich nicht zerstört hatte.

Während sich das Wasser erhitzte, zog ich mein geliebtes Tarot-Deck aus der Tasche. Dasjenige, das Miss mir in einem seltsamen kleinen Laden in Rock Falls gekauft hatte, den es längst nicht mehr gab. Das Deck war zweimal in unseren Korb gefallen und hatte mir praktisch die Hand verbrannt, als ich es das erste Mal berührte. Alles, was Miss gesagt hatte, deutete darauf hin, dass wir füreinander bestimmt waren.

Das Deck wich nie von meiner Seite; seit fast zwei Jahrzehnten war es mein ständiger Begleiter. Die Karten hatten jedoch den Test der Zeit bestanden - kein Verblassen, keine Risse, nur eine leichte Patina von so viel Gebrauch und eine gewisse Weiche an den Rändern, die davon zeugte, dass die Karten öfter gemischt und gelegt worden waren, als man zählen konnte.

Mehr aus Gewohnheit als absichtlich mischte ich die Karten,

drehte und wendete das Deck in meinen Händen, bis es sich endlich richtig anfühlte. Als wäre es bereit für mich. Ich drehte die oberste Karte um. Ein von drei Schwertern durchbohrtes Herz schwebte in der Mitte, der Hintergrund zeigte einen grauen, regnerischen Himmel. Einfach und leicht zu verstehen - die drei Schwerter bedeuteten eine düstere Phase und brachten Trauer und Kummer mit sich.

Ich hatte die Karte fast jeden Tag gezogen, seit ich Justice vor all den Jahren verlassen hatte.

„Die Karten lügen nie", flüsterte ich und sagte mir dasselbe, was ich allen meinen Kunden sagte. Diejenigen, die mit einem breiten Lächeln und ängstlichen Augen zu mir kamen. Diejenigen, die hofften, etwas Positives zu erfahren, etwas, auf das sie sich freuen konnten. Ich las ihnen nie die Drei der Schwerter vor - sagte ihnen nie, was diese Karte bedeutete, wenn sie erschien. Stattdessen überließ ich ihnen ihre hoffnungsvolle Zukunft. Aber ich? Ich wusste zu viel. Ich konnte mich nicht vor dem verstecken, was ich durchgemacht hatte... und was noch auf mich zukommen würde.

Mit zittrigen Händen und flauem Magen schob ich die Karte in den Stapel und verstaute das Deck wieder in meiner Tasche. Es war besser, nicht länger darüber nachzudenken, als ich es musste.

Als der Wasserkocher pfiff, griff ich nach der kleinen Dose Pfefferminztee auf dem Tresen. Sie war fast leer - sie war voll gewesen, als ich angekommen war, was bedeutete, dass meine Teesucht ein wenig außer Kontrolle geraten war. Ich hatte noch eine zweite Dose, aber, wenn ich dieses Tempo beibehielt, würde die auch in ein paar Tagen aufgebraucht sein. In Vegas konnte ich mir fast alles, was ich wollte, direkt nach Hause bestellen. Aber hier draußen in Justice? Oben auf dem Widows Ridge? War das nicht möglich. Selbst die Postfiliale, wohin ich das Paket normalerweise bestellen würde, war keine Option. Wenn es sich herumsprechen würde, dass ich zurück war, wenn gewisse Leute herausfänden, dass ich zu Hause war... Nun, dann würde das schlimm enden. Für alle von uns, aber besonders für mich. Und ich hatte es einfach nicht in mir, mein einziges Familienmitglied zu verlieren und mich zusätzlich mit vergangenen Fehlern auseinanderzusetzen.

Ein Herzschmerz nach dem anderen.

Mit einer Tasse voller heißem Wasser und Teeblättern, ging ich zurück in das kleine Schlafzimmer an der Ostseite des Hauses. Miss hatte es immer gemocht, mit der über dem Berg aufgehenden Sonne aufzuwachen. Sie sagte immer, das goldene Licht, das ihre Haut wärmte, sei wie der Kuss eines Liebhabers am Morgen. Ich errötete dann und schämte mich für diese Art von Gerede, aber ich war erwachsen geworden, wie wir alle es tun sollten. Ich hatte gelernt, dass ihre Worte nicht sexueller Natur waren, sondern lediglich intim.

Ich liebte diesen ersten Kuss des Tageslichts fast so sehr wie sie, denn nur dann gestattete ich mir die Erinnerung daran, wie es sich anfühlte, warm, geliebt und in den Armen eines Mannes aufzuwachen, für den mein Herz schlug. Jeden Tag gönnte ich mir diese paar Minuten, um mich zu erinnern, und dann schlug ich die Tür zu diesen Erinnerungen zu und zwang mich zurück in die Realität. Wünsche und Träume und Bedauern würden meine Rechnungen nicht bezahlen, und sich zu entschuldigen war keine Garantie für Vergebung.

Als ich durch die Tür trat und Miss im Bett liegen sah, traf mich meine aktuelle Realität so hart, dass mir fast der Atem stockte. Blass und schwach und ganz zerbrechlich, stahl Miss jedes Quäntchen meiner Aufmerksamkeit. Leichte Atemzüge bewegten sich unter dem Laken, aber ansonsten lag sie still. Fast ganz still. Fast verschwunden. Das Ende war nah - ich konnte spüren, wie die kalten Krallen des Todes sich mit jedem Augenblick fester um sie schlossen. Ich konnte spüren, wie ihr wilder Geist sie verließ, wie ihre Präsenz aus der Welt, die wir kannten, verschwand, während das Ende nahte. Ich bezweifelte, dass ihr noch mehr als ein oder zwei Morgen auf dieser Erde vergönnt waren.

„Hey, Miss." Ich ließ mich auf dem Stuhl neben ihrem Bett nieder und griff nach ihrer Hand. Ich wollte unsere Verbindung auskosten, solange ich konnte. „Mein Tee geht zur Neige. Ich bin sicher, du weißt, was für eine Tragödie das für mich ist."

Keine Antwort, keine Reaktion - nicht, dass ich eine erwartet hätte. Sie war an diesem Morgen in ein Koma gefallen, von dem ich nur annehmen konnte, dass es tatsächlich ein Koma war. Ich hatte bereits das Hospiz angerufen, um mir zu helfen, aber sie hatten im Moment niemanden in der Nähe, also gab es nur Miss und mich. Genau, wie es so viele Jahre lang gewesen war. Bevor ich zu viel Mist gebaut hatte, um in Justice zu bleiben und mit den Konsequenzen meiner Taten fertig zu werden.

„Ich würde mir welchen schicken lassen, aber dann müsste ich zur Post. Ich glaube nicht, dass es im Moment gut wäre, wenn jemand von meiner Rückkehr erführe." Ich blickte in meinen Tee hinunter, beobachtete die schwimmenden Blätter und fragte mich, was ich sehen würde, wenn sie sich erst einmal gesetzt hätten. Ich fürchtete mich davor, es herauszufinden. „Erinnerst du dich an den Sommer, als du mir beigebracht hast, aus einem Teesatz zu lesen? Du sagtest, ich müsse mehr können als die Karten, also hast du das zu meinem Projekt gemacht, während ich keine Schule hatte. Wir saßen jeden Tag stundenlang draußen, tranken Tee und warteten darauf, dass sich die Zukunft zeigte." Ich blies auf meine Tasse, die goldenen Wellen rührten die Blätter auf dem Boden um. Bewegten sie. Veränderten die Zukunft nur einen Moment lang, bevor sich die dunklen Flecken wiedereinstellten. „Damals mochte ich Tee nicht einmal, aber das war dir egal. Du hast immer wieder neue probiert, bis wir einen gefunden hatten, der mir schmeckte."

So viele schöne Erinnerungen. Aber auch so viele schlechte. Denn der Sommer, in dem Miss mich lehrte, die Formen und Muster in den Blättern zu lesen, war derselbe, in dem ich die Kennard-Jungs kennenlernte. In dem ich Bishop kennenlernte.

Ich sah auf und konnte nicht umhin, das Bild auf dem Bücherregal gegenüber dem Bett zu betrachten. Über ein Jahrzehnt zuvor hatte Miss ein albernes Foto von Bishop und mir eingerahmt, auf dem wir uns vor dem Abschlussball in meinem letzten Schuljahr umarmten. Sie hatte es nie von der Wand genommen. Nicht einmal, als ich sie darum gebeten hatte. Nicht einmal, als ich weinte und bettelte und drohte, nie wieder nach Justice zu kommen, wenn ich es sehen müsste. Wie immer hatte Miss es am besten gewusst - das Bild, das mir einst das Herz zerrissen hatte und mich bluten ließ, spendete mir jetzt Trost. Und Trost war etwas, das ich so verzweifelt brauchte.

„Ich denke, ich könnte eine Lieferung an das Sägewerk schicken lassen. Ich könnte ihn anrufen und fragen, ob es dort jemanden stört. Alder würde sicher dafür sorgen, dass alles bei uns ankommt." Alder, der älteste der Kennard-Brüder. Nicht Bishop. Ich hatte das Gefühl, wenn Bishop meinen Namen auf einem Paket sah, würde er die Schachtel in den Müll werfen, und das hätte ich nach allem, was ich ihm angetan hatte, auch verdient. Deshalb hatte ich nie zurückgeblickt, nachdem ich Justice verlassen hatte... bis letzte Woche.

Aber ich war nur aus einem Grund nach Hause gekommen - um mich in ihren letzten Tagen um Miss zu kümmern. Der Krebs, der ihr Gehirn und ihre Knochen zerfraß, hatte sich nur langsam bemerkbar gemacht, aber als er einmal da war, hatte das Ende sich wie aus dem Nichts genähert. Und genau wie das Leben, das ich in den letzten vierzehn Jahren gelebt hatte, war alle Hoffnung mit einem einzigen Arzttermin erloschen. Ihr Onkologe hatte ihr gesagt, dass er nichts mehr tun könne, dass es keine Behandlungs- oder Pflegeoptionen mehr gäbe - es sei Zeit, ihre Angelegenheiten zu regeln und sich zu verabschieden.

Miss war direkt nach Hause gefahren und hatte mich angerufen, um mir Bescheid zu sagen, dass das Ende kommen würde; etwas, das ich bereits in den Karten gesehen hatte, die ich jeden Tag zog. Etwas, auf das ich mich seit dem Tag vorbereitet hatte, an dem sie mich angerufen hatte, um mir zu sagen, dass man einen Schatten auf einem Röntgenbild gefunden hatte. Etwas, vor dem ich mich fürchtete und von dem ich meine Gedanken krampfhaft fernzuhalten versuchte.

Dieser letzte Anruf - als sie sagte, dass sie nicht allein sterben wolle, dass es Zeit für mich sei, nach Hause zu kommen - war das Einzige gewesen, was mich jemals zu einer Rückkehr hätte bewegen können. Ich hatte mich geweigert, ihre letzten Tage zu verpassen oder sie sterben zu lassen, ohne an ihrer Seite zu sein. Also war ich nach Hause gekommen und hatte mich in ihrem Haus verkrochen, um auf das Ende zu warten.

Es würde nicht lange dauern.

Aber das Haus war zu still ohne sie; eine Tatsache, die ich zu beheben versucht hatte, indem ich die Stille mit meiner eigenen Stimme füllte. Auch der Grund, warum ich so viel Tee getrunken hatte, um ehrlich zu sein. Meine Kehle war wund, meine Stimme rau. Jeden Abend stundenlang auf der Bühne zu sprechen, war nichts dagegen, ihr alles über das Leben zu erzählen, dass ich mir außerhalb von Justice aufgebaut hatte. Jedes Geheimnis, jede Niederlage und jeden Erfolg darzulegen. Das lenkte uns beide vom Unvermeidlichen ab, zumindest hoffte ich das.

Ich nahm einen Schluck von meinem Tee und genoss die warme Minze in meiner Kehle, bevor ich mit weiteren Geschichten begann. „Wo waren wir, bevor ich in die Küche ging? Oh, richtig. Der Abend, als ich während einer Show im Caesars fast von der Bühne fiel." Ich lehnte mich zurück und musste fast lachen bei der Erinnerung an die Bühnenbeleuchtung, die mich so geblendet hatte, dass ich nicht mehr wusste, wo ich war.

Ein Medium und Hellseher in Las Vegas zu sein, war ein cooler Job - einer, für den ich in den letzten zehn Jahren hart gearbeitet hatte. Vom Tarot-Lesen auf dem Strip über kleine, intime Gruppensitzungen in Cafés bis hin zum Ausverkauf der Theater in den Casinos - ich hatte mich aus dem Nichts zu einem Erfolgsniveau hochgearbeitet, das die meisten Leute mit meinem Talent nie gesehen haben. Aber wie bei jeder Art von Showgeschäft gab es immer Probleme. Und an diesem Abend war das Problem ein fehlerhafter Programmzettel gewesen, der das Scheinwerferlicht direkt auf mein Gesicht statt auf den Boden schickte.

Ich verbrachte den größten Teil des Nachmittags damit, an meinem Tee zu nippen, während ich einer nicht ansprechbaren Miss Geschichten von Unfällen und Missgeschicken erzählte, von Lesungen, die schiefgelaufen waren, und solchen, die zu gut gelaufen waren, als dass selbst ich sie hätte glauben können. Und währenddessen beobachtete ich, wie sich die Blätter in meiner Tasse hoben und senkten, wie die Formen auftauchten, von denen ich wusste, dass sie sich bilden würden, ganz egal, wie oft ich sie störte. Die Formen, die von Verlust und Schmerz sprachen. Vom Tod.

„Ich habe nie dorthin gepasst", flüsterte ich, als die Sonne langsam unterging. Mein Tee war längst kalt geworden, und ein scharfer Schmerz vom vielen Sitzen brannte in meinen Hüften, aber ich wollte nicht von ihrer Seite weichen. Ich würde es mir nie verzeihen, wenn sie allein stürbe. Und ich trug ohnehin schon genug Schuldgefühle mit mir herum.

„Vegas, meine ich. Ich liebe die Stadt, aber sie hat sich nie wie ein Zuhause angefühlt." Ich blickte wieder auf das Foto von Bishop und mir, auf mein Lächeln und die Freude, die wir beide ausstrahlten. Auf die Art, wie seine Arme um mich geschlungen waren, mit einer offensichtlichen Intimität, die man nur haben kann, wenn man jemanden wirklich kennt. Wenn man ihm vertraut. Und ich hatte sein Vertrauen nicht verdient.

„Ich bin nie darüber hinweggekommen, dich zu verlassen", sagte ich und starrte Bishop an, während ich mit Miss sprach. Ich war nie darüber hinweggekommen, einen von beiden oder die Stadt verlassen zu haben, die mir so sehr ans Herz gewachsen war. Das einzige Zuhause, das ich je gehabt hatte. Und vermutlich nie wieder haben würde. Aber die Vergangenheit war vergangen, und was ich zerstört hatte, war nicht mehr zu reparieren. Die Dinge, die ich zurückgelassen hatte, ohne mich auch nur zu verabschieden.

Während ich da saß und die Bilder anstarrte, hallte ein Klopfen durch das Haus. Das Geräusch beruhigte mich und machte mich zugleich nervös - endlich war Besuch da. Ich stellte meine Teetasse ab und beugte mich über Miss, um sie auf die Wange zu küssen.

„Das ist wahrscheinlich die Hospizschwester. Ich bin gleich wieder da."

Es tat mir im Herzen weh, sie auch nur für eine Minute zu verlassen, aber ich brauchte Hilfe. Jeder andere in der Stadt hätte einen Kennard angerufen. So wie ich es verstanden hatte, führte Alder den Laden so, wie sein Vater es vor ihm getan hatte. Unterstützend, prägnant und nur leicht anmaßend – eben auf die Kennard-Art.

Ich hatte einen Fremden angerufen.

Eine Tatsache, die an mir nagte, je näher ich kam, diese unbekannte Person ins Haus zu lassen. Es erschien mir so falsch, Außenstehende zu rufen, anstatt die Familie, die immer so gut zu den Bewohnern von Justice gewesen war, aber ich konnte es nicht anders ertragen. Also wählte ich stattdessen eine fremde Nummer und bat einen Außenstehenden, ins Haus zu kommen, um mir zu helfen, diese letzten Stunden mit Miss zu überstehen. Ich dachte mir, dass in solchen Momenten alles besser ist als gar nichts, obwohl ich wusste, dass ich diese Entscheidung am Ende vielleicht bereuen würde, wenn alles vorbei war. Aber der Anruf war getätigt worden, und die Person stand vor der Tür. Es gab keine Zeit mehr, um über meine Entscheidung nachzudenken.

Ich eilte durch die dunklen Flure zur Eingangstür und versuchte, zu ignorieren, wie leblos und leer sich das Haus anfühlte. Wie tot schon ohne die Geräusche von Miss' Lachen und Rufen, die durch die Räume hallten. Aber es würde wieder zum Leben erwachen. Ich würde es verkaufen - und hoffentlich eine junge Familie finden, die dort einziehen und sich an den seltsamen Details und den witzigen kleinen Zimmern erfreuen konnte. Vielleicht würden wieder Kinder durch die Flure rennen oder draußen eine Schaukel aufstellen. Das wäre doch schön. Zu wissen, dass das Leben, das ich mit Bishop hätte aufbauen sollen, endlich für jemand anderen in Erfüllung gehen würde.

Jemand, der hoffentlich an den Geschenken festhält, die ihm gegeben werden, anstatt sie achtlos wegzuwerfen.

Und ich? Ich würde allein in der Wüste enden, mit Tausenden von Fans und ohne echte Freunde. Auch ohne Familie. Genauso, wie ich es verdient hatte.

Kapitel

3

Es gab einen Grund, warum ich an Wochentagen nicht mehr trank, und dieser Grund hatte einen Schmerz in meinem Kopf verursacht, die mich den ganzen verdammten Tag geplagt hatten.

„Wie geht es dir, Boss?" fragte Gage, als er in mein Büro schlenderte. Der Bastard hatte ein Lächeln auf dem Gesicht und sah aus, als hätte er eine solide Nachtruhe statt nur ein paar Stunden Schlaf bekommen. So zu tun, als hätte ich keinen Kater, würde mich vermutlich mehr Energie kosten, als ich hatte, aber ich würde es versuchen.

„Gut, ich gehe nur ein paar Notizen durch. Hast du am Skidder alles erledigt?"

Der Skidder war eine Maschine, mit der wir die Bäume von der Stelle, an der sie gefallen waren, dorthin zogen, wo wir sie entasten, schneiden und abtransportieren konnten. Wir hatten einen Anruf von der Hansen-Baustelle bekommen, dass das Ding nicht mehr funktionierte und sein Mechaniker vor Ort es nicht reparieren konnte. Gage war nach Widows Ridge gefahren, um zu sehen, was er tun konnte.

„Ja. Das verdammte Ding hat einen Baumstamm gezogen und blieb wegen des Winkels auf dem Grat hängen. Wir mussten es woanders hinbringen, um die Belastung zu verringern."

Ich würde töten, um diese Kopfschmerzen lindern zu können...

„Gut, gut. Was ist sonst noch los?"

„Jemand aus der Stadt hat um Hospizbetreuung gebeten."

Mit dieser Information hatte ich nicht gerechnet. Niemals. „Woher willst du das wissen?"

Er hob eine buschige Augenbraue zu mir. „Ich habe Beziehungen."

„Du wohnst hier seit fünf Minuten und *hast Beziehungen*? Und noch dazu bessere als ich?" Naja, er lebte vielleicht seit fünf Jahren in Justice, nicht Minuten. Das ist hier in etwas das Gleiche.

Gage lehnte sich zurück und schenkte mir ein eingebildetes Lächeln, ohne den dunklen Wald in seinem Gesicht dadurch übermäßig zu bewegen. „Ich kann nichts dafür, dass ich es mag, wenn die Dinge reibungslos laufen. Das ist sozusagen der Grund, warum du mich eingestellt hast."

Theoretisch gesehen hatten wir ihn als Mechaniker für unsere Maschinen angestellt. Er hatte zwar keine Erfahrung mit den Skiddern, Ladern oder Entästern, die wir in unserem Betrieb einsetzten, aber das war egal. Gage konnte alles reparieren, außerdem war er ein loyaler und zuverlässiger Freund in meiner SEAL-Einheit gewesen. Hätte er noch nie zuvor eine Kettensäge oder einen Schraubenschlüssel in der Hand gehalten, wäre mir das egal gewesen - als ich die SEALs verließ, nahm ich ihn mit.

„Wer ist der Patient?", fragte ich und dachte an alle Bewohner von Justice, die eine Sterbebegleitung brauchen könnten. Die Liste war verdammt kurz.

„Sagte nichts, aber ich habe den Standort."

„Wo?"

Gage runzelte wieder die Stirn, und mein Magen drehte sich um. Das Gefühl, dass etwas Schlechtes auf mich zukam, fiel über mich her und hielt mich in seinem kalten, harten Griff fest, während ich darauf wartete, dass er die Worte sagte.

„Widows Ridge".

Jedes bisschen Luft verließ meine Lungen, all mein Blut sammelte sich in meinen Schuhen. Es gab nur einen Wohnsitz in dieser Richtung - die Wohnung von Hansen, was bedeutete, dass Miss krank war.

Miss Hansen war schon eine feste Größe in unserer Stadt, als ich noch ein Kind war. Stark, laut und feurig - die ältere Frau hatte alle Aufmerksamkeit auf sich gezogen, wann immer sie einen Raum betrat. Man munkelte, dass sie draußen auf dem Bergkamm ganz allein Hexerei betrieb, aber ich wusste es besser. Denn gerade als ich mein letztes Jahr an der High-School begann, erfuhr Miss Hansen, dass sie eine Enkelin hatte, und mein Leben hatte sich für immer verändert.

Anabeth Monroe - geboren als Tochter der verstorbenen Miss Hansen - hatte den größten Teil ihrer Kindheit in Pflegefamilien verbracht, ohne zu ahnen, dass es da draußen eine Familie gab, die sie gerne aufgenommen hätte. Als Miss Hansen herausfand, dass sie überhaupt existierte, hatte Anabeth das System schon so weit durchlaufen, dass die Mauern um sie herum einen Kilometer dick waren.

Zwei Jahre lang hatte ich diese Arschlöcher verhaftet. Zwei weitere Jahre lang hatte ich mich nach und nach in diese Frau verliebt, mit ihrem strahlenden Lächeln und ihrer fast übernatürlichen Begabung, meine Gedanken zu lesen.

Und während der letzten fünfzehn Jahre hatte ich mich nach Kräften bemüht, jeden Gedanken und jede Erinnerung an sie auszulöschen.

„Ich wusste, dass Miss krank war, aber ich hätte nicht gedacht, dass es schon so schlimm geworden ist." Ich starrte auf den Schreibtisch, Gedanken an Sommer im Wald und rotes Haar, das im Gras lag, überfluteten meinen Verstand und ließen meinen Kopf noch heftiger pochen. Scheiße, dieses Mädchen hatte schon immer das schlechteste Timing.

„Willst du mir etwas über diese Dame erzählen? Jedes Mal, wenn ihr Name fällt, bekommst du einen seltsamen Ausdruck auf deinem Gesicht. Noch seltsamer als dein normaler Gesichtsausdruck."

Ich stieß ein gequältes Lachen aus. „Das liegt nicht an Miss - sie ist fantastisch."

„In der Stadt geht das Gerücht um, dass sie eine Hexe ist."

Er hatte also dasselbe gehört, was man sich schon seit meiner Kindheit erzählte. Komisch, wie hartnäckig sich diese Lügen halten. „Nein, zumindest nicht so, wie du denkst. Sie ist eher eine Spiritistin." Meine Kehle schnürte sich zu und die Worte fühlten sich wie Kleber in meinem Mund an, als ich hinzufügte: „Ich war mit ihrer Enkelin zusammen."

„Okay." Gage saß still und ruhig, sagte nichts weiter. Er beobachtete mich mit diesen dunklen Augen, als könnte er direkt in meine Seele sehen und mir all meine Geheimnisse entlocken. Ich hatte ihm nie von Anabeth erzählt, hatte nie zugegeben, wie sehr sie mich zerstört hatte. Zum Teufel, ich hatte es nie irgendwem erzählt. Alder wusste ein wenig, weil er mich aus der Gosse gerettet hatte, aber das war alles. Und diesen Weg wollte ich nicht wieder einschlagen.

„Hat dein Bekannter auch gesagt, wer um Hilfe gebeten hat?" Denn wenn Anabeth wieder in der Stadt war, musste ich verdammt noch mal abhauen, bevor ich wieder in die alte Falle tappte.

Gage wartete, beobachtete mich immer noch, aber ich fiel nicht auf diese Taktik herein. Er konnte den ganzen verdammten Tag wie eine Statue dasitzen - ich würde kein einziges Wort verlieren.

Nach fast einer Minute muss ihm das klargeworden sein. Er nahm sein Telefon wieder in die Hand und tippte auf den Bildschirm, bis er fand, was er wollte. „Keine Anrufer-ID. Es gibt keinen Freiwilligen, der sich in den nächsten Stunden auf den Weg dorthin machen kann, also haben sie gefragt, ob einer von uns gehen und sicherstellen könnte, dass die Familie die nötige Unterstützung bekommt."

Ich nickte und starrte auf die Papiere auf meinem Schreibtisch. Sah sie dabei aber gar nicht. „Gut. Ja. Das solltest du übernehmen."

„Bist du sicher, dass du das willst?"

Ich schoss meine Augen, als mein Telefon klingelte. „Positiv." Und dann nahm ich den Hörer ab, sagte zur Begrüßung meinen Namen und machte mich an die Arbeit, Holz zu verkaufen.

Gage schüttelte den Kopf, stand auf und ging zur Tür, während Rex ihm wie immer folgte. Ich starrte ihm hinterher, während der Anrufer über - na ja, verdammt, ich hatte keine Ahnung, was - plapperte. Es spielte keine Rolle. Die Person am Telefon war nichts gegen die Rothaarige, von der sich meine Gedanken nicht abwenden wollten. Diejenige, die mein Herz gestohlen hatte, als ich noch ein Teenager war, und es leider nie zurückgegeben hatte. Diejenige, deren einziges Familienmitglied wahrscheinlich auf einem Bergkamm ein paar Meilen entfernt im Sterben lag.

Minuten später, nachdem ich den Anruf beendet hatte, setzte ich mich hin und ließ meine Erinnerungen ein wenig weiter in die Vergangenheit schweifen, als ich es normalerweise zuließ. Ließ zu, dass meine Neugierde das Bedürfnis, mich zu schützen, besiegte. Ließ zu, dass Bilder von Anabeth und Miss mich in Rückblenden und Gefühlen ertränkten, die ich schon vor langer Zeit eingesperrt hatte. Die sich weigerten, mich tatenlos zusehen zu lassen und der Familie nicht zu helfen, die ich einst als Teil meiner eigenen angesehen hatte.

Ich musste hoch auf diesen Berg.

Ich klappte meinen Laptop zu und griff nach meinen Schlüsseln, unfähig, Miss Hansen und ihre Enkelin aus meinen Gedanken zu vertreiben. Dies war ein schlechter Plan - ein schrecklicher Plan, der alles zerstören würde, was ich so sorgfältig und mühsam im Gleichgewicht hielt. Ein Plan, der das Potenzial hatte, mich zu brechen, mich zusammengerollt mit einer Flasche von etwas Dunklem und Gefährlichem im Dreck zurückzulassen. Und nichts davon konnte mich aufhalten.

„Gage", schnappte ich, als ich die Treppe zur Fabriketage erreichte. Mein Mechaniker lehnte unten an der Wand mit Rex an seiner Seite, beide warteten, und Gage starrte mir entgegen, als hätte er die ganze Zeit gewusst, dass ich durch diese Tür kommen würde. Arschloch.

„Ja, Boss?"

„Du bleibst hier. Ich übernehme den Hansen-Besuch."

„Dachte ich mir schon."

Als ich vorbeiging, streckte er die Hand aus und packte meinen Arm. In der anderen Hand hielt er eine Packung mit Schmerzmitteln, wahrscheinlich aus einem der Erste-Hilfe-Kästen, die wir immer dabeihatten. Als ich ihn ansah, hob er eine Augenbraue und wartete. Der Bastard kannte mich zu gut.

Ich nahm das Päckchen und riss es auf. „Danke."

„Sei vorsichtig da draußen." Er reichte mir eine Flasche Wasser, während ich die Pillen schluckte. „Der Kamm ist nicht ungefährlich, und du hast flache Schuhe an."

„Hast du jetzt ein Problem mit meinen Schuhen?"

„Ich habe eine tiefe Abneigung gegen Schuhe, die einem im Notfall schaden können. Du brauchst deine Stiefel."

Als ob ich bei einem Verkaufsgespräch Militärstiefel tragen könnte. „Ich werde das in Erwägung ziehen."

„Was nur ein netter Ausdruck für *verpiss dich, Gage* ist." Er klopfte mir auf die Schulter. „Geh. Ich werde mich darum kümmern, falls Alder auftaucht und nach dir sucht."

Ich nahm die Schmerztabletten, spülte sie mit Wasser hinunter und warf ihm einen ernsten Blick zu, als wir unsere Fäuste aneinanderschlugen. „Du bist ein guter Mann, und ich bin froh, dich im Team zu haben."

„Ein guter Mann, der keinen Kater bekommt." Er grinste, als ich ihm den Mittefinger zeigte, was ziemlich gut demonstrierte, wie unsere Freundschaft funktionierte. Einer von uns versuchte immer, den anderen aufzuziehen. Wir würden uns wahrscheinlich die ganze nächste Woche über meine Schuhe streiten.

Es war krank, dass ich mich fast darauf freute.

Sobald ich in meinen Truck stieg, schaltete ich die Scheibenwischer ein und starrte in den Himmel - der Regen war endlich gekommen. Der Sturm, der tief und lange über uns sitzen würde, um die Stadt in Wasser zu ertränken, das nirgendwo abfließen konnte. Kein guter Zeitpunkt für Anabeth, sich in Justice aufzuhalten, falls sie wirklich hier war.

Am Ende fuhr ich viel früher als erwartet in die Einfahrt des Hansen-Hauses, nachdem ich für die Wetter- und Straßenverhältnisse viel zu schnell gefahren war. Verdammt schwach, das war ich. Schwach und besorgt und unsicher, ob es jemand vom Hospiz geschafft hatte, zu helfen. Es standen keine Autos in der Einfahrt, und das Haus sah dunkel aus. Leer. Ausnahmsweise schimmerte nicht die Lebendigkeit der alten Dame durch, die, solange ich denken konnte, dort gelebt hatte. Sicherlich ein schlechtes Zeichen.

Entschlossen und mit festen Schultern stieg ich aus meinem Wagen und ging zur Veranda.

Ich war immer gern bei Miss Hansen gewesen. Die Frau hatte einen Geist, den man praktisch sehen konnte, und eine wilde Ausgelassenheit, die immer für viel Gelächter und Spaß sorgte. Meine Familie war laut und ungestüm, aber nicht auf dieselbe Art und Weise. Meine Eltern wirkten immer ernster und versuchten, das Chaos unter Kontrolle zu halten, das fünf energiegeladene Kinder mit sich brachten. Miss... nun, sie achtete immer darauf, Spaß zu haben. Zwischen ihrer Lebensfreude und meiner Liebe zu ihrer Enkelin hatte ich nie auch nur einen Moment bereut, den ich hier verbracht hatte.

Bis Anabeth mich verließ.

Aber heute war nicht der Tag für solche Gedanken. Miss lag wahrscheinlich im Sterben, und es war meine Aufgabe, herauszufinden, was los war. Ich hatte mich immer ein wenig für sie verantwortlich gefühlt. Sie hätte zur Familie gehört, wenn...

Scheiße. Es war definitiv nicht die richtige Zeit, um über den Ring nachzudenken, der immer noch in einer Schublade bei mir zu Hause lag, oder über all die gebrochenen Versprechen. Alles andere als die richtige Zeit.

Als ich die Tür erreichte, hielt ich inne. Fummelte mit meinen Schlüsseln herum, anstatt mich zu bewegen und zu klopfen. Unsicher, ob ich tatsächlich klopfen oder mich zu meinem Wagen schleppen und Gage anrufen sollte, damit er seinen Arsch doch hierher bewegte. Nervös - das war die Energie, die durch mich raste. Warum zum Teufel war ich nervös? Ich war ein verdammter Navy SEAL gewesen, hatte Leute getötet, war furchtlos in feindliche Gebiete vorgedrungen und hatte jede Menge Dinge in die Luft gejagt. Ich erinnerte mich nicht, damals nervös gewesen zu sein, aber angesichts der Möglichkeit einer sterbenden älteren Frau und eines Vegas-Scharlatans, dessen Lügen fast mein Leben zerstört hatten...

Und da war es. Anabeth. Die Nervosität kam von der Eventualität, sie zu sehen. Tief in meinem Inneren konnte ich mich nicht entscheiden, ob ich wollte, dass sie hier war oder nicht, aber ich würde es weder so noch so wissen, wenn ich nicht wenigstens an die verdammte Tür klopfte.

Also tat ich es. Und ich steckte meine Schlüssel in die Tasche, damit ich nicht mit ihnen spielen konnte. Und ich wartete, was sich wie Stunden anfühlte, bis sich die Tür öffnete.

Der Tritt in die Magengrube, als es geschah, machte mich noch unsicherer, als ich für möglich gehalten hätte.

„Bishop."

Ein Wort. Anabeth Monroe sagte ein verdammtes Wort, und eine Flutwelle von Emotionen, die ich seit über einem Jahrzehnt zurückzuhalten versucht hatte, überschwemmte mich. Ich wurde sofort wieder zu dem Jungen, der sich in sie verliebt hatte, als er sie das erste Mal sah. Ich war ihr jahrelang wie ein verdammtes Hündchen hinterhergelaufen, und jetzt war ich bereit, das alles noch einmal zu tun. Wie könnte ich auch nicht? Alles, was ich mir je von einer Frau gewünscht hatte, stand vor mir – weiche, runde Kurven, große blaue Augen, die praktisch in meine Seele sehen konnten, langes rotes Haar, das es unmöglich machte, sie zu übersehen, und ein Herz, das so groß war, dass es dich ganz verschlingen konnte. Ihre Haarfarbe war nicht mehr so leuchtend, wie sie es als Teenager gewesen war, und diese Kurven waren im Laufe der Jahre definitiv ein wenig gefährlicher geworden. Aber sie war immer noch meine Anabeth.

Außer, dass sie mir schon lange nicht mehr gehörte.

Ich runzelte die Stirn, unfähig, mein Mundwinkel davon abzuhalten, sich zu heben. Aber das war das einzige Zeichen von Emotion, das ich ihr geben würde. Mit geradem Rücken, erhobenem Kopf und einem Herzen, das unter zu vielen Schichten Beton gefangen war, starrte ich sie zehn Sekunden lang an, bevor ich die Tatsache akzeptierte, dass es an der Zeit war, mit ihr zu reden.

„Ich habe gehört, dass Miss krank ist, also bin ich gekommen, um zu sehen, wie es ihr geht, bis das Hospiz es hierherschafft."

Anabeth sah mit großen Augen zu mir auf; diese Augen, die ich jeden verdammten Morgen nach dem Aufwachen sehen wollte, sahen wässrig und traurig aus. Sie sah aus wie ein Mensch, der kurz davorstand, mehr zu verlieren, als er ertragen konnte.

„Ich würde ja fragen, wie du es erfahren hast, aber ich nehme an, es war wie immer bei den Kennards - irgendjemand vom Hospizzentrum hat im Sägewerk angerufen."

Ich brauchte ihr nicht zuzustimmen. Die Stadt war immer von meiner Familie geführt worden - wir hatten sie gegründet, wir beschäftigten sie, wir kümmerten uns um sie.

Anabeth lächelte, als ich nicht antwortete, denn sie kannte die Wahrheit. Ein Lächeln, das ihre Augen nicht erreichte. „Bitte, komm doch rein. Und danke, dass du gekommen bist. Es waren ein paar einsame Tage."

Tiefschlag Nummer zwei. Tage? Sie war schon seit Tagen hier, ganz allein mit der sterbenden Miss?

„Ich bin überrascht, dass du uns nicht direkt angerufen hast", sagte ich, als ich ihr ins Haus folgte. „Du weißt, wir wären gekommen, um zu helfen."

Das Innere von Miss' Haus sah genauso aus wie immer - dieselbe Farbe, dieselben Holzböden und Teppiche, dieselben Möbel -, aber irgendetwas fühlte sich anders an. Fühlte sich falsch an. Dem Haus fehlte das Licht und das Leben, das immer mit Miss einhergegangen war. Es fühlte sich tot an, und bereits voller Trauer.

Anabeth ging ein paar Schritte ins Wohnzimmer und wartete, in den Händen trug sie einen großen, schwer aussehenden Becher. „Ich wollte niemandem zur Last fallen."

Ich grunzte, plötzlich unsicher, was ich tun oder wie ich mich verhalten sollte. Sie wollte mich nicht hier haben, so viel konnte ich mir denken, da sie nicht angerufen hatte. Verdammt, ich hätte Finn oder Alder zu ihr nach Hause schicken können, wenn sie mir gesagt hätte, dass sie mich nicht sehen wollte. Aber sie hatte beschlossen, diese Sache alleine durchzustehen und sich zwei Tage lang zu verstecken, bevor sie um Hilfe bat. Typisch Anabeth - sie versuchte sich unsichtbar zu machen, bis sie bereit war, eine Show zu veranstalten. Ein weiterer Punkt, der sich an ihr nicht wirklich geändert hatte.

„Du siehst gut aus." Die Worte kamen ungewollt heraus; mein Gehirn arbeitete offensichtlich nicht richtig, wenn ich meiner Ex jetzt schon Komplimente machte.

Anabeths plüschige, weiche Lippen verzogen sich wieder zu einer Art halbherzigem Lächeln. „Danke. Du auch. So viel größer als beim letzten Mal..."

Sie brauchte den Satz nicht zu beenden. Seit dem letzten Mal, als sie mich gesehen hatte... als ich ihrem Arsch nach Vegas gefolgt war, um sie anzuflehen, zu mir zurück zu kommen. Kurz bevor ich zu meiner ersten Trainingseinheit mit den SEALs aufbrach. Damals war ich ein unreifes Kind gewesen, immer noch wahnsinnig verliebt in die Frau, die mir klargemacht hatte, dass sie nichts mit mir zu tun haben wollte. Eine Frau, die eine schnelle Entscheidung getroffen hatte, die den Verlauf meines Lebens verändert hatte. Und ich bezweifelte, dass sie das überhaupt wusste.

Allerdings hatte ich nicht das geringste Interesse daran, es ihr zu sagen. „Wie läuft es so in Vegas?"

„Es ist in Ordnung." Sie zuckte mit den Schultern, die Kurve ihres Schlüsselbeins zog meinen Blick auf sich. „Gut. Die Arbeit ist beständig."

Wieder begegnete ich ihrem Blick und konnte nicht anders, als zu fragen: „Wie geht es dem Kerl?"

Ihre Augen wurden groß, und die Tasse in ihrer Hand schien zu zittern. „Es gibt keinen Kerl."

Blödsinn, aber egal. Da war ein Kerl gewesen. Ich hatte ihn mit eigenen Augen gesehen und mich dann auf dem Strip volllaufen lassen, um den Schmerz in meiner Brust bei dem Gedanken zu ertränken, dass sie so schnell weitergezogen war. Es gab auch noch andere - lächerliche Geschichten, die sie mit anderen Vegas-Künstlern, Musikern und sogar einem oder zwei Schauspielern in Verbindung brachten. Aber wenn sie sagte, dass es keinen Kerl gab, ließ ich mich davon trösten. Wenigstens würde ich sie dann auf dieser Reise nicht mit jemand anderem sehen müssen.

„Also..." Ich atmete aus, musste mich auf das Jetzt konzentrieren und nicht auf die Vergangenheit, die ich nicht in Ordnung bringen konnte. „Miss ist krank. Worüber reden wir hier genau?"

Anabeth holte tief Luft, schien sich fast zu stählen. „Krebs. Er hatte bereits Metastasen gebildet, als sie ihn entdeckten, also hatte sie nie eine echte Chance auf eine Behandlung, obwohl sie es versucht haben. Aber es ist einfach... zu weit fortgeschritten, um es weiter zu versuchen."

Oh, verdammt. Ich hatte es nicht gewusst - sie hatte es mir nie gesagt. Oder vielleicht hatte ich nie gefragt - ein Gedanke, der ein schweres Schuldgefühl in meinem Bauch verursachte. „Das tut mir wirklich leid. Sie hat sich nie anmerken lassen, dass sie krank war."

„Sie hat ihre Karten immer gern verdeckt gehalten."

„Genau wie ihre Enkelin."

Anabeth nickte und sah so klein aus, als sie ihre Schultern zusammenzog. Sich schützend, sich zusammenhaltend. Der Becher in ihrer Hand zitterte, die goldene Flüssigkeit darin spritzte so hoch, dass ich sie sehen konnte. Das brachte zu viele Erinnerungen zurück, um sie zu ignorieren. Glückliche Erinnerungen. Erinnerungen, die ich über ein Jahrzehnt lang zu vergessen versucht hatte.

„Trinkst du immer noch diesen edlen Pfefferminztee?"

Ihr Lächeln wurde breiter, wirkte echter. „Immer. Leider bin ich süchtig nach einer bestimmten Marke geworden, und mein Vorrat geht bereits zur Neige. Ich hatte nicht erwartet, so viel zu verbrauchen, aber diese Sache war schwerer, als..."

Sie brach ab und starrte schweigend auf ihre Tasse hinunter. Wahrscheinlich sah sie in den Blättern an den Seiten des Gefäßes mehr, als die meisten Menschen sich je vorstellen konnten.

„Verkaufen sie so etwas nicht drüben in Rock Falls?" Ich kannte die Antwort - wir hatten uns in der High-School dafür einsetzen müssen, dass der kleine Lebensmittelladen überhaupt losen Tee führte. Miss und Anabeth waren die Einzigen gewesen, die ihn gekauft hatten.

Anabeth lehnte sich mit der Hüfte an die Rückenlehne der Couch und schüttelte den Kopf, wobei sie ihren Blick von den Geheimnissen in ihrer Tasse losriss. „Das, was ich braucht, bekomme ich nur in Texas. Es ist eine kleine Firma - irgendein Kerl, der eine Vorliebe für Tee und Heavy-Metal-Musik hatte, ausgerechnet. Ich bin jetzt schon seit über einem Jahr süchtig danach."

„Sie liefern?"

„Ja, so kriege ich das Zeug in Vegas."

„Sie sollen es zum Sägewerk schicken. Ich sorge dafür, dass jemand es rausbringt, wenn es kommt."

Sie nickte nur und wich meinem Blick aus. „Das wäre schön. Danke."

„Wie schlimm ist es?", fragte ich, wohl wissend, dass der absichtliche Themenwechsel ihr nicht entgangen war. Anabeth war schon immer in der Lage gewesen, meine Gedanken zu lesen, in welche Richtung sie auch immer gingen.

„Es wird nicht mehr lange dauern." Sie holte tief Luft und sah aus, als würde sie gleich wieder weinen. „Deshalb habe ich das Hospiz angerufen. Ich wollte sie nicht allein lassen, wenn es nicht unbedingt sein muss."

Und hier war ich, nahm ihre Zeit in Anspruch und hielt sie von Miss fern. „Es tut mir so leid, Anabeth. Ich weiß, wie viel sie dir bedeutet."

Ihre Schultern sackten nach unten und sie zog die Ränder ihres Pullovers zusammen, als ob das sie davor bewahren könnte, auseinanderzufallen. Aber ich kannte sie - egal, wie viele Jahre wir schon voneinander getrennt waren, manche Dinge würden sich nie ändern. Anabeth hatte nur Miss als Familie, und sie zu verlieren, wäre ein großer Schlag. Einer, von dem ich nicht wollte, dass sie ihn allein bewältigen musste.

„Wie lange bleibst du?", fragte ich und bemühte mich, keine Gefühle zu zeigen, ganz egal, wie ihre Antwort lautete.

„Eine Woche oder so. Ich hatte geplant, Zeit mit ihr zu verbringen, aber..."

Ihre Augen quollen über und ihre Lippen verzogen sich, als sie mit den Tränen zu kämpfen schien. Ja, sie hatte geplant, Zeit mit Miss zu verbringen, aber diesen Gefallen hatte das Schicksal ihr nicht getan. Miss hatte keine Zeit mehr.

„Kann ich sie sehen? Ich würde ich gern verabschieden."

Überraschte blaue Augen trafen meine. „Natürlich. Sie ist in ihrem Schlafzimmer."

Ich folgte Anabeth den Flur entlang und konzentrierte mich auf die Tatsache, dass ich mich von einem Menschen verabschieden musste, der mir in meiner Jugend so viel bedeutet hatte. Ich versuchte mein Bestes, nicht zu bemerken, wie umwerfend Anabeths Hintern in ihren Jeans aussah oder wie ihre Hüften so verführerisch schwangen, wenn sie ging. Mein Schwanz bemerkte es aber definitiv. Eine Tatsache, die sich in Anbetracht der Situation umso falscher anfühlte.

Schlechtes Timing, Kumpel.

Aber alle Gedanken an ihre Kurven und wie gerne ich sie beißen würde verschwanden in der Sekunde, als ich Miss auf dem Bett liegen sah. So klein, so kränklich aussehend... so ganz still.

„Mein Gott", zischte ich, nicht imstande, es zu unterdrücken. Anabeth nickte nur und winkte mich zu einem Stuhl neben dem Bett. Wahrscheinlich derselbe, auf dem sie Wache gehalten hatte.

„Ich kann dich in Ruhe lassen..."

Ich streckte die Hand aus und griff nach ihrer, bevor sie gehen konnte, die Berührung war elektrisierend, selbst in ihrer Einfachheit. Ihrer Vertrautheit. Ich hatte sie seit vierzehn Jahren nicht mehr berührt, aber nichts hatte sich geändert. Das Gefühl ihrer Haut auf meiner brachte meine Welt noch immer ins Wanken.

Ich riskierte Himmel und Hölle auf einmal und packte sie fester. „Bleib. Bitte."

Sie starrte auf unsere Hände hinunter und sah so verdammt schmerzerfüllt aus. Ich konnte ihr Leid förmlich spüren. Ich konnte nicht einmal ansatzweise annehmen, dass es dasselbe Leid war, das ich empfand – die Art von Leid, die von Verlust und Not und Bedauern sprach. Von verpassten gemeinsamen Jahren. Sie war weggegangen, nicht ich.

Also zog ich meine Hand aus ihrer und gab sie stattdessen Miss, bevor ich meinen Kopf zum Gebet senkte. Es gab so viele Dinge, für die ich dankbar sein konnte - eine starke Frau wie Miss, die einen Einfluss auf mein Leben hatte, wie sie Anabeth aufgenommen hatte, als das Mädchen sie am meisten gebraucht hatte, die glücklichen Jahre, die sie mit dem Rest von uns auf der Erde verbracht hatte. Am Ende wünschte ich mir nur eines - dass Miss in ihrem Leben nach dem Tod, an das sie glaubte, willkommen geheißen würde, dass sie ihren Frieden im Tod finden möge. Und dann flüsterte ich ein leises Amen.

„Danke, Miss, dass du immer auf uns aufgepasst hast, als wir jünger waren. Du warst eine führende Kraft, und ich habe davon profitiert, ein Kind in deinem Dorf zu sein." Ich küsste ihren Handrücken. „Mögen die Geister dich segnen und beschützen, und mögest du deine nächste Reise genauso genießen, wenn nicht sogar noch mehr, wie du diese genossen hast."

Anabeth legte eine Hand auf meine Schulter und brandmarkte mich noch einmal mit ihrer Berührung. „Dieses Gebet hätte ihr gefallen."

„Gut. Ich hoffe, es hat sie ein wenig getröstet." Ich tätschelte Anabeths Hand, die sich in meine Schulter gebrannt hatte. Es war eine Qual, sie wieder so nah bei mir zu haben. Zu wissen, dass es nichts gab, was ich sagen konnte, um wiederzugewinnen, was wir verloren hatten.

Und es gab nichts, was ich tun konnte, um den zusätzlichen Verlust zu verhindern, der ihr bevorstand.

„Komm", sagte ich, als ein Schauer ihren Körper durchlief. „Holen wir dir noch eine Tasse Tee, um dich aufzuwärmen."

Anabeth starrte Miss einen langen Moment lang an, bevor sie einmal nickte. „Möchtest du eine Tasse? Ich habe genug."

„Ich werde nie ein Fan von dem Zeug sein, aber ich leiste dir Gesellschaft, während du dir einen machst." Ich stand auf und folgte ihr aus dem Zimmer, ließ die Tür offen, falls Miss zu sich kam und uns brauchte. Anabeth würde nicht lange von ihr getrennt sein wollen, das war sicher. Ihr Blick über die Schulter, als sie das Zimmer verließ, sprach Bände.

„Es geht ihr gut", sagte ich und schob Anabeth nach vorne. „Und sie würde wollen, dass du auf dich aufpasst. Lass uns den Tee machen, dann kannst du hierher zurückkommen."

Sie sah nicht überzeugt aus, aber sie nickte trotzdem und ging in Richtung Küche. „Bist du sicher, dass du keine Tasse möchtest?"

„Da werde ich meine Meinung nicht ändern."

„Aber, wenn du eine trinkst, kann ich deinen Teesatz lesen."

„Davon war ich auch nie ein Fan. Ich möchte lieber, dass die Zukunft einfach kommt - ich will nicht alles vorher wissen."

Sie kicherte, ihr Lächeln war ein wenig breiter als zuvor. Ein bisschen echter. „Wenigstens ändern sich manche Dinge nie."

Bauchschlag Nummer drei, und zwar ein K.o.-Schlag. Manche Dinge änderten sich nicht, aber sie schon. Ich auch. Zu viele getrennte Jahre hatten das verursacht, zu viele Verletzungen waren geblieben. Ich war nicht mehr auf dem College, war nicht mehr jung und beeinflussbar und völlig überwältigt von all den Möglichkeiten, die sich mir boten. Sie hatte mich damals zerstört, hatte mir die Hoffnung geraubt, die mit der Unwissenheit darüber einherging, wie schlecht es im Leben laufen konnte. Und jetzt? Selbst wenn ich auf der Hut war und mein gebrochenes Herz auf dem Grund eines Meeres lag, das ich selbst ausgehoben hatte?

Sie könnte es ohne Weiteres wieder tun.

Was bedeutete, dass ich etwas Abstand zwischen uns bringen musste. Als wir also das Foyer erreichten, blieb ich stehen und zog stattdessen meine Schlüssel aus der Tasche. „Eigentlich sollte ich jetzt wirklich gehen. Ich muss heute Abend noch arbeiten, und der Regen wird die Fahrt nach Hause zu einer ziemlichen Plackerei machen."

Anabeth nickte, ihr Lächeln fiel. „Richtig. Natürlich."

Ich fühlte mich wie der größte Idiot der Welt, als wir gemeinsam zur Haustür gingen und ich die ganze Zeit nicht aufhörte, mit meinen Schlüsseln zu spielen. Aber als ich nach draußen trat, wusste ich, dass ich sie nicht so zurücklassen konnte. Nicht allein.

„Anabeth", sagte ich, als ich auf ihrer Veranda stand.

Sie umklammerte die Tür und setzte keinen Zeh über die Schwelle. Sie hielt Abstand zwischen uns. „Ja?"

„Einfach... hier." Ich zog eine Visitenkarte aus meiner Brieftasche und reichte sie ihr, als wäre sie eine Fremde, eine Kundin. So hatte ich mir das Ganze nicht vorgestellt, aber ich hatte keine andere Wahl. „Ruf mich an oder schick mir eine SMS, wenn du etwas brauchst. Egal, was es ist. Wir hatten in letzter Zeit einige Probleme in der Stadt, also, wenn du jemanden siehst oder denkst, dass etwas nicht stimmt, lass es mich wissen. Ich habe ein Team, das sich darum kümmern kann."

Sie nahm die Karte, unsere Finger berührten sich. Eine Berührung, die ich bis in die Spitze meines Schwanzes spürte. Ich musste dringend weg, bevor ich etwas Dummes tat, wie sie zu packen, diese weichen, rosa Lippen zu küssen und sie anzuflehen, mich zurückzunehmen.

Schwach. Ich war so verdammt schwach bei diesem Mädchen.

„Vizepräsident für Marketing und Vertrieb. Schick", sagte sie, die Augen auf die Karte gerichtet und das Gesicht sorgfältig ausdruckslos. Offenbar war sie nicht so betroffen wie ich. Das musste ich mir gut merken. „Vielen Dank für das hier. Ich weiß es zu schätzen.“

Erledigt. Ende. Es gab nichts mehr zu sagen. Ohne ein weiteres Wort drehte ich mich um und ging weg. Ich brauchte Luft. Ich brauchte einen Moment, um mich zu sammeln. Um mich zu erinnern, warum ich sie dort lassen musste. Warum es so dumm war, zurückzukommen. Als ich meinen Wagen erreichte, war Anabeth schon im Haus verschwunden und hatte die Tür geschlossen. Wieder verschwunden. Immer weg, dieses Mädchen. Das würde sie auch immer sein, also gab es keinen Grund zu glauben, dass es dieses Mal anders laufen könnte.

Die Zeit hatte einige Dinge verändert, aber nicht diese Tatsache. Anabeth würde nicht bleiben, und ich hatte kein Interesse daran, mich von ihr zerstören zu lassen, wenn sie wieder ging.

4

Bishop

Ich schlief in dieser Nacht mit Gedanken an Anabeth und dem Geräusch von prasselndem Regen ein. Mit diesen beiden Dingen wachte ich auch wieder auf. Der Regen gewann als das Besorgniserregendste. Stetig, fest und schwer stürzte das Wasser vom Himmel. Es ging weiter, als ich mich für den Tag fertigmachte, als ich mein Bestes tat, nicht an Anabeth und Miss zu denken, und als ich eine zweite Tasse Kaffee schlürfte. Ich musste mich an die Arbeit machen, um sicherzustellen, dass das Sägewerk für den Sturm bereit war, der uns wahrscheinlich für ein paar Tage lahmlegen würde. Das würde mir definitiv etwas geben, auf das ich mich neben meiner Vergangenheit konzentrieren konnte.

Die Fahrt dorthin war beschissen, die Straßen bereits glatt und die Abflussgebiete bereits gefüllt. Dieser Sturm würde uns ganz schön zu schaffen machen, soviel war sicher. Und wenn man den Gesichtern der Männer, die im Sägewerk arbeiteten, Glauben schenken konnte, wussten sie das auch.

Wir mussten uns vorbereiten. Hinter dem Sägewerk gab es

einen Bach, der wahrscheinlich über die Ufer treten würde. Wie immer schien Alder mir einen Schritt voraus zu sein.

„Der Sand wird in zwanzig Minuten hier sein", rief er, als er durch die Hintertür des Sägewerks hereinkam. „Wir müssen die Hintertüren und die Nordwand des Sägewerks verstärken, damit das Wasser draußen bleibt. Sobald wir fertig sind, füllen wir die Säcke für die Stadt. Das ist unser Tag, meine Herren. Kein Holz, keine Ernte, keine Aufträge gehen raus. Wir kümmern uns nur um den Sand."

Ich war noch dabei, die Säcke zum Befüllen vorzubereiten und wartete auf die Sandlieferung, als ich eine SMS von einer unbekannten Nummer erhielt. Ich nahm an, dass es etwas mit der Arbeit zu tun hatte, aber irgendetwas an der Uhrzeit, an der Dunkelheit des Tages und vielleicht sogar eine Art Intuition ließen mich auf den Bildschirm tippen, um nachzusehen.

Es hatte nichts mit der Arbeit zu tun.

Miss ist heute Morgen gestorben.

Anabeth. Die Welt blieb stehen, und der Schmerz, den die Worte verursachten, wurde durch das Wissen verstärkt, dass sie wahrscheinlich allein dort oben gewesen war, als ihre Großmutter starb. Gezwungen gewesen war, mit einem solchen Verlust umzugehen, ohne eine Schulter zum Anlehnen oder eine Hand zum Festhalten. Anabeth war eine starke Frau - unabhängig und intelligent und mit Sicherheit standfest - aber sie war auch trotzdem nur ein Mädchen, das sein letztes Familienmitglied verlor. Ganz allein.

Schuld hatte sich noch nie so kalt angefühlt.

„Stimmt etwas nicht?"

Ich sah von meinem Telefon auf und begegnete Alders besorgtem Blick. Verdammt, jeder der Jungs aus dem Sägewerk sah mich so an. Ich konnte mir nur vorstellen, was sie in meinem Gesicht gesehen hatten, dass sie einen so entsetzten Eindruck machten.

„Miss Hansen ist heute Morgen gestorben."

Die Männer um uns herum schienen kollektiv Luft zu holen. Miss Hansen war seit Jahrzehnten in der Stadt bekannt und beliebt. Sie war eine Kraft in meinem eigenen Leben gewesen, aber auch für so ziemlich jeden Mann in diesem Raum.

Alder seufzte; ein Zucken in seinem Kiefer war der einzige Hinweis darauf, dass ihn diese Nachricht überhaupt traf. Ich brauchte ihm nicht zu sagen, von wem die Nachricht stammte. „Du solltest gehen."

Ich schaute wieder auf mein Telefon. Keine Bitte um Hilfe, kein Zeichen, dass sie mich im Geringsten brauchte. Trotzdem musste ich mich vergewissern.

Was kann ich tun?

Die Blasen, die eine eingehende Antwort anzeigten, erschienen fast augenblicklich. Ich konnte den Blick nicht vom Bildschirm abwenden, nicht ganz sicher, ob ich sehen wollte, wie sie einmal in ihrem Leben um Hilfe bat oder nicht. Nicht ganz sicher, bei welcher Antwort ich mich wenige ohnmächtig fühlen würde.

Ihre Antwort ließ nicht lange auf sich warten.

Danke, aber im Moment geht es mir gut. Die Leute von Molnar's Beerdigungsinstitut sind hier, um sie nach Rock Falls zu bringen. Sobald sie fertig sind, fahre ich in ihr Büro, um die letzten Vorkehrungen zu treffen und werde Ihnen die Details mitteilen, sobald ich zurück bin.

Keine Hilfe erforderlich.

„Scheint nicht, dass sie mich braucht." Als hätte sie das jemals.

„Sie wird das Beerdigungsinstitut anrufen müssen", sagte Alder. „Eine Trauerfeier vorbereiten."

„Sie sagt, sie ist jetzt auf dem Weg dorthin."

„Du solltest mit ihr gehen."

Ich wollte den Kopf schütteln, aber Alder hielt mich mit einem Blick auf.

„Ich musste jede Entscheidung treffen, als Papa starb. Im Büro des alten Mannes Molnar zu sitzen und den Sarg auszusuchen, die Zeremonie festzulegen, den Anzug für seinen Leichnam... das waren die einsamsten zwei Stunden meines Lebens." Alder legte mir eine Hand auf die Schulter, seine Augen hielten meine fest. Sein Gesicht war zu verdammt ernst. „Ich verstehe, dass du eine Vergangenheit mit ihr hast, Dinge, die ich nicht einmal weiß, aber sie ist allein da draußen und das ist ihr einziges Familienmitglied. Sie braucht im Moment jemanden, und das ist unsere Aufgabe als Betreuer dieser Stadt und ihrer Bewohner."

Aber das Leben mit Anabeth war nie einfach gewesen. „Und was, wenn dieser Jemand nicht ich bin?"

„Und was, wenn du es doch bist?"

Ich ließ eine Hand in meine Tasche gleiten und fummelte dort an den Schlüsseln herum. Sandsäcke und Wasserstände und ständiger Regen bombardierten meine Gedanken, aber nichts davon war genug, um das Bild von blauen Augen und rotem Haar zu verdecken, das mich verfolgte. Das Bild von ihr, zerknittert und weinend über der Leiche ihrer Großmutter. Von ihr, die Schmerzen leidet.

Entscheidung gefällt. „Ich komme später wieder und helfe mit den Sandsäcken."

„Ja, ja. Das sagst du jetzt." Alder winkte mich ab und wandte sich wieder der Arbeit zu, bevor er rief: „Sei vorsichtig da draußen."

Ich war mir nicht sicher, ob er meinte, ich solle vorsichtig im Regen sein, vorsichtig, dass ich nicht den Soul Suckers begegnete, oder vorsichtig mit meinem Herzen bei Anabeth. Jedes dieser drei Dinge könnte für mich tödlich enden, schätzte ich.

Zu viele Minuten später bog ich auf die matschige Straße ein, die zum Grundstück der Hansens führte. Der Bach, den sie überquerte, würde nicht mehr viel brauchen, um über die Ufer zu treten, genau wie unten beim Sägewerk, und die Straße würde wahrscheinlich blockiert sein. Wenn der Erddamm weiter oben auf dem Berg - der den ganzen Sommer über den Abfluss der schmelzenden Schneekappen kontrollierte - versagte, würde die Straße wahrscheinlich komplett weggespült werden. Dann würde Anabeth ganz allein in diesem Haus festsitzen, ohne eine Möglichkeit, in die Stadt zu gelangen. Ohne eine Möglichkeit, Hilfe zu bekommen, wenn sie welche bräuchte.

Damit müsste man sich befassen, und zwar bald.

Mein Truck geriet ins Rutschen, als ich in ihre Einfahrt fuhr, und kam auf dem stehenden Wasser praktisch ins Schleudern. Der Boden war bereits aufgeweicht. Eine Überschwemmung war definitiv im Anmarsch, und zwar eine, von der wir nur hoffen konnten, dass sie nicht allzu viel Schaden anrichten würde.

Ich eilte zur Veranda und klopfte an die Tür, in der Hoffnung, dass Anabeth noch nicht gegangen war. Ich wollte nicht zu spät kommen... schon wieder. Ein paar Sekunden später öffnete sie die Tür, das Kinn erhoben und das Gesicht geschminkt, die Wangen aber waren rosa und tränenverschmiert. Sie sah so verdammt schön und wild aus in ihrer Trauer.

Sie machte eine Show daraus.

„Bishop", flüsterte sie und erinnerte mich an den Tag zuvor, als ich auf die gleiche Weise aufgetaucht war – uneingeladen und möglicherweise unerwünscht, aber ich musste einfach da sein.

„Dachte, du könntest heute einen Freund gebrauchen."

Und zum wahrscheinlich erst zweiten Mal, seit ich sie kannte, zerbrach diese steinharte Fassade. Ihre Schultern sackten zusammen und ihr Körper wurde schlaff, als sie sich ihrem Kummer hingab. Jeder Zentimeter von ihr wurde weich, und die Tränen liefen ungehemmt über ihre blassen, sommersprossigen Wangen. Das Wort zerbrochen genügte nicht. Sie fiel direkt vor meinen Augen in sich zusammen.

Es gab nichts Anderes zu tun, als nach ihr zu greifen, sie zu packen und in meine Arme zu ziehen. So wie ich es immer tat, wenn ich wusste, dass sie Zuneigung brauchte, aber sich nicht traute, darum zu bitten. So wie ich es in der Nacht vor meiner Abreise zum College getan hatte, als ich sie festhielt und ihr versprach, dass wir immer wir sein würden. So wie ich es in der letzten Frühlingsferienwoche getan hatte, als ich mit diesem Mädchen Liebe machte, weil ich wusste, dass ich sie in ein paar kurzen Monaten fragen würde, ob sie mich heiraten will.

So wie ich es seit vierzehn verdammt langen Jahren wieder tun wollte.

Anabeth klammerte sich an meine Arme, zitterte, schluchzte leise an meiner Schulter. Es gab nichts, was das Gefühl verdrängen konnte, wie richtig sie sich an meiner Brust anfühlte. Keine Möglichkeit, mich davor zu schützen, noch tiefer in eine Hingabe zu stürzen, von der ich wusste, dass sie mich ertränken würde.

Mein Herz wollte sie immer noch, vielleicht mehr als je zuvor.

Und ich würde mich dafür hassen, wenn sie es wieder zerstörte.

Die Fahrt zurück vom Beerdigungsinstitut schien ewig zu dauern. Vielleicht war ich aber auch zu müde von den ganzen Aktivitäten an diesem Morgen und wollte unbedingt in mein Bett. Der Tod meiner Großmutter hatte mich noch nicht getroffen, nicht wirklich, aber ich wusste, dass er es tun würde. Ich war ein wenig zusammengebrochen, als Bishop an meiner Tür aufgetaucht war, aber der Damm, der meine Emotionen zurückhielt, war noch nicht ganz gebrochen. Das würde er aber. Und zwar bald.

Er musste schneller fahren.

„Bist du okay?"

Ich wandte mich vom Fenster ab und zuckte mit den Schultern. Ich konnte ihn nicht ansehen, nicht ganz, nicht ohne noch viel früher zu zerbrechen. Stattdessen konzentrierte ich mich auf seine Hände, wie sie das Lenkrad umklammerten. Auf diese langen, dicken Finger, die so sanft sein konnten. Die meine Hand gehalten und meinen Arm gestreichelt hatten, als ich im Büro des Bestattungsinstituts gesessen und über die Holztöne für die Urne, in die ihre Asche gelegt werden sollte, nachgedacht hatte und darüber, ob ich Blumen, Musik und eine Videopräsentation wollte, bei der Bilder von meiner Großmutter vorbeizogen. Als ich all die Dinge entschied, die die Tatsache zementieren würden, dass die einzige Person, die mir jemals einen Tropfen wahrer Fürsorge und Liebe gezeigt hatte, fort war.

Nun, eine andere Person als der Mann, der mich gerade nach Hause fährt.

„So sehr ich es kann." Ich beobachtete, wie sich seine Finger anspannten, wie sich die Muskeln in seinen Handgelenken zu spannen schienen. Ich konnte praktisch die Spannung spüren, die von ihm ausging - meine Antwort gefiel ihm nicht. Darüber musste ich fast lächeln. Er hatte immer gewollt, dass ich mich mehr öffne. Und vielleicht war das gar keine so schlechte Idee. „Danke, dass du mit mir kommst. Ich weiß es wirklich zu schätzen."

Sein Griff lockerte sich. „Ich weiß, wie viel Miss dir bedeutet hat."

Das hatte sie. Sie hatte es wirklich getan. Diese Frau hatte nicht einmal gewusst, dass ich existierte, als meine Mutter - ihre einzige Tochter - gestorben war. Sie hatte seit Jahren nicht mehr mit ihr gesprochen und war schockiert gewesen, dass die Tochter, die sie aufgezogen und verloren hatte, selbst eine Tochter hatte. Aber zu diesem Zeitpunkt war ich schon fast mein ganzes Leben lang in Pflegefamilien untergebracht. Das Kind einer Süchtigen zu sein, war weder einfach noch sicher. Jedes Mal, wenn meine Mutter wegen Drogenbesitzes oder Prostitution verhaftet wurde, wurde ich weggenommen und kam wieder bei Fremden unter. Manche waren nett, manche waren… nicht so nett. Keiner von ihnen schien sich wirklich um mich zu kümmern.

Aber dann war Miss im Büro meines Sachbearbeiters aufgetaucht, mit einem Anwalt an ihrer Seite. Sie hatte mich tatsächlich *gefragt*, ob ich bei ihr wohnen wolle, hatte sich die Zeit genommen, sich vorzustellen und mir zu erzählen, wie das Leben mit ihr als meinem Vormund aussehen würde.

Ich hatte die Chance ergriffen.

Also nahm Miss mich mit nach Hause, und ich zog in ihr kleines Bauernhaus auf dem Bergrücken, umgeben von einem so tiefen und alten Wald, dass ich mich wunderbar unsichtbar fühlte. Sie brachte mir die Gaben bei, mit denen sie geboren worden war, die ihr Einblicke in die Zukunft gaben, die sie dazu brachten, die Teeblätter richtig zu legen oder eine bestimmte Karte aus dem Tarot-Deck zu ziehen. Miss lehrte mich, für mich selbst einzustehen, meinen Charme zu meinem Vorteil zu nutzen, die perfekte Tasse Tee zu brauen und zu verstehen, dass nicht alles auf der Welt so ist, wie es scheint.

Sie hatte mich gelehrt, ich selbst zu sein, und jetzt war sie weg.

Im Ernst, Bishop musste schneller fahren, bevor der Damm, der mein Herz zusammenhielt, brach und ich seinen Truck mit meinen Tränen überflutete.

„Wird dieser Regen jemals nachlassen?" fragte ich und versuchte, mich auf etwas Anderes zu konzentrieren als auf den Schmerz, der sich in mir aufbaute.

„Das hoffe ich sehr, aber die Front ist festgefahren. Wir sind in einer Welt des Schmerzes, wenn es nicht bald vorwärtsgeht."

„Glaubst du, dass wir eine Überschwemmung haben könnten?"

„Ich glaube, es gibt eine Menge alter Erddämme in diesen Hügeln, die in letzter Zeit zu viel Trockenheit erlebt haben. Ich traue ihnen nicht über den Weg. Außerdem ist der Boden zu hart und trocken, um viel davon zu absorbieren. Deshalb steht das Wasser bereits auf der Auffahrt - es kann nirgendwo hin."

Er würde es wissen - er hatte mehr Zeit damit verbracht, den Berghang zu erkunden und mehr über diese Gegend zu lernen als jeder andere Kennard-Junge. „Nun, ich hoffe, es hört bald auf. Ich würde gerne in die Stadt fahren und sehen, was sich verändert hat. Vielleicht ein bisschen in den Hügeln wandern."

Bishop schwieg eine lange Minute lang, das einzige Geräusch war das Rumpeln des Motors und das Klopfen der Wischerblätter, die über die Windschutzscheibe hin und her glitten.

„Das ist eine schlechte Idee", sagte er schließlich. Meine Augen wanderten von selbst zu seinem Gesicht, und ich legte den Kopf schief, als ich die schwere Stirn, die er trug, wahrnahm.

„Warum sagst du das?"

„Wir haben in letzter Zeit Probleme gehabt."

Ich rollte fast mit den Augen. „Ich kenne mich in diesen Wäldern aus. Außerdem kann ich auf mich selbst aufpassen."

„Oder die Typen, die Ärger machen, tauchen auf und kümmern sich selbst um dich."

„Nun, das ist eine ziemlich positive Sichtweise auf etwas so Einfaches."

„Das ist die Realität, Schätzchen."

Seine Worte ließen die Türen in mir zuschlagen und überfluteten meinen Geist mit Wut und Frustration. Ich hasste es, wenn Männer mich in diesem Tonfall „Schätzchen" nannten. Der, der mich praktisch verhöhnte, als hätte ich keine Ahnung, wovon ich sprach. Ich arbeitete in Vegas - Männer mit mehr Geld als Moral, Mafia-Bosse und zwielichtige Gestalten waren ein fester Bestandteil meiner Welt. Ich war nicht unwissend, wie schlecht die Dinge laufen konnten, aber anscheinend dachte Bishop, ich wäre es.

Wenn Miss mich nicht dazu erzogen hätte, freundlich zu sein, wenn sich jemand die Zeit nimmt, mir zu helfen, hätte ich ihn ein Arschloch genannt.

Stattdessen hielt ich den Rest des Weges zurück zum Farmhaus den Mund, mein Bein zitterte und meine Arme waren verschränkt. Steif. Unnachgiebig. Vielleicht würde ich nicht mehr weinen, wenn ich erst einmal drinnen war - vielleicht würde ich ein paar zerbrechliche Gegenstände werfen, um die rasende Frustration, die mich durchströmte, abzubauen.

Vielleicht würde ich Dinge nach Bishop werfen.

Aber Frustration und Gereiztheit erinnerten mich an andere Dinge, an Zeiten, in denen Bishop mich geschubst hatte, so wie er es jetzt tat, und ich hatte auf ihn eingeschlagen. Wir stritten, ich rastete aus und er blieb irritierend ruhig, bis ich zusammenbrach. Bis ich seine Hand wegschlagen oder ihn zurückstoßen wollte, als er mich in die Enge treiben wollte, und ich ihn stattdessen packte. Ihn festhielt. Bis die Emotionen, die mich überfluten, von Wut in Lust umschlagen und ich ihm dieses nervige Grinsen aus dem Gesicht küsse.

Ich musste von ihm wegkommen, bevor ich etwas total Dummes tat. Denn das würde ich tun. Ich wollte es. Wollte so sehr eine Verbindung zu jemandem spüren.

In der Sekunde, in der er in meiner Einfahrt zum Stehen kam, stieß ich die Tür auf und trat hinaus in den Sturm, um zu entkommen. „Danke fürs Mitnehmen."

Bishop wollte mich aber nicht gehen lassen. Nein, natürlich nicht. Er sprang auf der Seite herunter und eilte hinter mir her um die Front des Trucks herum. „Anabeth, warte. Hör mir zu."

Er packte mich am Arm und stoppte mich auf der Stelle. Ich rutschte abrupt aus, aber Bishop würde mich nicht fallen lassen. Selbst im klatschnassen Zustand hatte der Mann die Kraft, mich aufrecht zu halten. Seine Berührung wurde jedoch von sanft und sicher zu härter und gefährlicher. Eine Hand auf meinem Arm, die andere glitt hinunter zu meiner Hüfte. Er hielt mich fest, während seine Finger meinen Hintern berührten. Zog mich gegen seine Brust, um mich auf den Beinen zu halten. Bringt uns zusammen, von den Schultern bis zu den Knien.

Berührend. So sehr berührend.

Der Regen hatte uns beide bereits bis auf die Knochen durchnässt, aber das war egal. Ich konnte den Blick nicht von ihm abwenden, es war mir egal, dass ich nass und kalt war. Ich zitterte, die feuchte Luft raubte mir die ganze Körperwärme. Oder vielleicht lag das nicht am Wetter, denn Bishop hatte seine Hände auf mir. Und er ließ mich nicht los. Stattdessen starrte er auf mich herab, mit Hitze und Feuer in den Augen, mit seinem so offensichtlichen Verlangen. So wild. So nah. Sein Gesicht, seine Lippen, diese stahlgrauen Augen, die ich immer so sehr geliebt hatte, waren mir so nah. Ganz nah an mir.

Und genau wie ich es in Erinnerung hatte, roch er nach Minze.

Der Damm in mir brach endlich, aber es war nicht Traurigkeit, die mich überkam. Ich stürzte nach vorne, klammerte mich an seine Schultern, während ich meine Lippen auf seine presste. Als ich einen Kuss von ihm stahl. Bishop zögerte nicht, ihn zu erwidern - er erstarrte nicht, schreckte nicht zurück und wich nicht aus. Nein, der Mann stürzte sich sofort auf mich, hob mich vom Boden auf und schlang meine Beine um seine Taille, während seine Zunge in meinen Mund eindrang. Als er meine einfache Handlung übernahm und sie in etwas mehr verwandelte, etwas so Heißes und Feuchtes, so Starkes. In einen Kuss, der sich weigerte, gezähmt zu werden.

Es war nichts Sanftes oder Freundliches an diesem Akt, nichts Süßes. Bishop hielt mich fest, als hätte er Angst, ich könnte mich zurückziehen, seine Finger gruben sich tief in mein Fleisch. Er verlangte, dass ich bleibe. Seine Zunge glitt gegen meine, als gehöre sie dorthin, seine Lippen weigerten sich, mich loszulassen. Dies war mehr als ein Kuss, es war eine Übernahme - feindselig und rau. Fast schmerzhaft in seiner Intensität. Fast perfekt in seiner Kraft.

Ein Kuss, an dem vierzehn Jahre gearbeitet wurde.

Unfähig, aufzuhören, unfähig, still zu halten, rollte ich meine Hüften gegen seine, drückte gegen den harten Grat zwischen uns. Ich liebte das kleine Grunzen, das er von sich gab, und wollte so viel mehr von ihm. Aber der Regen ließ nicht nach, und die Kälte machte mir schließlich zu schaffen. Als Blitze über das Tal zuckten, zitterte ich, brach den Kuss ab und drückte meine Stirn gegen seine, während ich nach Luft schnappte. Ich kämpfte darum, die Art und Weise zu kontrollieren, wie mein Herz aus meiner Brust springen wollte.

„Scheiße, Anabeth", sagte Bishop keuchend, als er meine Beine wieder auf den Boden gleiten ließ. Während er mich festhielt und seinen großen Körper gegen meinen presste. „Was machen wir hier?"

Diese Frage zog mich schnell hoch. Was haben wir gemacht? Oder besser gesagt, was habe ich getan… außer noch mehr Fehler zu machen. Ich konnte ihn nicht noch einmal verletzen. Ich konnte ihn nicht auf denselben Weg bringen, nur um dann wegzugehen. Oder dass er mich zurücklässt.

„Es tut mir leid." Ich löste mich aus seinem Griff und rollte mich zusammen. „Ich hätte das nicht tun sollen."

Bishops Gesicht verhärtete sich und er schaute weg, seine Wut rollte in Wellen von ihm ab. „Das hättest du nicht tun sollen, aber du hast es getan."

Ich tat es. Und ich wollte es wieder tun, was mich ein weiteres „Es tut mir leid" flüstern ließ.

„Das hast du gesagt." Er fixierte mich mit einem harten Blick, diese stahlgrauen Augen brannten. „Was willst du, Anabeth? Was muss ich hier tun?"

Küss mich noch mal. Sag mir, dass alles gut werden wird. Lass mich etwas Anderes fühlen als Schmerz und Verlust.

Alles unmögliche Dinge. Also habe ich gelogen. „Nichts. Ich will nichts."

„Nichts. Von mir."

Der Schmerz in seiner Stimme brachte mich um, aber ich hielt meinen Mund. Natürlich wollte ich Dinge von Bishop Kennard. Ich wollte mehr von seinen Küssen, wollte sehen, wie er mich mit Liebe und Zuneigung anschaute, wollte seinen warmen Körper nachts um den meinen gewickelt haben. Ich wollte beim Abendessen Geschichten von unseren Tagen erzählen und mit seinem lächelnden Gesicht aufwachen. Ich wollte alles - aber ich hatte kein bisschen davon verdient. Ich hatte ihn nicht verdient.

Als ich nicht wieder etwas sagte, grunzte er frustriert und verzog die Lippen zu einem Stirnrunzeln. „Gut. Ich werde dir dein *Nichts* geben, Anabeth."

Er machte auf dem Absatz kehrt und stürmte davon, in Richtung seines Trucks. Er ließ mich zurück, wie ich ihn zurückgelassen hatte. Und als ich dort im Regen stand, als die Kälte und der Verlust und die Trauer mich unter die schäumenden Wellen zogen, wusste ich, dass der Schmerz und der Herzschmerz, der sich in mir aufbaute, genau das war, was ich verdiente, weil ich ihn angelogen hatte. Schon wieder.

Kapitel

5

Anabeth

Denke nicht an den Kuss des Bishops oder die umgekehrte Stab Neun, die du heute Morgen gezogen hast. Denke an...

„Es wird nie aufhören zu regnen", sagte ich zu niemandem und betrachtete stirnrunzelnd durch die Windschutzscheibe die konstanten Wassermassen, die vom Himmel fielen. Eines der wenigen Dinge, die ich am Leben entlang der Rocky Mountain Front nicht vermisste, war die Regenzeit. Sicher, in Vegas regnete es - manchmal so stark, dass die Straßen überflutet wurden -, aber nicht so wie in Justice. In Vegas kam und ging der Regen schneller als Dollarscheine in einem Spielautomaten. In Justice zogen die Regenwolken schwer und dunkel heran und blockierten die Berggipfel, während sie sich tagelang in einem kalten, nassen Himmel niederließen. Es fühlte sich oft so an, als würde man nie wieder die Sonne sehen, als würden die Regenwolken an der Bergkette hängen bleiben und die Welt würde mit ihnen einfach schwarz werden.

Oder vielleicht war mein Geist nicht an der richtigen Stelle, um sich mit so viel Dunkelheit zu beschäftigen, während ich mich auf eine Beerdigung vorbereitete. Ich hatte an diesem Morgen einige schlechte Karten gezogen, darunter meine unbeliebteste - die umgekehrte Neun der Stäbe. Sie zeigte Zögerlichkeit und Nervosität in meinem Leben an, Dinge, die ich definitiv spürte. Dinge, mit denen ich mich konfrontieren und auseinandersetzen musste, wenn ich vorankommen wollte, aber ich konnte mich nicht darauf konzentrieren. Stattdessen gingen mir die Erinnerungen an den Abend zuvor durch den Kopf. An einen Kuss, der nie hätte passieren dürfen, und einen Streit danach. An einen gewissen Einheimischen mit starken Lippen und noch stärkeren Händen.

Hör auf, über Bishop nachzudenken.

Ich fuhr durch Justice, auf dem Rückweg von Rock Falls mit einem Kofferraum voller Einkaufstüten. Ich war nicht in der Lage gewesen, irgendeine Art von Einkauf zu tätigen, während Miss krank war; die Tage vor ihrem Tod waren zu stressig, um es zu versuchen. Aber das Leben ging immer weiter, was bedeutete, dass ich Vorräte brauchte. Und Ablenkung.

Das alte Haus war zu still gewesen, als ich an diesem Morgen aufgewacht war. Zu dunkel und leer. Es gab dort eine Menge zu tun - die Schränke und Fächer aufräumen, die Möbel umstellen, damit ich sie zum Verkauf anbieten konnte, mich darauf vorbereiten, Abschied zu nehmen und jeden einzelnen Aspekt meines früheren Lebens für immer zu betrauern - aber all das konnte einen halben Tag lang warten. Ich brauchte ein paar Stunden außerhalb des Hauses, weg von der Einsamkeit und der Traurigkeit, die es befallen hatte. Zumindest hatte ich mir das eingeredet, als ich an diesem Morgen wie von Geisterhand gejagt aus der Haustür gerannt war.

Als ich in die Main Street einbog, entdeckte ich ein neues Schild entlang des Streifens der meist leeren Gebäude. Das „Baker's Cottage". Einprägsam auf eine heimelige Art und Weise und eine komplette Überraschung. Tatsächlich ein Restaurant in der Stadt?

Auf einem Schild im Fenster stand „Jetzt geöffnet", auf einem anderen „Täglich hausgemachte Suppe". Eine heiße, herzhafte Schüssel Suppe klang wie das perfekte Mittel gegen die Tristesse des Tages, und ich war nicht bereit, den Nachmittag allein in diesem leeren Haus zu verbringen, also fuhr ich in eine Parklücke.

Eine Glocke läutete leise über mir, als ich das Baker's Cottage betrat, was das warme Interieur im Stil einer Skihütte noch interessanter machte. Sanfte, gedämpfte Grautöne bildeten den perfekten Hintergrund für die Holzverkleidung an Wänden und Decken, und die zur Bar gestapelten Felsen passten genau in den Raum. Jemand kannte die Gegend gut. Eigentlich hätten die Einheimischen hierher strömen müssen, aber stattdessen war das Restaurant leer. Seltsam, selbst für einen späten Vormittag in Justice. Und ein perfektes Thema, um mich darauf zu konzentrieren, damit ich aufhören konnte, über … andere Dinge nachzudenken.

„Hallöchen." Eine pixieartige junge Frau mit zu einem eleganten Pferdeschwanz hochgesteckten blonden Haaren erschien von hinten. „Willkommen im The Baker's Cottage. Kann ich Ihnen einen Kaffee anbieten?"

Ich rutschte auf einen Hocker an der Bar und griff nach einer Speisekarte. „Nein, danke. Ich bin eher ein Teemädchen."

„Sie und der Besitzer müssen verwandte Seelen sein." Sie zog eine Holzkiste unter dem Tresen hervor. „Wir haben Optionen von einigen der besten Teemischern des Landes. Was ist Ihre Vorliebe? Schwarz, grün, Oolong?"

„Grün. Ich trinke normalerweise einen Pfefferminztee."

„Dann weiß ich genau das Richtige." Sie drehte sich um, um Wasser in den Wasserkocher hinter ihr zu füllen, und summte leise vor sich hin. Ich hatte früh gelernt, meinem Instinkt zu vertrauen, was Menschen anging, und das hatte sich in Vegas für mich ausgezahlt. Ich konnte vielleicht nicht wirklich die Zukunft von jemandem sehen, wie Miss es konnte, aber ich konnte die

Rolle der Seherin spielen. Ich konnte genug anstupsen, um eine Reaktion zu bekommen, um das Ziel dazu zu bringen, ein Zeichen für eine positive oder negative Reaktion zu zeigen, und von da aus aufzubauen. Meine Fähigkeiten lagen im Lesen von Tarotkarten, aber selbst das erforderte ein Verständnis für Menschen, um sie wahrhaftig und ehrlich zu lesen.

Dieses Mädchen? Glück strahlte praktisch von ihr aus, und ich fragte mich, ob sie frisch verheiratet oder schwanger war. Vielleicht beides. Ich griff in meine Tasche und zog mein Tarot-Deck heraus, wollte ihre Karten lesen. Ich wollte mehr über sie wissen. Ich mischte das Deck schnell, fingerte an den Rändern, bevor ich eine, dann zwei, dann drei umdrehte, während ich mich auf die Blondine auf der anderen Seite der Bar konzentrierte. Das Ziehen der Karten würde mir keinen genauen Aufschluss über sie geben, aber es wäre ein Anfang. Etwas Unauffälliges und Leises, das ich tun könnte, um mehr zu erfahren. Und wenn sie es sah und mich bat, ihr tatsächlich die Karten zu lesen? Umso besser.

Die erste Karte war der Ritter der Kelche, was auf Romantik und einen Ritter in glänzender Rüstung in ihrem Leben hindeutet. Wenn sie keinen Partner hätte, und zwar einen, der sie um jeden Preis beschützt, würde ich mich wundern. Die zweite zeigte mir den Narren - Unschuld und Neubeginn. Die dritte brachte ein Stirnrunzeln in mein Gesicht - eine umgekehrte Glücksradkarte, die Unglück und äußere Kräfte gegen sie anzeigte. Das passte nicht, aber ich konnte nicht sagen, ob die Karte für sie oder für mich bestimmt war, oder ob es nur ein schlechter Zug war.

„Justice ist eine kleine Stadt", sagte die Kellnerin und lächelte höflich, während sie einen Teebeutel aus der Schachtel vor mir holte. „Ich glaube, ich habe Sie hier noch nicht gesehen. Auf der Durchreise?"

Ich steckte die Glücksradkarte zurück in den Stapel. Das brauchte sie nicht zu wissen. Manchmal bedeutete ein guter Darsteller zu sein, die schlechten Dinge vor den Menschen um einen herum zu verbergen, besonders, wenn sie nicht darum gebeten hatten, davon zu erfahren.

„Mehr oder weniger. Habe hier während der High-School eine Weile gelebt und bin dann nach Vegas gegangen. Meine Großmutter ist allerdings von hier. Oder sie war es." Ich musste mir eine bessere Erklärung einfallen lassen, als sie mir einen verwirrten Blick zuwarf. „Sie ist gerade verstorben. Tut mir leid - ich bin noch nicht wirklich daran gewöhnt, sie als tot zu betrachten."

„Es tut mir so leid für Ihren Verlust." Sie legte den Kopf schief, sah mich mit neuen Augen an und blickte dann zu den Karten auf der Theke vor mir hinunter. „Sind Sie die Enkelin von Miss Hansen? Die, die den Leuten ihre Zukunft voraussagt?"

„Sicher." Ich lächelte und bot meine Hand an. „Ich bin Anabeth Monroe. Und Sie sind?"

„Auf keinen Fall." Eine Brünette schlüpfte praktisch durch die Tür zur Küche, ihre Augen weit aufgerissen und ihr Lächeln noch breiter. „Anabeth Monroe. Ich hätte nie gedacht, dass ich dieses rote Haar noch einmal in natura sehen würde."

Ich brauchte weniger als drei Sekunden, um die Erinnerungen an das breite Lächeln und die hübschen haselnussbraunen Augen hervorzuholen. Katie Baker - sie war ein paar Jahre hinter mir in der Schule gewesen, aber ich erinnerte mich an sie. Sie hatte die meiste Zeit mit dem jüngsten Kennard-Geschwisterchen verbracht, einem Mädchen namens Lainie. Damals noch klein und dünn, war Katie zu einer kurvenreichen Frau mit einem einladenden Lächeln und einem Körper herangewachsen, der einen erwachsenen Mann umhauen würde. Ich hätte gewettet, dass sie bei den Männern in der Mühle sehr beliebt war.

„Katie." Ich stand auf und umarmte das kleinere Mädchen. „Ist das deine Wohnung? Ich wusste gar nicht, dass du noch in der Stadt bist."

„War ich nicht, aber jetzt bin ich es. Bin eigentlich gerade erst zurückgekommen." Sie ging hinter die Bar und gesellte sich zu der Blondine. „Ich bin für eine Weile nach Denver gezogen, um auf die Kochschule zu gehen und zu versuchen, in der Stadt Koch zu werden, aber am Ende habe ich mein Zuhause zu sehr vermisst. Also bin ich hier und habe gerade diesen Laden eröffnet. Mit ein wenig Hilfe der Kennards natürlich."

Ja, natürlich. Ohne sie ging in dieser Stadt nichts. „Nun, das Restaurant sieht fantastisch aus, und die Suppenauswahl klingt köstlich."

„Danke. Ich bin ziemlich stolz auf das, was ich bis jetzt getan habe." Ihre Augen wurden groß, ihr Mund fiel auf, als sie nach mir griff. „Ich bin auch ein Arschloch. Ich spreche hier davon, ein Restaurant zu eröffnen, und du bist mit Trauer beschäftigt. Ich habe gehört, dass Miss verstorben ist. Das tut mir sehr leid. Kann ich irgendetwas tun?"

Das war etwas, das ich am Kleinstadtleben verzweifelt vermisst habe - die familiäre Atmosphäre. Die Art und Weise, wie die Nachbarn aufeinander achteten. Der Klatsch und Tratsch verbreitete sich ziemlich schnell, aber auch die Hilfsangebote, wenn man sie brauchte.

Das bedeutete aber nicht, dass ich es akzeptieren konnte. „Danke, aber es geht mir gut. Alles ist geregelt, und jetzt muss ich nur noch auf die eigentliche Beerdigung warten."

„Es ist Samstag, richtig?"

Zwei Tage, bis ich mich von Miss für immer verabschieden musste. „Ja, im Molnar's in Rock Falls."

„Nun, du kannst dich darauf verlassen, dass ich dabei bin." Katie schenkte mir eine Art unterstützendes Lächeln und legte ihre Hand um meine. „Was kann ich sonst noch tun? Bist du hungrig? Natürlich bist du das - Du bist in einem Restaurant. Was kann ich dir bringen?"

„Ich habe dein Schild im Fenster gesehen und dachte, eine

warme Schüssel Suppe klingt nach Perfektion an so einem trüben Tag. Ich wollte mir gerade eine aussuchen, als du reinkamst."

Katie schob die Speisekarte wieder vor mich. „Suppe ist eine gute Wahl. Neben dem, was hier auf der Speisekarte steht, habe ich einen Steak-Eintopf, der seit heute Morgen um vier Uhr köchelt. Es ist wahrscheinlich der beste Eintopf, den ich mache, falls du Lust auf eine deftigere Mahlzeit hast."

„Das klingt perfekt."

„Ich hole es", sagte die Blondine und ging in Richtung Küche. Katie hielt sie jedoch auf, bevor sie passieren konnte.

„Anabeth, hast du Shye schon kennengelernt?"

Ich lächelte und bot erneut meine Hand an. „Ich wollte mich gerade vorstellen, als Sie herauskamen. Hi, ich bin Anabeth Monroe."

„Shye Anderson", sagte sie und schüttelte meine Hand. „Freut mich, Sie kennenzulernen."

„Shye ist irgendwie neu in der Stadt", sagte Katie. „Allerdings hat sie Alder Kennard schon fest im Griff."

Abgeschlossen... Ich hatte mich nicht in ihr getäuscht. „Alder ist verheiratet? Ich hatte ja keine Ahnung."

Shye rollte mit den Augen. „Wir sind nicht verheiratet, obwohl er mich in dieser Sekunde zum Gericht schleifen würde, wenn ich ihn ließe."

Sie scherzte, aber die Röte auf ihren Wangen und das Leuchten in ihren Augen logen nicht - die Frau war verliebt. Tief verliebt.

Mein Lächeln wurde etwas schwieriger festzuhalten.

„Nun, herzlichen Glückwunsch. Die Kennards sind gute Menschen, und wenn die Karten richtig liegen - und sie liegen immer richtig", ich setzte mein Bühnengrinsen auf und zwinkerte ihr zu -, „dann hast du eine glückliche Zukunft mit Hoffnung und Möglichkeiten vor dir. Du solltest dich auf jeden Fall von ihm dahinziehen lassen, wo er dich hinbringen will."

„Alles zu seiner Zeit", sagte Shye, immer noch grinsend, immer noch praktisch glühend vor einer Freude, die sie zu zügeln schien. „Es tut mir wirklich leid, das mit Miss zu hören. Sie war immer nett zu mir, als ich oben auf dem Bergkamm lebte."

„Danke. Ich bin froh, dass du sie kennengelernt hast, bevor sie gestorben ist."

Katie stieß die Frau mit den Schultern an. „In Ordnung, Mrs. Kennard. Wie wäre es, wenn du ihr eine Schüssel Eintopf holst, bevor dein Bodyguard auftaucht?"

Shye runzelte die Stirn, dann verschwand sie nach hinten, während Katie mir den aufgegossenen Tee einschenkte.

„Bodyguard?"

Katie brummte. „Du wirst schon sehen. Also erzähl mal, wie ist Vegas?"

Ich zuckte mit den Schultern, ambivalent gegenüber meiner Wahlheimat, und riss die Ecke meiner Papierserviette auf, um meine Hände zu beschäftigen, damit ich nicht wieder nach meinen Karten griff. „Gut. Gut. Meine Karriere läuft gut, und ich habe eine schöne Wohnung, die weit genug vom Strip entfernt ist, um nicht so oft mit Touristen zu tun zu haben. Was könnte ich mir mehr wünschen?"

Mehr Küsse von Bishop.

Als ob sie meine Gedanken gelesen hätte, fragte Katie: „Hast du einen Mann da draußen?"

„Nein. Kein Mann." Um ehrlich zu sein, hatte ich seit Bishop keinen Freund mehr gehabt. Ich hatte mich verabredet. Ich hatte sogar mal versucht, mich zu binden, aber ohne Erfolg. Jedes Mal, wenn mir jemand zu nahekam, lief ich weg. Eine Romanze schien mir nicht in den Karten zu stehen, egal was die örtlichen Klatschbasen dachten. Wann immer sie mich mit einem anderen Mann reden sahen, hetzten sie gegen mich, was mich nur ärgerte.

Bishop zu küssen reizte dich nicht ... Die Erinnerung an den

Tag zuvor, wie ich mich auf Bishop geworfen hatte und wie er mich geküsst hatte, schrie mir durch den Kopf. Es war ein großartiger Kuss gewesen - intensiv und seelenerschütternd -, aber das war alles, was es sein könnte. Ein einziger Kuss. Ich hatte ihm gesagt, dass ich nichts von ihm wollte, und wenn das Schweigen meines Handys ein Hinweis darauf war, befolgte er meine Anweisung. Was das Beste war. Zumindest sagte ich mir das.

Shye kam mit dem Eintopf und einem Brötchen zurück, bevor sie wieder nach hinten verschwand und Katie und mich in dem ansonsten leeren Speisesaal zurückließ. Die andere Frau beschäftigte sich hinter der Theke, während ich einen Löffel des Eintopfs zum Mund führte. Eine Explosion von Aromen brach aus, und die Wärme verdrängte die ständige Kälte, die sich auf mich gelegt hatte.

„Oh mein Gott", sagte ich, als ich einen weiteren Löffel hochhob, um darauf zu pusten. „Das ist unglaublich."

„Danke. Es war das Rezept meiner Großmutter, aber ich habe ein paar Dinge verändert. Klassisch mit einem Twist, weißt du?" Katies Grinsen verwandelte sich in ein besorgtes Stirnrunzeln, als sie an mir vorbeischaute. „Wenn ich jetzt nur noch hundert Kunden dazu bringen könnte, mir eine Chance zu geben, wäre alles prima."

„Mir ist aufgefallen, dass du ein bisschen langsam bist. Ich hätte gedacht, dass die Jungs in der Mühle so einen Ort wie diesen durchkämmen würden."

„Ich bin sicher, dass sie wieder zu sich kommen, sobald sich die Dinge wieder beruhigt haben." Sie zuckte mit den Schultern, als ich nicht antwortete. „Sie hatten in letzter Zeit einige Probleme mit den Soul Suckers."

Das war etwas, das man nicht jeden Tag hörte. „Soul Suckers... Die Mühle hatte Probleme mit Dämonen?"

„Nein, keine Dämonen. Die Motorrad-Gang", sagte Shye und erschien von hinten, gerade als die Glocke über der Tür für einen neuen Kunden läutete. Ein Mann, den ich nicht erkannte - lange Haare, Bart, flache, dunkle Augen und genug Muskeln, um eine Bedrohung zu sein, selbst wenn er in deine Richtung lächelte. Was er nicht war. Da ich in Vegas lebte und den Job machte, den ich machte - die Leute in der Menge zu lesen und herauszufinden, wie man ihre Knöpfe drückt - wusste ich, wann das Böse einen Raum betrat, und dieser Mann war böse.

Shye schnaufte nur und sah aus wie ein Kätzchen, das kurz davor war, seine Krallen einzusetzen. „Meine Anstandsdame ist hier."

Katie schüttelte den Kopf und beobachtete die Bärtige mit so etwas wie Interesse. Etwas, das sie definitiv zu verbergen schien. „Alder macht sich Sorgen um dich. Wir sollten alle so glücklich sein, einen Mann zu haben, der auf uns aufpasst."

„Ich weiß. Ich wünschte nur, die Dinge müssten nicht so kompliziert sein." Shye schenkte mir ein Lächeln mit einem Hauch von Frustration. „Es war nett, dich kennenzulernen, Anabeth."

„Dich auch", sagte ich, während ich die Frau mit dem Bären eines Mannes hinausgehen sah, der ... kein einziges Wort gesagt hatte.

„Das ist also der Leibwächter."

„Jep." Katie wartete, bis ich einen Löffel Eintopf im Mund hatte, um zu sagen: „Sie haben ihren Wohnwagen verbrannt."

Ich würgte und stotterte und griff nach meiner Serviette, um meinen Mund zu bedecken, als ich keuchte: „Sie haben was?"

„Der Soul Suckers Motorcycle Club. Sie haben ihren Wohnwagen angezündet und bis auf die Grundmauern niedergebrannt."

Ich konnte das nicht glauben, aber Katie sah ganz sicher nicht so aus, als würde sie scherzen. „Wirklich?"

Katie nickte. „Erinnerst du dich an Camden und Leah?"

Ein Bild formte sich in meinem Kopf, eines von Freunden aus der Schule. Ein Paar, mit dem ich genug Zeit verbracht hatte, um mich gut zu erinnern. „Ja. Sind sie noch zusammen?"

„Sie waren es. Die Soul Suckers haben auch sein Haus niedergebrannt. Leah starb in dem Feuer."

Mir wurde flau im Magen. Ich erinnerte mich an die beiden aus der High-School - sie waren wegen Camdens Freundschaft mit den Zwillingen oft im Haus der Kennards gewesen. Leah war immer freundlich und höflich gewesen, ein wenig still, aber eine Frau mit einem riesigen Lächeln für die Menschen, die ihr wichtig waren.

Und sie hatten sie ermordet.

Das musste Bishop am Tag zuvor gemeint haben, als er sagte, es gäbe Ärger. Er wollte nicht, dass ich allein im Wald war, nicht, weil er ein überheblicher Arsch war, sondern weil da draußen echte Gefahr lauerte.

Ich war ein Idiot. „Wann ist das alles passiert?"

„Hat vor ein paar Wochen angefangen. Alder ist nach den Bränden ein wenig hart vorgegangen. Er hat die Stadt abgeriegelt, um jeden so sicher wie möglich zu halten. Ich musste kämpfen, um offen zu bleiben, obwohl ich mir nicht sicher bin, ob es die Stunden wert ist, die ich investiert habe, weißt du? Wenn die Typen von der Mühle kommen, kommen sie in Gruppen. Den Rest der Zeit, nichts."

„Oh, Katie. Das tut mir leid. Dieser Ort ist großartig - ich weiß, er würde gut laufen, wenn all das hier nicht wäre."

„Ich auch. Und das ist der Grund, warum ich zurückgezogen bin - um eine Chance zu bekommen, etwas in der Stadt zu tun. Ich habe meine Teenagerjahre damit verbracht, bei jeder sich bietenden Gelegenheit von hier wegzulaufen, weil es hier nichts gab, weist du? Und dann bin ich wirklich weggelaufen - meine Mutter und ich sind nach Denver gezogen, also habe ich dort die Schule beendet. Aber nachdem sie gestorben war, wollte ich einen Laden eröffnen und der Gemeinde dienen, in der ich aufgewachsen war, so wie es die Familie Bell bei Bell's Hardware tut. Ich wollte eine Lücke in der Stadt füllen, aber ich schaffe es vielleicht nicht, wenn die

Kunden ausbleiben." Sie warf ein Handtuch auf den Tresen, seufzte und schüttelte den Kopf. „Wenn ich vielleicht alle in der Stadt auf einmal hierher bekommen könnte..."

„Du solltest eine große Eröffnungsparty machen." Die Worte kamen mir unbedacht über die Lippen, aber sie fühlten sich richtig an. Zu viele Jahre auf dem Strip gearbeitet und gehofft, dass mein Name bekannt wird, hatten mich mit einer starken Intuition dafür ausgestattet, was ein Publikum anziehen würde. Alder Kennard wollte die Leute in Gruppen, um sie zu beschützen? Wir könnten ihm eine große Gruppe geben. „Etwas Lustiges und super Familienfreundliches. Wie früher, als die Mühle das Herbstfest veranstaltete. Machen die das immer noch?"

Katie zuckte mit den Schultern, obwohl ich die Aufregung in ihren Augen sehen konnte. „Ich bin mir nicht sicher. Ich bin erst in diesem Frühjahr zurückgezogen, aber bei der Sache mit den Soul Suckers weiß ich nicht, ob sie es dieses Jahr schaffen."

„Du solltest darauf drängen und sehen, ob die Kennards ein Herbstfest hier im Baker's Cottage erlauben, um deinem Restaurant einen Schub zu geben. Ich werde tun, was ich kann, um zu helfen, wenn ich noch in der Stadt bin."

Sie ergriff meine Hand, ihre großen Augen waren auf meine gerichtet. „Würdest du hier eine Show abziehen? Wie ein wandelndes Tarotkarten-Lesen oder so? Ich habe dich auf YouTube gesehen - du bist unglaublich, und ich wette, jeder in der Stadt würde kommen, um dich auftreten zu sehen."

Bescheidenheit zwang mich, mit den Schultern zu zucken, als ob ihre Worte mir keine Freude bereiten würden. Ich hatte hart gearbeitet, um dorthin zu kommen, wo ich war - ich hatte alles aufgegeben, um mich auf eine Karriere zu konzentrieren, die ich mir nicht einmal erträumt hatte. Ich war stolz darauf, wie weit ich gekommen war, auch wenn der Nervenkitzel, vor einem Publikum zu stehen, im Laufe der Jahre verblasst war.

Selbst wenn ich alles in einer Sekunde aufgeben würde, um zurückzubekommen, was ich verloren hatte.

Was ich aber nicht laut zugeben würde. „Ich würde gerne hier auftreten, wenn das das willst. Ich bin aber nur etwa eine Woche in der Stadt."

„Ich will, ich will - und ich kann total mit deinem Zeitplan arbeiten. Oh, das wird wunderbar werden!" Katie hüpfte auf den Fußballen und klatschte in die Hände, während sie von Themen und Plänen und den Gerichten, die sie machen könnte, schwärmte. Ich saß und aß meinen Eintopf zu Ende und sonnte mich in der Freude, die sie ausstrahlte. Nach so vielen Tagen der Tristesse und des Schmerzes war das eine schöne Abwechslung.

Einer, der zu einem kalten, harten Ball des Bedauerns zusammenbrach, als die Glocke über der Tür wieder klingelte.

Finn Kennard. Der Mann, der als Teenager eine Entscheidung getroffen hatte, die mein Leben ins Schleudern brachte und so viel zerstörte. Der mir alles genommen hat, mehr als selbst er wusste. Mein ehemals bester Freund stand da und sah so viel älter aus als das letzte Mal, als ich ihn gesehen hatte. In mancher Hinsicht abgehärmter. Härter. Und verdammt, ich wollte ihn umarmen und ihm gleichzeitig ins Gesicht schlagen.

„Ich habe gehört, dass du in der Stadt bist." Er näherte sich mir vorsichtig, langsam, jeder Schritt präzise. Ich drehte mich auf meinem Hocker um und tat mein Bestes, um zu lächeln. Ich hatte ihn nicht mehr gesehen, seit jenem letzten Tag, den wir in den Wäldern des Ostkamms verbracht hatten. Er war gekommen, um sich für das zu entschuldigen, was passiert war, aber ich hatte ihm die Tür vor der Nase zugeschlagen. Und dann hatte ich die Stadt verlassen.

Er hatte mir unzählige Briefe geschrieben, während er im Gefängnis war, alle voller Entschuldigungen und Reue. Alle zeigten, dass er versuchte, seine zwölf Schritte zur Besserung zu gehen.

Ich hatte jeden einzelnen zerrissen und die Stücke den Abfluss runtergespült. Zu überschwemmt mit Schuld, Schmerz und Wut, um sie anzuerkennen. Bis zum letzten - dem Brief, den er geschrieben hatte, als er entlassen worden war. In dem stand, dass er sich nie verzeihen würde, was er getan hatte. Darin stand, dass er sich wünschte, er könnte in der Zeit zurückgehen, um diesen Tag anders zu erleben. Ich wünschte mir das Gleiche, allerdings aus Gründen, die er nicht einmal kannte. Dinge, die ich versteckt hatte. Aber alles Wünschen der Welt würde nicht zurückbringen, was ich verloren hatte. Die Zeit konnte nicht gelöscht werden, und meine Entscheidungen waren meine eigenen gewesen, egal wie sehr ich immer noch jemandem die Schuld für die Ergebnisse geben wollte.

Ich hatte eine einfache, handgeschriebene Karte zurückgeschrieben, auf der stand: „Ich kann dir deine Taten verzeihen, aber ich werde mir nie verzeihen."

Da ich Vergebung versprochen hatte, dachte ich mir, ich muss es zumindest versuchen. Ab sofort.

„Du siehst gut aus, junger Mann."

Sein Grinsen explodierte über sein Gesicht und ließ ihn zehn Jahre jünger erscheinen. „Nicht so gut wie du, heißer Feger."

„Ah, da ist der Kennard-Charme, der mich wieder bearbeitet."

Sein Gang stotterte, und sein Lächeln sank ein wenig. Ein eisiger Schauer breitete sich in meiner Brust aus, der Schmerz, den er mit sich brachte, raubte mir fast den Atem. Dieser Kennard-Charme hatte mich auch schon mal überlistet. Bishop's. Aber es war nicht die Zeit für solche Gedanken, besonders nicht, wenn Katie zusah.

„Im Ernst. Wie geht es dir, Finn?" Er sah für mich sauber und nüchtern aus; ich hoffte, dass er es war.

„Ich bin okay", sagte er und rollte mit den Augen, als ich den Kopf schief legte. „Versprochen. Mir geht's gut. Wie kommst du mit allem klar? Es tut mir so verdammt leid, das von Miss zu hören."

Ihren Namen zu hören, an meinen Verlust erinnert zu werden, war wie ein Eiszapfen am Herzen - kalt und schmerzhaft. „Mir geht's gut, wenn man bedenkt."

„Ja, es ist nicht einfach. Der Tod meines Vaters hat mich fast ein Jahr lang ziemlich fertiggemacht, also verstehe ich das. Lass es mich wissen, wenn du etwas brauchst, okay?"

Ich würde nichts von ihm brauchen, aber ich lächelte trotzdem. „Natürlich. Danke."

Er sah über mich hinweg und nickte. „Hey, Katie. Kann ich einen Viertelliter von der Hühnercreme bekommen und ein Stück von dem Kuchen, den du hast? Zum Mitnehmen."

„Klar doch, Finn. Hühnercreme und Zitronenbaiser, kommt sofort." Sie ging nach hinten und ließ uns zum ersten Mal seit zu vielen Jahren allein. Ich konnte seinem Blick nicht standhalten, konnte nicht in das Gesicht sehen, das mir so viel Glück und Schmerz gebracht hatte. Ich konnte nicht...

„Du solltest es ihm sagen."

Die Welt hielt an, stotterte. Sie erwachte wieder zum Leben, mit mir als Passagier, der sich zu schnell drehte, um sich orientieren zu können. Um geradeaus zu sehen. Um etwas Anderes zu tun als zu flüstern: „Dafür ist es zu spät."

„Er ist mein Bruder. Ich kenne ihn - es ist nie zu spät, wenn es um dich geht."

Verdammt, ich war nicht bereit für dieses Gespräch. Ich war nicht bereit, überhaupt an solche Dinge zu denken. Zum Glück brauchte ich das auch nicht. Katie hatte perfektes Timing, sie kam durch die Tür und hielt eine braune Papiertüte mit Griffen in der Hand, bevor ich antworten musste.

„Bitte sehr, Finn."

Er wich zurück und griff nach der Tasche. „Du hast meine Karte in den Akten?"

„Ja. Obwohl, ernsthaft - lerne, eine Brieftasche zu tragen."

Er begegnete meinen Augen wieder, ernst. So verdammt gequält. „Mein Gedächtnis ist nicht mehr so gut, wie es einmal war."

Zu schade, dass meine war, was mir den kleinen Appetit verdorben hat.

„Katie, das war ausgezeichnet." Ich griff nach meiner Handtasche, aber Finn schüttelte den Kopf.

„Ihr Mittagessen geht auf mich."

„Das musst du nicht tun."

„Das ist das Mindeste, was ich tun kann." Er schnappte sich seine Tasche von Katie und ging zur Tür, um mir Platz zu machen. Aber er ließ mich noch nicht gehen. „Lass mich dich zu deinem Auto bringen."

Ich rutschte vom Hocker und lächelte die Frau hinter der Bar an, da ich davon ausging, dass sie über meine Interaktion mit dem jüngeren Kennard-Zwilling tratschen würde, wenn sie noch Freunde in der Stadt hätte. „Es war schön, dich wiederzusehen, Katie. Lassen es mich wissen, wenn du meine Hilfe bei der großen Eröffnungsparty brauchen."

„Das werde ich bestimmt, aber erst nach der Beerdigung. Nimm dir Zeit, um zu trauern."

„Ich weiß das zu schätzen."

„Natürlich. Und danke, dass du gekommen bist."

Finn führte mich nach draußen und hielt die Tür wie ein Gentleman auf. „Das mit Miss tut mir sehr leid. Ihr Tod wird in dieser Stadt sicher ein Loch hinterlassen."

„Danke. Es ist so anders oben auf dem Kamm ohne sie, weißt du? Fast... unheimlich."

Er zwang mich zum Stillstand, sein Griff war sanft. In keinster Weise fordernd. „Der Grat ist nicht mehr so sicher, wie er mal war. Kann ich ... Gibst du mir deine Nummer, damit ich dich erreichen kann, falls etwas passiert?"

Zögern, Paranoia, nervös und defensiv sein... Die umgekehrte

Neun-Stäbe-Karte, die sich bemerkbar macht. Es war nicht die Zeit, um voreilige Urteile zu fällen. Außerdem war das Finn. Ehemals bester Freund. Ehemals Vertrauter. Und bevor die Drogen von ihm Besitz ergriffen, einer der wenigen Menschen, denen ich wirklich vertraute. Wir mussten keine Freunde sein, aber jemanden zu haben, an den ich mich wenden konnte, war wahrscheinlich eine gute Idee. „Sicher. Natürlich."

Er reichte mir sein Telefon, und ich tippte schnell meine Kontaktdaten ein, bevor ich es ihm zurückgab. Er schickte mir sofort eine SMS mit einem Fisch-Emoji als Nachricht. Etwas, das mich wieder zum Lächeln brachte.

„Klugscheißer."

„Immer." Er öffnete mir die Autotür und hielt sich oben fest, während ich auf meinen Sitz rutschte. „Ruf mich an, wenn du etwas brauchst. Jederzeit - egal, was. Ich werde erreichbar sein. Und sei vorsichtig da oben."

„Das werde ich." Ich schnallte mich an und winkte ein letztes Mal, als er die Tür schloss, bevor er auf einen alten, tiefblauen Pickup zuging. Ich konnte seinen Anblick nur als bittersüß beschreiben - ich war begeistert, dass er gesund schien, so froh, dass er sauber und nüchtern aussah. Aber sein Gesicht verursachte immer noch einen Schmerz in mir, seine Anwesenheit ließ meine Angst aufstehen und schreien. Ich hatte wegen eines einzigen Fehlers alles verloren, und Finn war das Herzstück davon. Ich hatte meine Familie verloren, meine Zukunft und meinen Platz in dieser Stadt. Ich hatte auch Bishop verloren - wahrscheinlich den einzigen Mann, den ich je lieben würde.

Und es gab keinen Weg, wie ich das jemals zurückbekommen könnte.

Nicht nach dem, was ich getan habe.

Nicht nach dem, was ich mit Finns Hilfe zerstört hatte.

Kapitel

6

Bishop

Zwanzig Stunden Schweigen. Die ganze Mittwochnacht und den Donnerstag ohne eine einzige SMS oder einen Anruf. Das war es, was ich bekam, nachdem ich Anabeth auf diesem Berg zurückgelassen hatte. Fast einen ganzen Tag lang hatte ich nichts von ihr gehört. Mein Telefon blieb in diesen langen Stunden in meiner Hand, mein Verstand konnte nicht aufhören, sich auf diesen Kuss zu konzentrieren, auf das Gefühl, ihren Körper noch einmal um meinen zu wickeln, den Geschmack von ihr auf meinen Lippen.

Aber sie hatte sich mir gegenüber verschlossen, sagte mir, sie wolle nichts von mir. Also habe ich ihr nichts gegeben.

Ich war viel zu schnell die Bergstraße hinuntergerast, um sicher zu sein, war sauer und verletzt und fühlte mich so verdammt dumm. Ich hatte gesehen, wie die Mauer hinter ihren Augen hochging, hatte gefühlt, wie sie sich von mir zurückzog, körperlich und emotional. Sie hatte sich fest verschlossen, genau wie früher, als wir jünger waren. Damals wäre ich auf der Veranda geblieben und hätte sie angefleht, rauszukommen und mit mir zu reden, bis ich sie zermürbt hätte oder Miss mich gezwungen hätte zu gehen.

Ich war kein Teenager mehr.

Also fuhr ich wütend davon, während ich meinen Truck bis zum Anschlag auf den Highway schob. Ich hatte mich geweigert, sie in irgendeiner Weise zu erreichen, bis sie den ersten Schritt gemacht hatte.

Und ich hatte jede verdammte Minute davon gehasst.

Aber sie hatte mir schließlich am späten Donnerstagabend eine SMS geschickt. Nur eine kurze Nachricht, eine, die mich endlich wieder hatte aufatmen lassen.

Tut mir leid wegen gestern. Es ist schwer, wieder hier zu sein.

Das war genug. Ich hatte ihr sofort zurückgeschrieben, weil ich keine weitere Sekunde warten konnte.

Mach dir keine Sorgen. Ich bin hier, wenn du mich brauchst, und ich werde bei der Beerdigung an deiner Seite sein, egal was passiert.

Ihre lächelnde Antwort mit einem kurzen Dankeschön war alles, was ich brauchte, um mich zu beruhigen und nicht mehr so ein launischer Bastard zu sein, wie Gage mich den ganzen Tag über genannt hatte. Ich ging sogar früh ins Bett, nachdem ich eine lange, heiße Dusche genommen hatte. Eine Dusche, in der ich mir zweimal einen runterholte bei dem Gedanken, dass Anabeth mich wieder küsste, dass sie diesen heißen kleinen Körper an meinem rieb. Wie ich sie in mein Bett nehme und jeden Zentimeter von ihr koste.

Jesus, wenn ich sie jemals wieder schmecken könnte, würde ich wahrscheinlich wie ein Teenager in die Hose kommen.

Aber als ich am Freitag mit einer SMS von Finn aufwachte, in der stand, dass Katie und Anabeth eine Art große Eröffnungsfeier für Katies Restaurant planten und wir zusammenarbeiten müssten, um ihnen bei den Vorbereitungen zu helfen, war ich sofort wieder stinksauer.

Wieder einmal raste ich über die Bergstraßen und rutschte

durch den Regenguss. Diesmal machte ich mich auf den Weg zu Alders Haus. Auf keinen Fall sollte es eine Party in der Stadt geben, ohne dass er alle Einzelheiten kannte.

Mein Truck hatte Aquaplaning, als ich am Ende seiner Einfahrt ankam, und es war nur dummem Glück zu verdanken, dass ich nicht gegen einen Baum geknallt bin. Vielleicht hätte ich das Lenkrad einfach loslassen sollen - das Schicksal oder welche Kraft auch immer mich gegen den Strich durch das Leben zu ziehen schien, um alles zu regeln, was ich dachte, das ich wollte. Aber stattdessen riss ich am Lenkrad, drehte mich ins Schleudern und wartete darauf, dass die Reifen noch einmal zupackten, bevor ich endlich auf die Bremse trat.

Ich eilte durch den Regen, hämmerte über die Veranda und klopfte an die Tür, als hinge mein Leben davon ab, dass jemand sie öffnete. Und ich fühlte mich wie ein komplettes Arschloch, als die kleine Shye antwortete, mit großen, verängstigten Augen.

„Was ist los?"

Ich schüttelte den Kopf und bemühte mich, meine Frustration zu zügeln. „Nichts. Ich muss nur mit Alder reden."

Sie sah nicht so aus, als würde sie mir glauben - das konnte ich ihr nicht verübeln. Ich atmete immer noch schwer und stand klatschnass auf der Türschwelle. Wenn sie mir die Lüge abnahm, musste ich sie für dumm halten. Und Shye Anderson war alles andere als dumm.

„Komm rein", sagte sie und trat einen Schritt zurück. „Er ist in der Dusche."

Tja, Scheiße. Ich hatte nicht an die Zeit gedacht, als ich an einem Arbeitstag rübergeeilt war. „Ich kann später wiederkommen. Vielleicht sehe ich ihn einfach im Büro."

„Sei nicht albern." Sie stupste mich durch das Foyer und in Richtung der offenen Küche. „Willst du einen Kaffee? Ich habe gerade eine frische Kanne für deinen Bruder gebrüht."

„Das wäre toll. Danke." Ich zog meinen Mantel aus und runzelte die Stirn über die Pfütze, die ich auf dem Kiefernholzboden hinterlassen hatte. Scheiße, wie lange war ich draußen gewesen? Offensichtlich lange genug, um bis auf die Knochen durchnässt zu sein, obwohl ich nur von meiner Tür zu meinem Truck und von meinem Truck zu Alders Tür gelaufen war. Dieser Regen schien endlos zu sein.

Als ob Shye wüsste, wohin meine Gedanken gingen, schnappte sie sich meinen Mantel und machte sich auf den Weg in die Garage. „In der Waschküche gibt es ein paar Jogginghosen und T-Shirts. Bedien dich, ich hänge das hier ein bisschen zum Trocknen auf."

„Danke, Shye."

Sie zuckte mit den Schultern. „Wir sind praktisch eine Familie. Das ist es, was Familie ausmacht."

Ja, das war es, aber sie als Familie zu sehen, war neu für mich. Anders. Alder war lange Zeit Single gewesen, hatte sich nach seiner Rückkehr aus der Armee nicht wirklich verabredet. Aber dann hatte er Shye kennengelernt und drei lange Jahre keine andere Frau mehr angesehen, während er darauf wartete, dass sie ihn wirklich beachtete. Ich hatte ihn wegen seiner Besessenheit von ihr gnadenlos verspottet, aber ehrlich gesagt? Ich war manchmal eifersüchtig darauf. Wenigstens konnte er etwas für eine Frau empfinden. Wenigstens konnte er sie sehen und mit ihr reden, sich nach ihr sehnen, während er sie im Auge behielt. Ich war mehr als ein Jahrzehnt lang von einem Geist besessen, der weggelaufen war und ein neues Leben ohne mich begonnen hatte. Er war es immer noch. Wahrscheinlich würde er es immer sein ... und machte mich das nicht einfach nur wütend?

Nachdem ich mich umgezogen und meine nassen Klamotten in den Trockner geworfen hatte, ging ich zurück in die Küche. Shye stand mit einer Tasse in der Hand, eine passende stand vor einem der Hocker an der Insel.

„Danke dafür", sagte ich, während ich Platz nahm.

„Du siehst aus, als bräuchtest du etwas zum Aufwärmen."

Mich aufwärmen, mein Temperament abkühlen ... ich brauchte das alles.

„Alder sagte, du warst in Rock Falls, um die Beerdigungsvorbereitungen für Miss Hansen zu treffen."

Ich umklammerte den Becher, als ich nickte, und ließ ihn meine kalten Hände wärmen. Ich ließ mir Zeit, um mich ein wenig zu beruhigen.

Shye schüttelte den Kopf und sah sehr traurig aus. „Sie war eine wirklich nette Dame und eine gute Nachbarin für mich, als ich oben auf dem Berg lebte."

„Sie war einmalig und wird uns fehlen."

„Ich habe gestern ihre Enkelin getroffen."

Mein Kopf schnappte hoch, meine Aufmerksamkeit konzentrierte sich voll auf die kleine Blondine mir gegenüber. Anabeth war gestern in der Stadt gewesen? „Wirklich?"

„Im Baker's Cottage. Sie kam zum Mittagessen rein."

Natürlich - Katie's Restaurant würde neu sein, die einzige große Veränderung in der Main Street seit langer Zeit. Lange genug, dass selbst Anabeth bemerkte, dass es anders war. Shye hatte ein paar Stunden am Tag im Restaurant gearbeitet, um auszuhelfen. Früher hatte sie drüben in der Raststätte an der Bezirksgrenze gearbeitet, aber Alder hatte es nicht gemocht, dass sie so weit weg und ungeschützt war. Nicht, seit die Soul Suckers hinter ihr her waren. Nicht seit wir alle wussten, dass sie es wieder tun würden.

Gott, ich hasste die Tatsache, dass Anabeth in der Nähe des Mädchens gewesen war. Ein Gedanke, der mich sowohl überraschte als auch wie ein echter Arsch fühlen ließ. Es war nicht Shyes Schuld, dass sie eine riesige Zielscheibe auf dem Rücken hatte, die die Männer anrief, die einen von uns ermordet hatten. Aber selbst wenn ich das wusste, wollte ich Anabeth nicht in ihrer Nähe haben. Ich wollte nicht, dass mein Mädchen in Gefahr gerät.

Ich wollte Anabeth in Sicherheit haben, was bedeutete, dass ich in den Brunnen der Sorge um sie gefallen war. Der, von dem ich schon wusste, dass ich da nicht mehr rauskomme.

Verdammt perfekt.

„Ich finde es großartig, was sie da machen", fuhr Shye fort, ohne zu wissen, wie sehr ich mich plötzlich wie ein Arsch fühlte. „Die E-Mail, die Katie wegen der großen Eröffnung geschickt hat, war wirklich raffiniert und hübsch - perfekt für ihren Laden. Hoffentlich werden alle kommen."

„Sie hat eine E-Mail-Blast geschickt?" Ich hatte heute Morgen nicht einmal meine E-Mails gecheckt. Etwas, was ich immer tat. Die SMS von Finn war das Letzte gewesen, was ich gelesen hatte, bevor ich in meinen Truck sprang.

„Ich schätze, sie dachte, das ginge am schnellsten. Sie arbeitet in einem engen Zeitrahmen, um dieses Ding zu veranstalten, wo doch Anabeth so bald abreist. Ich meine, wenn sie nur Leute aus Justice eingeladen hätte, hätte sie einem von euch sagen können, dass er es weitersagen soll, aber sie wollte auch Leute aus Rock Falls einladen. Das Netz für neue Kunden spannen, weist du?"

Ich wusste es. Und ich hasste die Idee, weil es Außenseiter in die Stadt bringen würde. Aber ich konnte das nicht zu Shye sagen.

Schritte auf der Treppe retteten mich vor dem Versuch, etwas zu sagen. Alder schlenderte auf die Hauptebene hinunter, trug die gleiche graue Jogginghose wie ich, hatte kein Hemd an und sein Haar war nass und leicht gewellt. Er warf mir kaum einen Blick zu, bevor er auf Shye zustürmte und sie in eine riesige Umarmung einwickelte.

„Du hast Kaffee gemacht?"

Sie lächelte zu ihm hoch. „Das habe ich. Ich dachte, du würdest gerne etwas davon haben, bevor du dich für den Tag in den Regen stürzt."

Alder beugte sich für einen Kuss vor und ließ mich wegschauen, als er flüsterte: „Du bist so gut zu mir, Schatz."

Zum ersten Mal fühlte ich etwas Hartes und Dunkles, als ich die beiden zusammen sah. Etwas, das zu nahe am Begehren war, um es zu ignorieren. Ich wollte etwas, was sie hatten - jemanden, der sich um mich kümmerte und um den ich mich kümmerte. Jemanden, zu dem ich nach Hause kommen konnte, außer Gage und seinem verdammten Hund.

Ich wollte ein Leben, das auf mehr aufbaut als One-Night-Stands und Arbeit.

„Was gibt's, Bishop?" fragte Alder, als er Shye losließ und nach der Tasse Kaffee griff, die sie ihm eingeschenkt hatte.

„Ich muss mich auch für die Arbeit fertigmachen. Sagt mir Bescheid, wenn ihr etwas braucht." Shye ließ uns beide allein und ging auf die Treppe zu, während Alder sich neben mir niederließ. Seine Augen verfolgten jeden ihrer Schritte, sein Lächeln war sanft und subtil, aber da. Eines, das ich noch nie auf seinem Gesicht gesehen hatte.

„Du bist so was von um den Finger gewickelt", sagte ich, sobald Shye außer Hörweite war, und drängte das Verlangen und die Not in mir zurück.

„Ohne jeden Zweifel." Er klang so glücklich und selbstbewusst, dass es ihm nicht im Geringsten peinlich war. „Haben du und Anabeth alle Vorbereitungen für Miss Hansen getroffen?"

„Ja. Molnar hat für morgen eine kleine Besichtigung im Beerdigungsinstitut angesetzt."

„Ich rufe ihn heute Morgen an - damit er weiß, dass Kennard Mills die Rechnung bezahlt."

„Ich bin mir nicht sicher, ob Anabeth diese Idee gefallen wird."

„Es ist mir ziemlich egal, was sie mag. Sie war nicht hier, und Miss Hansen war eine Stütze der Gemeinde. Wir müssen uns um sie kümmern, bis in den Grund."

Es gab keinen Streit mit ihm, wenn er in diesem Ton sprach, also nickte ich stattdessen. „Hast du von dieser großen Eröffnung gehört, die Katie veranstaltet? Hast du die E-Mail schon gesehen?"

Sein Kiefer krampfte sich zusammen, seine Zähne knirschten. Ja, er hatte es gesehen.

„Shye hat es mir gezeigt."

„Und?"

„Ich glaube, ihr Onkel ist ein bisschen zu viel in der Stadt herumgefahren, seit sie nach Hause gekommen ist, und er wird wahrscheinlich von dieser Party erfahren. Könnte sogar auftauchen." Ihr Onkel… Sheriff Baker. Schon ein Besuch von diesem Trottel war zu viel. Das war definitiv etwas, das man im Hinterkopf behalten musste. „Und ich denke, zwei Tage sind nicht viel Zeit zum Planen, besonders mit einer Beerdigung morgen."

Das hat mich zurückgeworfen. „Die Party ist in zwei Tagen?"

Alder nickte. „Das stand auch in der E-Mail. Wir müssen eine Absperrung um das Gebäude errichten. Stell sicher, dass wir alle Eingänge mit mindestens zwei Männern abgedeckt sind, plus einige im Inneren zu jeder Zeit. Diese große Eröffnungsfeier wird unsere Arbeitskräfte mit Sicherheit beanspruchen."

Ich hatte erwartet, dass er sagen würde, er würde dem ein Ende setzen. „Lässt du Shye auf der Party arbeiten?"

Ein weiteres Zusammenbeißen und ein Kieferzucken kamen hinzu. „*Lassen* ist nicht das Wort, das ich verwenden würde. Sie arbeitet daran, aber ich werde ein Team mit ihr haben."

„Glaubst du, der gute Sheriff wird kommen?"

Wenn Blicke töten könnten, wäre ich nichts weiter als ein Häufchen Asche gewesen. „Er und Katie stehen sich nicht nahe, aber er könnte es."

„Glaubst du, die Soul Suckers werden auftauchen?"

Diese Frage ließ ihn seufzen. „Ich weiß, dass ich es tun würde, wenn ich einen Punkt machen wollte."

„Ja. Ich auch." Ich nahm einen weiteren Drink, Pläne und Operationen, die ich als SEAL gelernt hatte, flogen mir durch den Kopf. Ich würde etwas zusätzliche Feuerkraft herausholen müssen, vielleicht ein bisschen mehr als die Standard-Handfeuerwaffe, die ich trug. Es könnte tatsächlich an der Zeit sein, etwas Sprengstoff zu besorgen. „Ich sollte zurück nach Hause gehen. Mache eine Bestandsaufnahme meiner Vorräte, für den Fall, dass ich zusätzliche Munition holen muss."

„Gute Entscheidung."

Ich ging in die Waschküche, um mich umzuziehen, runzelte die Stirn über die Feuchtigkeit meiner Jeans und des Mantels, den ich aus der Garage geholt hatte, wusste aber, dass ich eine warme Dusche nehmen konnte, sobald ich zu Hause war. Dann konnte ich mit Gage einen Plan ausarbeiten, und wir konnten anfangen, unser Waffenlager zu durchwühlen, um die richtigen Geschütze auszuwählen. Die Arbeit konnte warten. Die Soul Suckers würden uns auf keinen Fall einen Vorsprung verschaffen.

Alder begleitete mich zur Tür und runzelte die Stirn angesichts des Regens, der nicht im Geringsten nachgelassen hatte. „Die Überschwemmung wird dieses Jahr schlimm sein."

„Der Bach entlang des Widow's Ridge sah heute Morgen aus, als würde er überlaufen. Wenn der Damm über dem Kamm bricht, wird die Straße nicht halten."

„Vielleicht ist es an der Zeit, Anabeth in die Stadt zu bringen."

Klar. Klar. So einfach wie Klapperschlangen zu zähmen. „Sie wird das Haus nicht verlassen."

„Dann stellen wir besser sicher, dass sie hat, was sie braucht, falls die Straße weggespült wird. Mindestens Vorräte für drei Tage, damit sie durchkommt. Hat sie einen Generator?"

„Ich weiß es nicht."

„Frag sie. Wenn nicht, bringen wir einen aus der Mühle hoch."

Richtig. *Frag sie*, als ob ich täglich mit ihr sprechen würde oder so. Aber diese Bitte gab mir eine Ausrede, außerdem würde ich sie am nächsten Tag bei der Beerdigung sehen. Sie konnte mir *nichts vorwerfen*, so viel sie wollte, ich würde sie nicht allein lassen, um mit dem Tod von Miss fertig zu werden. „Ich werde mich darum kümmern."

Alder hob eine Augenbraue. Er beobachtete mich, sezierte mich mit seinen Augen. Ich blieb stoisch, militärisch solide und still. Wartete ihn ab. Anabeth war kein Thema, das ich besprechen wollte - zumindest nicht im Hinblick auf unseren Kuss. Ich würde die Details des Gottesdienstes weitergeben und dafür sorgen, dass jeder wusste, dass wir Miss verloren hatten, aber der Rest? Ich, sie, unsere Geschichte, unsere aktuelle Situation? Auf gar keinen Fall.

„Was immer du für angemessen hältst", sagte mein Bruder schließlich und ließ keine Sekunde von seinem starren Blick ab. Ich nahm das als einen Sieg.

Ich nickte und ging zu meinem Wagen, bereit, nach Hause zu fahren. Ex-Freundinnen, der Tod eines alten Freundes, eine Überschwemmung und Soul Suckers. Mein Wochenende entwickelte sich schnell zu dem schlimmsten, an das ich mich erinnern konnte, was einiges aussagte, wenn man bedenkt, was ich bei den SEALs alles durchgemacht hatte. Aber all das war nichts im Vergleich zur Regenzeit in diesem Jahr.

Eine Flut kam auf mich zu. Ich wusste nur nicht, welcher Teil gefährlicher sein würde - das Wasser oder die Rothaarige, die auf den Wellen ritt.

Kapitel

7

Anabeth

Am Tag vor der Beerdigung tauchte Katie auf meiner Veranda auf und trug eine Kuchenschachtel zusammen mit dem größten und hellsten Regenschirm, den ich je gesehen hatte. Und er passte zu ihrem Regenmantel.

„Guten Tag, Noah", sagte ich und ließ ihr Platz, um hereinzukommen. „Als du mir geschrieben hast, dass du heute vorbeikommst, habe ich erwartet, dass du mit deiner Menagerie von Tieren auftauchst und zu zweit hineinmarschierst."

Ihr Grinsen funkelte förmlich. „Oh, biblischer Humor von der örtlichen Hexe. Wie drollig."

„Glaub mir, wenn ich eine Hexe wäre, würde ich Zaubersprüche sprechen, um den Regen zu beenden." Ich blickte stirnrunzelnd in den zu dunklen Himmel. „John Molnar rief an, um mich zu warnen, dass die Beerdigung wegen des Wetters ziemlich leer sein könnte."

„Das habe ich mir schon gedacht. Die Leute sind nervös. Du hast die Überschwemmungen von 2012 verpasst. Wir haben in dem Jahr vier Häuser verloren." Mit einem Lächeln reichte sie mir die Kuchenschachtel. „Für dich. Ich erinnere mich, dass du immer die Pfirsichkuchen meiner Mutter mochtest, und das hier kommt denen am nächsten, die ich mache."

„Pfirsichkuchen?"

„Besser."

Ich öffnete den Deckel und stöhnte auf, als mich der Geruch von Zucker, Zimt und Pfirsich umwehte. „Cobbler."

„Yup. Old-School und absolut nicht schick, aber lecker und perfekt, um deine Gefühle zu essen." Sie hängte ihren Mantel auf und zog ihre Stiefel aus, wobei sie mir ein halbes Lächeln schenkte, als sie fertig war. „Neuer Tag, neue Gefühle. Wie geht's dir?"

Ich zuckte mit den Schultern, denn, wirklich... Wie sollte ich darauf antworten?

Katie schien allerdings nicht mehr zu brauchen. „Meine Lieblingserinnerung an Miss war bei einem Kuchenverkauf in der Grundschule, als ich in der ersten Klasse war. Sie brachte diese Kekse mit Miss-Piggy-Gesichtern, die sie mit Zuckerguss aufgemalt hatte. Aber sie hatte die Hitze auf dem Weg nach Rock Falls zu hoch eingestellt, und die Glasur war geschmolzen, so dass sie stattdessen wie schreckliche rosa Monster aussahen. Und als sie sie sah, schaute sie mich direkt an, hielt einen hoch und sagte: „Denk dran, Kleines. Friss immer die bösen Jungs, bevor sie dich fressen.' Und dann aß sie diesen schrecklichen, monstergestaltigen Keks mit einem Lächeln."

Ich lachte, hart und laut und kräftig, genau dort im Foyer des Hauses, in dem Miss erst kürzlich gestorben war. „Das klingt genau wie etwas, das sie getan hätte. Ich liebe es, danke, dass du diese Geschichte mit mir geteilt hast."

„Gern geschehen. Jetzt sag mir mal ganz ehrlich, wie kommst du zurecht? Was kann ich tun, um zu helfen?"

Das war einfach genug. Ich war zu oft allein im Haus gewesen, so dass ein Gespräch mit einer alten Freundin wie der Himmel klang. „Trink eine Tasse Tee mit mir, und lass uns die Details der Eröffnung durchgehen. Ich brauche eine Ablenkung."

Katies Lächeln wurde breiter. „Erledigt."

Ich führte sie in die Küche und sonnte mich noch immer in der Wärme, die ihre Geschichte mir gebracht hatte. Es hörte sich wirklich genauso an, wie etwas, das Miss getan hätte - eine schlechte Situation nehmen und sie besser machen. Sie hatte das getan, indem sie mich aufnahm. Sie hatte es ein zweites Mal getan, indem sie mich nach Vegas schickte, um bei einem Freund von ihr zu leben, der am Strip als Medium arbeitete. Sie tat es weiter, indem sie akzeptierte, dass ich nicht zurückkommen würde und jeden Urlaub mit mir in Vegas verbrachte. Sie war eine Reparateurin, auch wenn sie nicht wusste, wie man etwas repariert. Ich würde sie wirklich vermissen.

„Sind das deine Karten?" fragte Katie und starrte auf das Tarotblatt hinunter, das ich gezogen hatte, als sie klingelte.

„Aber sicher doch."

„Stimmt es, dass du nur das eine Deck benutzen?"

„Wie hast du..."

„Du hast letztes Jahr das Interview im Vegas Morning Channel gemacht." Sie zuckte mit den Schultern und stupste mit der Fingerspitze auf eine Karte. „Ich habe es auf YouTube gesehen."

Natürlich hat sie das. „Ah, nun ja, das ist wahr. Miss hat mir diese Karten gekauft, als ich zu ihr gezogen bin und Interesse an ihnen gezeigt habe. Es ist das einzige Kartenspiel, das ich benutze, und wir arbeiten gut zusammen."

„Arbeiten die Karten bei dir?"

„Auf jeden Fall. Decks haben Persönlichkeiten. In der Tat hatte Miss mal ein Deck, das Männer hasste. Jedes Mal, wenn sie versuchte, für einen Mann zu lesen, zeigten die Karten nur Tod, Zerstörung und Demütigung. Es war lustig, wirklich. Sie hat mir viel darüber beigebracht, wie man eine Karte manipulieren kann, um jemanden zu verwirren." Ich nickte in Richtung der ausgebreiteten Karten auf dem Tresen. „Möchtest du, dass ich für dich lese?"

„Oh, nein. Deswegen bin ich nicht hergekommen."

Aber sie konnte nicht aufhören, die Karten anzuschauen, also hob ich sie auf und mischte, ihr Interesse spürend. „Wie wäre es mit einer Karte? Ein schnelles und schmutziges Lesen deines Lebens." Ich fächelte das Deck in meinen Händen und lehnte mich zu ihr. „Such dir eine aus. Nur eine."

Katie biss sich auf die Lippe, bevor sie sich auf die Karten konzentrierte. Sie brauchte eine gute Viertelstunde, um die gewünschte Karte auszuwählen und vom Stapel zu ziehen.

„Es ist mein erstes Mal." Sie reichte mir die Karte mit einem vorsichtigen Lächeln. „Sei behutsam."

„Ich bin immer sanft."

Auf der Karte, die mich anstarrte, war ein Paar zu sehen, das sich an den Händen hielt, und eine ältere Frau, die über sie wachte. Ich hob meine Augenbrauen, als ich Katie wieder ansah. „Sind Sie in einer Beziehung?"

„Nö", sagte sie. „Single wie der Tag lang ist."

„Der lange Tag neigt sich dem Ende zu. Du hast das Liebespaar gezogen." Ich steckte die Karte zurück in den Stapel. „Die Karte der Liebenden symbolisiert eine Wahl - du, der du noch nicht in einer Beziehung bist, wirst bald die Wahl haben, eine zu haben. Einen Partner zu wählen und eure Seelen zu vereinen, so dass ihr nicht mehr zwei getrennte Wesen seid, sondern zwei, die zusammengehören. Es ist eine gute Karte."

„Steht da, wer dieser Partner sein wird?"

„Nein, tut mir leid. Das wäre eher Miss's Fähigkeit als meine gewesen."

Nur ihren Namen zu sagen, sich an all die Male zu erinnern, an denen sie mir über die Seelen, die Geister und die Karten selbst erzählt hatte, ließ mein Herz wieder schmerzen. Ich hatte nicht genug Zeit mit ihr verbracht. Nicht annähernd genug Minuten, um einfach zu reden und Geschichten zu erzählen. Aber sie war fort, und ich würde nie wieder eine andere Chance bekommen.

„Vielleicht wird dieser neue Mann auf der Party auftauchen. Was mich daran erinnert", begann Katie, als sie sich an dem kleinen Tisch am Fenster niederließ und mich aus meinen Gedanken an Miss und Verlust riss. Gott sei Dank. „Ich dachte, ich könnte kleine Teller servieren." Sie hob die Hand, als ich den Mund öffnete, um zu widersprechen. „Ich weiß, bei der Art von Typen, die sie hier in Justice züchten, wirst du sagen, ich sollte volle Portionen servieren. Aber ich glaube wirklich, wenn sie mehr als ein oder zwei Sachen probieren, mache ich einen besseren Eindruck. Ich kann etwa acht Vorspeisen, vier Suppen und drei Desserts machen. Ich halte die Teller klein, aber konstant, damit sie während der gesamten Veranstaltung essen."

Hm. Das war nicht das, was ich gemacht hätte, und doch… „Das klingt perfekt. Sie werden sich nur über die Größe der Portion beim ersten Teller ärgern."

„Richtig, außerdem kann ich Portionen in voller Größe in der Dessertvitrine ausstellen, damit sie genau wissen, was sie bei einer regulären Bestellung bekommen würden."

Ich reichte ihr eine Tasse mit dampfendem Wasser und stellte meine Teesammlung vor sie hin, bevor ich mich setzte. „Du bist brillant. Alle Männer der Stadt werden schnell in den Bann deines köstlichen Essens geraten und in ihrer unsterblichen Zuneigung um deine Hand anhalten."

„Herr, ich wünschte. Ich will nicht unhöflich sein, aber ich habe in letzter Zeit eine kleine Durststrecke hinter mir."

Okay. Also… wir wollten dorthin gehen. „Manchmal ist eine Pause gut."

„Eine dreijährige Pause? Nein. Das ist nicht gut. Das ist geradezu sadistisch."

Ich hatte seit weit mehr als drei Jahren keinen Sex mehr gehabt, aber das wollte ich ihr nicht sagen. „Ist dir jemand aufgefallen?"

Sie sah weg und wurde rot. „Ich meine ... ich bin praktisch seit meiner Geburt in Bishop verknallt."

Die Welt wurde grau, und mein Atem stockte. Oh Gott, wenn sie mir sagen würde, dass sie mit ihm zusammen ist, dass sie Sex mit ihm hatte... dass sie sich in meinen... meinen...

Ich konnte es nicht einmal denken.

„Oh." Ich starrte hinunter in meinen Tee, unfähig, weitere Worte zu finden.

Aber Katie lachte nur. „Mein Gott, hör auf, so zu gucken, als hätte ich gerade deinen Welpen getreten. Ich würde nie versuchen, mich mit ihm zu verabreden - auf keinen Fall würde ich da in deine Fußstapfen treten können. Außerdem verabredet sich Bishop nicht."

„Was meinst du damit, dass er sich nicht verabredet?"

„Genau wie ich sagte - der Mann hat keine Dates. Nicht mehr, seit er vom Militär heimkam, soweit ich weiß. Zumindest hat Mercy mir das erzählt."

„Militär?" Bishop war beim Militär? Mercy ... Mercy ... das klang so vertraut. „Und wer ist Mercy?"

„Du erinnerst dich nicht an sie? Ihrer Familie gehört der Eisenwarenladen in der Stadt. Sie ging mit..."

„Finn." Natürlich - Mercy Bell. Finns Freundin in seinem letzten Jahr an der High-School. Sie mochte mich nicht besonders, wahrscheinlich, weil ich so eng mit ihrem Mann befreundet war. Aber Finn und ich waren zu diesem Zeitpunkt schon seit Jahren befreundet. Er war derjenige, der mich seinem Bruder vorgestellt hatte.

„Mercy ist immer noch hier? Ich dachte, sie hätte Pläne, nach der High-School aufs College zu gehen."

„Das tat sie, aber wie viele von uns, kam sie zurück. Sie hat online eine Art Wirtschaftsstudium absolviert und führt jetzt den Eisenwarenladen ihres Vaters. Und sie hat ein Kind."

Das... Wow. Diese Nachricht hat mich härter getroffen, als sie es hätte tun sollen. Mein Herz stotterte, und eine Welle von etwas, das der Eifersucht nahekam, überspülte mich. „Ist es Finns?"

„Oh, Gott, nein. Sie hat ihn lange vorher verlassen. Ich glaube, sie haben es nicht mal bis zum Abschluss geschafft."

Ja, ich auch nicht. Nachdem ich das mit Finn und den Drogen herausgefunden hatte, nach allem, was in diesem Frühjahr passiert war, hatte ich die Stadt verlassen, ohne auch nur mein letztes Schuljahr zu beenden. Miss hatte mich nach Vegas geschickt, weil sie wusste, dass ich eine andere Szene brauchte, aber sie verlangte, dass ich meinen Abschluss mache, oder sie würde meinen Arsch zurück nach Justice schleifen, um mit allem direkt fertig zu werden. Dazu war ich nicht bereit gewesen, also folgte ich ihrer Anweisung und machte meinen GED, bevor der erste Sommer zu Ende war, und schloss sogar eine technische Ausbildung zur Zahnhygienikerin ab. Ich hatte sie allerdings nie gebraucht. Sobald ich den ersten Dollar mit dem Lesen von Teeblättern verdient hatte, wusste ich, dass ich meine Berufung gefunden hatte.

Traurigerweise war es ohne Bishop an meiner Seite gewesen. Damals, bevor alles den Bach runterging, wollte ich Bishop Kennard heiraten. Er hatte mein Herz langsam gestohlen, Mauern eingerissen, von denen ich nicht einmal wusste, dass ich sie aufgebaut hatte, mit seinem Charme und seiner Freundlichkeit, der Art, wie er Gefühle in mir hervorrief. Er schenkte mir dieses Lächeln, das ich in meinen Knien spürte. Und wenn ich ehrlich zu mir selbst war, hatte er immer noch ein großes Stück meines Herzens. Ein Stück, von dem ich wusste, dass ich es nie zurückbekommen würde.

„So sehr ich es auch hasse, es so früh zu tun, ich sollte jetzt gehen." Katie stand plötzlich auf und riss mich aus meiner Sehnsucht. „Ich muss noch Torten backen und Vorbereitungen treffen. Oh, apropos, ich bringe zur Beerdigung Kleinigkeiten zum Naschen mit, also akzeptiere nicht Molnars überhöhte Preise für so etwas."

Ich folgte ihr den Flur entlang in Richtung Foyer. „Du hast deine Party am nächsten Abend. Ich kann dich nicht bitten, Essen zu machen."

„Das tust du nicht. Ich füge mich im Grunde in dein Leben ein und zwinge dich, es zu akzeptieren."

Ihre Süße brachte mich zum Weinen. „Ich danke dir. Ich weiß das sehr zu schätzen, und ich würde mich freuen, wenn ich dich statt Molnar bezahlen könnte. Ich bin sicher, dein Essen wird sowieso besser sein."

„Mach dir sich keine Sorgen. Ich habe die Kennards bereits wissen lassen, dass sie eine Rechnung bekommen werden."

Mein Rücken wurde steif. „Entschuldigung?"

Sie hielt inne, den Regenmantel halb übergestreift, die Überraschung auf ihrem Gesicht offensichtlich. „Das ist Gerechtigkeit, Anabeth. Die Kennards zahlen für jede Beerdigung. Das ist Tradition."

Natürlich würden sie das. „Gut. Dann verweigere ich die Bezahlung für das Tarotkarten-Lesen bei deiner Veranstaltung." Ich hob meinen Finger, um sie diesmal zu stoppen. „Denk nicht einmal daran, sich zu streiten. Ich hätte es sowieso nicht angenommen."

Sie zog ihren Mantel an und warf mir einen soliden, falschen Blick zu. „Du bist ein harter Brocken."

„Leg dich nie mit einem Vegas-Darsteller an. Wir wissen, wo sie die Leichen verstecken."

Katie lachte und zerrte an ihren Stiefeln, bevor sie mich umarmte. „Es war schön, dich zu sehen. Ruf mich an, wenn du etwas brauchst, okay?"

„Werde ich." Ich würde nicht, aber das wusste sie wahrscheinlich.

Als ich ihr die Tür öffnete, wehte der Wind, und der Blick auf den Wald wurde für einen kurzen Moment frei. Lange genug, um einen flüchtigen Blick auf einen Schatten zu erhaschen, der nicht hätte da sein dürfen. Ich starrte angestrengt und versuchte, ihn wieder zu sehen, aber der Regen machte alles verschwommen und undeutlich. Entweder das, oder die Tatsache, dass ich so oft allein im Haus war, hatte in mir eine Art seltsame Paranoia ausgelöst. All diese Geschichten über die Soul Suckers waren definitiv nicht hilfreich.

Nachdem Katie die Einfahrt hinuntergefahren und auf die Straße abgebogen war, schloss ich die Tür. Ich schloss sie auch ab. Nicht meine übliche Angewohnheit hier draußen, aber es schien mir das Richtige zu sein. Das Ticken der Uhr im Wohnzimmer schien zu laut - Schüsse im schwindenden Tageslicht - und das Haus fühlte sich plötzlich fast bedrückend an. Zu groß, zu leer. Zu viele Erinnerungen an all die Dinge, die ich auf meinem Weg aufgegeben hatte. Oder verloren hatte.

Gott, so viel Verlust.

Ich war wieder in der Küche und machte mir eine weitere Tasse Tee, als mich das Gefühl überkam, beobachtet zu werden. Ich warf einen Blick auf mein Telefon auf dem Tresen und erinnerte mich daran, dass Bishop gesagt hatte, ich solle ihn anrufen, wenn mir etwas nicht in Ordnung erschien, aber ich griff nicht danach. Zumindest jetzt noch nicht. Ich war eine unabhängige Frau, die jahrelang allein in einer größeren, gemeineren Stadt gelebt hatte, als es Justice je sein würde. Stattdessen ging ich zu den Fenstern und blickte hinaus in die regnerische Düsternis des frühen Abends.

Außer Wasser ist nichts zu sehen.

„Dummes, dummes Mädchen." Trotzdem ließ mich das Gefühl nicht los. Ängstlich, zerstreut und leicht nervös, schrie ich fast, als der Wasserkocher zu pfeifen begann. Ich eilte zum Herd, um den Brenner mit zitternden Händen auszuschalten. „Du machst dich lächerlich."

Anstatt der dummen Angst nachzugeben, die mein Herz zum Klopfen brachte, goss ich das Wasser in meine Teepresse und sah zu, wie die Blätter über den kleinen Filter tanzten. Ich begann zu zählen, um genau den richtigen Sud zu erhalten. Als ich die Zwei-Minuten-Marke erreicht hatte, goss ich den Tee in meine Tasse und drehte mich um. Das Deck mit den Tarotkarten rief nach mir, es saß ordentlich und aufgeräumt da. Es wartete darauf, dass ich sie zog und las.

„Nur eine", sagte ich, griff nach dem Deck und überließ mich meinen Instinkten. Ich zog eine einzelne Karte, eine, die mir einen Schauer über den Rücken jagte, bevor ich sie umdrehte.

Tod.

Ich mochte es nie, die Todeskarte während einer Lesung zu ziehen, weil die meisten Leute auf den Namen reagierten und nicht auf die Wahrheit dahinter hörten. Die Todeskarte bedeutete nicht den Verlust von Leben - sie bedeutete das Ende von etwas. Eine Phase des Übergangs. Auf dem Bild auf der Vorderseite war der Himmel nicht völlig schwarz, sondern grau, und die Sonne war noch nicht untergegangen. Es war eine Karte, die von einem endgültigen Ende und einer Zeit der bedeutenden Transformation sprach. Sie bedeutete den Tod des Gewesenen und die Möglichkeiten einer neuen Zukunft.

Der einzige Gedanke in meinem Kopf, während ich auf die Karte starrte, war Bishop. Meine Beziehung zu ihm. Unsere Vergangenheit. Ich hatte ihm nie gesagt, warum ich gegangen war. Vielleicht war es das, was die Karte bedeutete. Eine Öffnung meiner Seele, damit Bishop sie beurteilen kann. Ein Ende, ihn zu vermissen und ihn zurückhaben zu wollen.

Ein wahres Ende für unsere Beziehung.

Dieser Gedanke veranlasste mich, die Karte zum Rest des Decks zu werfen und von der Theke wegzutreten...

Und verschüttete prompt heißen Tee über mich, als ich das Gesicht eines Mannes sah, der mich durch das Küchenfenster anstarrte.

Kapitel

8

Die Planungssitzung, wie wir mit Miss' Beerdigung und der großen Eröffnung im Baker's Cottage umgehen würden, dauerte viel länger, als ich erwartet hatte. Alder wollte Camden mit einbeziehen, obwohl sein Trinken ein wenig außer Kontrolle geraten war. Ich nahm an, dass mein Bruder annahm, Camden fest im Auge zu behalten, würde ihm irgendwie helfen. Ich nahm auch an, dass Camden auftauchte, um Alder glücklich zu machen, aber dass er nicht dabei sein wollte. Er saß im hinteren Teil des Raumes, schweigend, in sich zusammengerollt. Er interagierte mit niemandem. Der Mann war ein wandelndes Wrack, und ich wusste nicht, wie ich ihm helfen sollte. Wenn wir das überhaupt konnten.

„Was ist mit dem Regen?" Jackson, der leitende Forstwirt des Werks - der Mann, der dafür sorgte, dass wir die Wälder, die wir ernteten, gesünder hinterließen als zu Beginn unserer Arbeit - rief von hinten, nachdem Alder Pläne für die Abdeckung, den Schutz und den Schichtwechsel erstellt hatte.

Alle Augen im Raum richteten sich auf meinen Bruder. Der

Regen und die mögliche Überschwemmung schienen für die Stadt eine viel größere Sorge zu sein als die Soul Suckers, etwas, dem ich normalerweise zugestimmt hätte … außer, dass es da eine rothaarige Frau gab, an die ich mich nicht mehr erinnern konnte. Eine, die ganz allein in einem Haus auf einem Bergrücken lebte, genau in der Mitte des Shitstorms, den die Soul Suckers ausgelöst hatten. Obwohl sie nichts von mir wollte, war sie irgendwie zu meiner größten Sorge geworden.

„Tragt Schutzkleidung und achtet auf Autos oder LKWs, die ihr an beiden Standorten nicht kennt. Diese Typen werden nicht auf Motorrädern herfahren. Ich möchte auch, dass ihr nach dem Sheriff Ausschau haltet. Wir müssen wissen, ob er auch in die Stadt kommt", sagte Alder, und seine Stimme ließ keinen Raum für Diskussionen. „Ich weiß, wir haben im Moment Probleme mit dem Regen, Leute. Aber Anabeth und Katie brauchen das, also werden wir das für sie durchziehen. Wenn wir Miss Hansen morgen unter die Erde gebracht haben und die große Eröffnungsfeier am nächsten Abend hinter uns gebracht haben, können wir uns auf die Überschwemmung konzentrieren. Denn es wird überfluten, daran besteht kein Zweifel. Zwei Bäche sind bereits über die Ufer getreten."

Die Jungs murmelten alle ihre Zustimmung und sprachen leise miteinander, als Alder das Treffen beendete und uns auf den Weg schickte. Mein Weg überschnitt sich zufällig mit dem von Gage, da er bei mir zu Hause wohnte. Ich hatte in den letzten paar Tagen nicht viel mit ihm gesprochen. Irgendwie absichtlich.

„Du hast mir nie von Anabeth erzählt", sagte Gage, als wir meinen Truck erreichten. Damit begann er das Gespräch, von dem ich wusste, dass er es führen wollte. Er hüpfte auf die Beifahrerseite, Rex sprang gleich nach ihm hinein und ließ sich zu seinen Füßen nieder. Das Biest brachte einen ziemlichen Geruch von nassem Hund mit sich. Mein Truck würde noch tagelang danach stinken.

Eine kleine Irritation im Vergleich dazu, wie ich mich fühlte, wenn ich mit jemandem über Anabeth sprach, einschließlich meiner besten Freundin.

„Es gab nicht viel zu erzählen."

„Schwachsinn."

Ganz genau. „Sie war meine Freundin, als ich auf dem College war."

„Finn sagte, du wolltest sie heiraten."

Ich hatte einen Ring gekauft und alles, aber das ging niemanden etwas an. Und ich hatte vor, meinen Bruder zu töten. „Ich habe es getan. Eine Zeit lang. Aber das hat nicht geklappt."

„Zu schade. Sie hat mörderische Beine."

Der Truck schlingerte zur Seite, als ich mich auf ihn zubewegte, was uns zum Glück nicht von der Straße schleuderte. „Was hat das mit irgendetwas zu tun?"

Wenn dieser Bastard auch nur eine Sekunde lang dachte, er könnte sich an mein Mädchen ranmachen...

„Nichts", sagte er, zuckte mit den Schultern und sah aus, als hätte er mich gerade verarscht. Was er wahrscheinlich auch getan hatte. „Ich wollte nur einen Kommentar zu ihren Beinen abgeben."

Um mich zu provozieren. Das Arschloch. Nicht, dass ich nicht das Gleiche mit ihm gemacht hätte. „Dieser Köter wird meinen Truck zum Stinken bringen."

„Lass deine Wut nicht an Rex aus, Mann. Es ist nicht seine Schuld, dass du nicht mehr zwischen diese langen, weichen Beine klettern kannst."

Ohne meinen Blick von der Straße zu nehmen, schlug ich ihm auf die Schulter. Er hat nur gegrunzt und gelacht. Er hat aber nicht gedrängt. Er hat mich nicht angestupst oder nach mehr Informationen gefragt. Er akzeptierte, was ich sagte und was ich nicht sagte, ohne zu urteilen. Wie es ein guter Freund tun würde.

Wir schafften es schnell genug zu meiner Wohnung, sprangen beide aus dem Truck und gingen um das Haus herum, sobald ich geparkt hatte. Wir brauchten keine Wegbeschreibung oder Pläne - wir hatten das schon eine Million Mal gemacht, als wir zusammen dienten und seit er nach Justice gezogen war. Die Sicherheit eines Ortes zu überprüfen, war praktisch Gewohnheit.

Als wir uns wieder auf der Veranda trafen, nahm ich mein Handy aus der Tasche und folgte Gage, als er die Tür öffnete. Ich musste noch meine Arbeits-E-Mails checken, bevor ich Feierabend machen konnte, und ich hatte das dringende Bedürfnis, Anabeth anzurufen. Nur um nach ihr zu sehen. Um sicherzugehen, dass es ihr gut ging. Denn ich war ein großer Trottel, wenn es um dieses Mädchen ging. Vielleicht würde ich das als Letztes tun, damit ich mich nicht wie ein bedürftiges kleines Arschloch fühlte. Vielleicht würde ich es zuerst tun, um es hinter mich zu bringen.

Scheiße, wann ist der Umgang mit Frauen so schwierig geworden?

Der SMS-Alarm auf meinem Telefon ging los, als ich ins Haus trat. Ich musste fast lächeln, als ich Anabeths Namen auf meinem Bildschirm sah. Vielleicht hatte sie an mich gedacht, so wie ich an sie gedacht hatte. Sie hatte die Hand ausgestreckt - das musste ein gutes Zeichen sein. Mehr als das *Nichts, von dem* sie behauptet hatte, es von mir zu wollen.

Ich wischte schneller als normal, ärgerlich aufgeregt bei dem Gedanken, dass sie mich vermisst hatte. Aber in dem Moment, als ich ihre Nachricht las, übertönte das Rauschen meines Blutes, das in meinen Ohren pochte, fast alles andere. Kein gutes Zeichen. Ganz und gar nicht.

„Was ist es?" fragte Gage und sah mehr als nur ein wenig besorgt aus. Ich warf ihm das Telefon zu, während ich zum Schrank eilte, in dem ich eine kleine Tasche mit Vorräten aufbewahrte - Nachtsichtgeräte, ein paar ausgewählte Gewehre, Munition und ein paar Granaten - für den Fall, dass ich schnell und hart vorgehen musste.

Anabeths kurze, einfache Nachricht, dass *da draußen ein Mann ist, der mich beobachtet*, bedeutete, dass ich so schnell und hart wie möglich gehen musste.

„Scheißkerl", sagte Gage mit einem Knurren in der Stimme. Ich hatte kein Bedürfnis, darauf zu antworten - das war eine Untertreibung, und er wusste es.

„Bist du bewaffnet?" Ich visierte meine Lieblingspistole an - einen halbautomatischen Colt M1911 - und steckte sie in mein Schulterholster, bevor ich mir die Tasche über die Schulter warf.

„Immer. Los geht's." Gage pfiff Rex, als ich hinaus in den Regen raste, die Tür hinter ihm zuknallte und mir zu meinem Truck folgte. Innerhalb von Sekunden waren wir wieder im Fahrerhaus und fuhren die Straße hinunter, aber es war immer noch nicht schnell genug. Nichts wäre schnell genug gewesen, wenn man bedenkt. Und der verdammte Regen, der die Straßen glitschig und die Fahrt noch tückischer als sonst machte, war sicher nicht hilfreich.

„Sie ist ganz allein da oben", sagte ich, bevor ich mit der Faust gegen das Lenkrad schlug, als ich wieder einmal für eine Kurve abbremsen musste.

Gage starrte aus der Windschutzscheibe, konzentriert und fest. „Wir werden es schaffen."

Mein Herz machte einen Sprung, als ich meine Hand wieder zu einer Faust rollte. Ja, wir würden es schaffen. Nur hatte er das Gleiche gesagt, als wir gehört hatten, dass Camdens Haus brannte, und wir versuchten, rechtzeitig dort zu sein. Das war nicht so gut ausgegangen für die Frau in dem Haus... oder den Mann, der sie liebte.

„Plan?" fragte Gage, als ich auf die Straße einbog, die nach Widow's Ridge führte. Das Wasser des Baches floss über einen Teil des Weges, aber ich flog durch das Durcheinander und packte das Rad fest, als ich die Traktion verlor. Noch ein paar Zentimeter, und der Abschnitt wäre wahrscheinlich unpassierbar. Aber noch nicht. Es spielte keine Rolle, ob ich den ganzen Weg zu dem alten Farmhaus unter Wasser stand - ich *würde* diese verdammte Straße hochkommen.

Als meine Reifen wieder festen Boden unter den Füßen hatten, gab ich Gas und raste den steilen, geschotterten Weg zum Hansen-Platz hinauf. „Ich werde Anabeth sichern. Du hältst mir den Rücken frei und kontrollierst die Umgebung, falls ich sie rausholen muss." Ich schüttelte den Kopf, weil ich nicht aufhören konnte, an das Schlimmste zu denken. An Leah und das Feuer. Dass Anabeth brennt. „Ich gehe rein, egal was passiert."

Gage grunzte, wahrscheinlich hatte er dieselben Gedanken wie ich. Er erinnerte sich an die gleiche Nacht. Und zu wissen, dass ich, egal wie heiß es werden würde, hinter meinem Mädchen her sein würde.

„Wir werden sie da rausholen", sagte er grob, bevor er mit der Faust auf das Armaturenbrett schlug. „Egal was passiert, wir holen sie da raus."

Ja, das würden wir. Die einzige Frage war, ob sie noch leben würde, wenn wir sie herausziehen oder nicht.

Aber als wir den letzten Hügel vor ihrem Haus erklommen, konnte ich das Haus durch die Bäume sehen. Kein Rauch. Kein Feuer. Die Erleichterung über diese Tatsache war fast so groß, dass ich mich entspannte.

Fast.

„Mach dich bereit", sagte ich zu Gage, nicht, dass ich das nötig gehabt hätte. Er hatte bereits seinen Sicherheitsgurt abgenommen und saß fast seitlich auf dem Sitz, die Hand am Türgriff, bereit, sich in den Kampf zu stürzen.

Sobald ich in Anabeths Einfahrt zum Stehen kam, riss ich die Tür auf und sprang aus dem Wagen, ohne mir die Mühe zu machen, den Schlüssel aus dem Zündschloss zu ziehen. Auf dem Weg zu ihrer Tür rutschten meine Füße im Schlamm aus, aber ich zog es durch. Ich rannte mit aller Kraft auf die Veranda zu und betete mit allem, was ich hatte, dass es ihr gut ging. Dass das Haus noch sicher war und sie allein drinnen war.

Anabeth öffnete die Tür, als ich auf die Veranda kam, und sah blass und zittrig aus. Verängstigt. Und in diesem Moment zerbrach etwas in mir. Etwas, das mich zurückgehalten hatte. Etwas, das mich verstehen ließ, wie viel mir diese Frau immer noch bedeutete und immer bedeuten würde.

Ich hob sie in eine Umarmung, als ich ins Haus eilte, zog sie von den Füßen und drückte sie fest an meine Brust. „Bist du okay?"

Sie klammerte sich an mich und zitterte. „Ja, nur ... unruhig."

Den verdammten Sternen sei Dank. Ich setzte sie wieder auf ihre Füße, da ich wusste, dass ich mich an die Arbeit machen musste. „Also gut, dann. Wir sehen uns die Sache an. Wo hast du ihn gesehen?"

„Durch das Küchenfenster."

Rückseite des Hauses. Das würde uns helfen, unsere Suche einzugrenzen. „Bleib hier und schließ nach mir ab."

Aber die unverhohlene Angst in ihrem Gesicht brachte mich um. Ich konnte sie nicht so zurücklassen. Ohne zu überlegen, beugte ich mich hinunter und presste meine Lippen auf ihre, schob meine Zunge in ihren Mund, als sie keuchte und küsste sie mit allem, was ich hatte. Mit allem, was ich brauchte. Alles, was ich in den letzten vierzehn Jahren verdammt noch mal vermisst hatte. Ich küsste sie mit Leib und Seele, und sie erwiderte den Kuss genauso stark. Genauso tief. Sie schlang ihre Arme um meinen Hals und drückte mich an sich. Sie ließ ihre Zunge gegen meine gleiten und stöhnte leise, als ich ihren Hintern packte, um sie besser festhalten zu können. Um meinen Winkel zu ändern, damit ich diesen verdammten Kuss besitzen konnte.

Sie hatte den Kuss in ihrer Einfahrt initiiert, aber dieses Mal ging es nur um mich. All meine Bedürfnisse und Wünsche. Ich habe alles mit diesem Kuss ausgedrückt. Habe meine Seele durch Taten und nicht durch Worte verraten. Aber ich musste die Verbindung unterbrechen, musste mich an die Arbeit machen. Denn jemand war dumm genug gewesen, mein Mädchen zu verängstigen und das konnte ich nicht ignorieren.

„Ich muss gehen", murmelte ich gegen ihre Lippen und stahl ihr noch einen Kuss, bevor ich sie losließ. „Bleib drinnen und schließ die verdammte Tür ab. Gage und ich sind zurück, sobald wir die Umgebung überprüft haben."

Anabeth nickte, ihre Lippen waren dunkelrosa und geschwollen von meinem Kuss. Ihre Augen waren ein wenig mehr verdeckt und viel weniger ängstlich. Das war gut. Genau das, was ich wollte.

Begierig, die Sache hinter mich zu bringen, schnappte ich mir meine Pistole aus dem Schulterholster und rannte wieder nach draußen, um das Arschloch zu finden und zu töten, das es gewagt hatte, sie mit seiner Anwesenheit zu bedrohen. Gage stand auf der Eingangstreppe und schaute in den Regen hinaus, die Waffe gezogen und bereit.

„Dafür hast du die falschen Schuhe an", sagte er, ohne mir über die Schulter zu schauen. Das war auch nicht nötig.

Wieder mit meinen verdammten Schuhen, obwohl er nicht unrecht hatte. Meine Füße waren bereits durchnässt. „Ich kümmere mich darum. Sie hat ihn durch das Küchenfenster gesehen, das auf der Rückseite ist. Lass uns das machen."

Ich folgte Gage von der Veranda in den Regen. Wir schlichen schnell um das Haus herum, die Waffen gezückt, und Rex schlich sich an unsere Fersen. Der Abend war schnell hereingebrochen, die Wolken verdrängten das letzte Sonnenlicht, so dass es nicht viel zu sehen gab. Schatten über Schatten - keine Fußabdrücke, kein Eindringling, kein Anzeichen von etwas Falschem. Zumindest nicht, bis wir die hintere Veranda erreichten.

„Schlamm", sagte Gage und richtete seine Waffe auf die Stellen, die zum Küchenfenster führten ... und dann daran vorbei zur Hintertür. Die Fliegentür war einen Zentimeter oder so offen, und es gab etwas, das wie ein nasser Handabdruck auf dem Glas in der Tür selbst aussah. Ich starrte auf diesen Abdruck und sah genau, was passiert war - die rechte Hand auf dem Glas, um zu drücken, die linke auf dem Knopf, um den Riegel zu lösen. Die alte Tür war nicht aus Stahl oder verstärkt, und das Schloss hatte definitiv schon bessere Tage gesehen. Ein guter Stoß mit der Schulter hätte gereicht. Und ich schätze, das Arschloch wusste es.

„Er hat versucht, reinzukommen." Mein Blut rauschte und krachte mit jedem Pump in mein Herz.

Gage hat gegrunzt. „Aber er hat es nicht erzwungen. Warum nicht? Eine Frau, die allein zu Hause ist, wäre eine leichte Beute gewesen. Warum hat er aufgehört?"

Beute. Mein Mädchen als Beute. Ich starrte auf die Tür, auf den Handabdruck und versuchte, es selbst herauszufinden. Ich versuchte, wie ein kranker, seelenloser Krimineller zu denken.

Wie die Art von Bastarden, die ein Haus in Brand setzen würden, wenn sie wüssten, dass eine Frau darin schläft.

„Befehle", sagte ich, während sich die Teile in meinem Kopf zusammensetzten. „Er war nicht wegen ihr hier. Er hatte andere Befehle."

„Selbst Befehle können jemanden nicht ewig aufhalten." Gage blickte über die Veranda hinaus in die dunkle, regnerische Nacht. „Wir müssen die Wälder durchsuchen."

„Wir *müssen* erst ein Team herholen. Wir können nicht suchen und Anabeth in Sicherheit bringen."

Er hat mich nicht herausgefordert, weil er wusste, dass ich Recht hatte. Wahrscheinlich wusste er auch, dass ich sie in diesem Moment auf keinen Fall allein lassen würde. Das Bedürfnis, sie zu beschützen, überstieg meinen Wunsch, den Bastard zu finden, der sie beobachtet hatte. Der die Gelegenheit hatte, ernsthaften Schaden anzurichten, sie aber nicht nutzte.

So viel Glück haben wir kein zweites Mal.

Ich ging den Weg zurück um das Haus herum und wurde von Sekunde zu Sekunde feuchter. Ich blieb stehen und überprüfte jedes Fenster auf Anzeichen von Manipulationen, in der Hoffnung, dass der Kerl aus der Dunkelheit auftauchen würde, damit ich mich um ihn kümmern konnte. Aber nichts zu machen. Der verdammte Feigling war wahrscheinlich entweder weggerannt oder hatte sich versteckt, als er uns ankommen sah, falls er überhaupt noch auf dem Grundstück war. Ein Gedanke, der mir Kopfzerbrechen bereitete. Wie lange hatte er Anabeth beobachtet? Durch wie viele Fenster hatte er geguckt? Und wie wahrscheinlich war es, dass er zurückkam und die Befehle missachtete, die er befolgt hatte?

Wahrscheinlich, war meine Vermutung. Sehr wahrscheinlich. Was bedeutete, dass wir ihn nicht einfach in den Wäldern verschwinden lassen konnten, ohne eine Verfolgung zu starten.

Wir erreichten die vordere Veranda in kürzester Zeit, wir waren beide bis auf die Haut durchnässt und sahen wahrscheinlich aus wie ertrunkene Ratten. Nicht, dass es wichtig gewesen wäre - selbst die Kälte konnte mir in diesem Moment nichts anhaben. Ich hatte genug Wut und Angst, die durch meinen Körper liefen, um mich warm zu halten. Außerdem hatte ich eine Frau auf der anderen Seite der Tür, die mich brauchte, um sie zu beschützen. Ein bisschen Wasser würde mich nicht davon abhalten, aber wir brauchten definitiv Verstärkung.

„Ruf meinen Bruder an. Schaff seinen Arsch hierher", sagte ich zu Gage, während ich an die Haustür klopfte. Anabeth öffnete sie langsam und schaute hinter mich, bevor sie sie weit aufzog. Kluges Mädchen. „Er war auf deiner hinteren Veranda. Wir fordern Verstärkung an, bevor wir in den Wald gehen, um ihn aufzuspüren. Warst du heute schon draußen?"

Ihre Hände zitterten, und sie schien noch blasser zu werden. „Ich gehe nie in diese Wälder."

Das kam mir irgendwie komisch vor - sie war es gewohnt. Damals, als wir zusammen waren, hatten wir viele Nachmittage in diesen Wäldern verbracht. Wir hatten uns dort zum ersten Mal geküsst, waren dort entjungfert worden. Sie hatte es damals geliebt, sie zu erforschen. Und mich. Und uns. Irgendetwas hatte sich verändert, aber ich hatte keine Zeit, um herauszufinden, was.

„Gut. Halte dich von ihnen fern, es sei denn, ich bin bei dir, okay?"

Sie sah uns von oben bis unten an, ihre Augen wurden groß, als sie einen Schritt zurücktrat. „Ihr seid völlig durchnässt. Kommt rein und wärmt euch auf."

Ich schüttelte den Kopf. „Wir machen eine Sauerei, wenn wir-"

„Bishop Kennard, beweg deinen Arsch in dieses Haus und aus dem Regen. Du auch, Gage. Bitte."

Wir beide traten ein, als sie im Flur verschwand. Sie kam ein paar Sekunden später zurück und hielt in jeder Hand ein Handtuch.

„Hier", sagte sie. „Ich habe keine Kleidung, die dir passen könnte, aber du kannst dich wenigstens ein bisschen abtrocknen."

„Danke." Ich fuhr mit dem Handtuch über mein Haar und schrubbte kräftig, um so viel Wasser wie möglich herauszuziehen. Gage tat dasselbe, obwohl er mit viel mehr Haaren zu kämpfen hatte.

„Bishop", flüsterte Anabeth, als ich meinen Arm fallen ließ, ihre Augen auf mich gerichtet. Ihre Hände verschränkten sich. Sie vibrierte fast vor Anspannung, vor einem Bedürfnis nach etwas, das ich nicht genau benennen konnte. Zumindest nicht, bis sie sich vorwärtsbewegte. Sie starrte auf meine Brust. Auf meine Arme.

„Ich bin klatschnass. Du wirst nass und kalt, wenn ich dich jetzt halte."

Anabeth schüttelte den Kopf, immer noch unfähig, mir in die Augen zu sehen. „Das ist mir egal."

Dann tat ich es auch nicht. Ich zog sie zurück in meine Arme und schlang mich um sie, so gut ich konnte. Ich hielt sie fest. Und verdammt, fühlte es sich gut an, ihren Körper an meinen gepresst zu haben. Zu wissen, dass sie mich ansah, um sie in einem so beängstigenden Moment zu trösten.

„Ich habe dich, Anabeth. Mit mir wird hier nichts passieren." Ich drehte mich zu Gage um, ohne sie loszulassen. „Hast du Alder in die Finger bekommen?"

Gage starrte mich mit einem harten Gesichtsausdruck an. „Verstanden. Er ist vier Minuten entfernt."

Ein Mann konnte es in vier Minuten ziemlich weit schaffen, aber ich würde Anabeth auf keinen Fall allein lassen, während Gage und ich im Wald jagen gingen. Das war eine dumme Mission - etwas, was unerfahrene Wichser tun würden. Wir waren nicht unerfahren.

„Wie wäre es, wenn du das Licht auf dieser Ebene ausschalten?" Ich sagte. „Wir wollen doch nicht, dass jemand einen Vorteil gegenüber uns hat."

Gage verschwand wortlos und knipste das Licht aus, während er durch das Haus stapfte. Ich blieb mit Anabeth sicher in meinem Griff. Unfähig, sie loszulassen. Ich wollte es auch nicht.

„Ich verstehe nicht, was hier passiert", sagte sie, ihre Stirn an meine Brust gelehnt und ihre Hände umklammerten mein nasses Hemd.

„Ich vermute, dass die Soul Suckers hierherkamen, um zu sehen, was los ist, und jemand hat dich entdeckt. Vielleicht wollten sie sich das genauer ansehen." Ich drückte sie fester, als sie sich versteifte. „Mach dir keine Sorgen. Wir werden uns um sie kümmern."

„Aber... wie? Und warum sollten sie draußen auf dem Kamm sein? Ich kann mir nicht vorstellen, dass Miss ihnen etwas angetan hat."

Ich wusste nicht, wie ich ihr von dem Meth-Labor auf ihrem Grundstück erzählen sollte, also war ich dankbar, als Scheinwerfer über die Wand tanzten. Gage schlüpfte neben das Fenster und schob den Vorhang gerade so weit auf, dass ich auf die Einfahrt hinaussehen konnte. „Alder ist hier."

Zeit, wieder an die Arbeit zu gehen.

Ich drückte Anabeth ein letztes Mal, dann ließ ich sie los. Sie zitterte und schlang ihre Arme um sich, also legte ich mein Handtuch um sie und gab ihr einen schnellen Kuss auf die Stirn.

„Ich habe dir gesagt, dass ich dich kalt machen werde."

Sie schenkte mir ein verdammt schönes halbes Lächeln. „Das war es wert."

Ja, das war es.

Ich schüttelte den Kopf und versuchte, ihn von den Gedanken zu befreien, was sich in diesem Moment noch lohnen würde, und machte mich auf den Weg, die Haustür zu öffnen. Mein Bruder eilte einen Moment später herein, seine Waffe gezogen, Camden direkt hinter ihm.

Camden sah aus wie die Hölle.

„Du siehst aus wie Scheiße auf Toast, Mann", sagte Gage, der offenbar meine Gedanken las.

„Habe eine zwanzigjährige Beziehung mit jemandem und kümmere dich dann um seinen Mord, Trottel. Wir werden sehen, wer besser aussieht. Bis dahin, halt die Klappe."

Der ganze Raum wurde still und leise. Ich schaute Alder an und ließ ihn herausfinden, wie er mit diesem neuen, uncharakteristisch wütenden Camden umgehen sollte.

Zum Glück hatte mein Bruder keine Hemmungen, mit Scheiße umzugehen. „Hör auf damit, Cam. Wir sind ein Team, also benimm dich auch so, verdammt. Also, wir brauchen einen Mann im Haus mit Anabeth, den Rest im Wald." Er hielt meinen Blick, gab mir die Möglichkeit. Ließ mich wissen, dass es okay war, wenn ich mich zurückhielt. Aber ich wollte mir die Hände schmutzig machen, wollte dem Mann den Hals umdrehen, der mein Mädchen verängstigt hatte. Ich wollte es so sehr, dass ich ihre Sicherheit einem Freund anvertraute.

„Camden bleibt. Ich bin auf der Jagd."

„Erledigt, also." Alder zog eine Nachtsichtbrille aus seinem Mantel. „Ziehen wir uns um."

„Warte", sagte Anabeth, als ich mir meine eigene Schutzbrille über den Kopf zog. „Du kannst da nicht rausgehen. Was, wenn er eine Waffe hat?"

Ich zuckte mit den Schultern. „Meins ist größer."

„Das ist nicht lustig." Ihre Stimme erhob sich, und sie war wieder kurz davor, in Panik zu geraten. „Du kannst da nicht rausgehen. Du bist ein Marketingleiter."

Ich... hatte keine Ahnung, was zum Teufel das eine mit dem anderen zu tun hatte. Gage schien es aber zu wissen.

„Er ist auch ein Navy SEAL im Ruhestand, genau wie ich. Alder war bei den Special Forces und Camden war bei den Marines. Irgendein Trottel, der Spanner spielt, wird uns nicht überrumpeln, also warum lehnst du dich nicht zurück und überlässt uns das, Legs. Wir brauchen ab und zu ein bisschen Spaß."

Anabeth schreckte zurück. „Hat er mich gerade Legs genannt?"

„Ja, aber es sind wirklich tolle Beine. Das musste mal gesagt werden." Ich ignorierte mein Arschloch von bester Freundin und ergriff ihre Hand, lächelte, als sie mir einen verärgerten Blick zuwarf. „Wir haben das im Griff. Das wird schon wieder."

Sie lehnte sich näher und senkte ihre Stimme. „Ich wusste gar nicht, dass du zum Militär wolltest."

Natürlich nicht, denn es war mir nicht in den Sinn gekommen, bis sie mich verlassen hatte. Die Tatsache, dass wir so viele gemeinsame Jahre verloren hatten, dass wir das Leben des anderen nicht mehr so gut kannten, wie wir es einst getan hatten, schlug mir mit diesen

Worten entgegen. Ich könnte genauso gut sofort damit anfangen, dieses spezielle Leck zu reparieren. „Ich hatte nie wirklich darüber nachgedacht, aber nachdem..."

Ich konnte meinen Satz nicht beenden, konnte nicht erwähnen, dass ich gleich nachdem sie mich verlassen hatte, beigetreten war. Gleich nachdem ich sie in Vegas ausfindig gemacht hatte, nur um festzustellen, dass sie in einer billigen Wohnung am Strip mit einem älteren Mann lebte. Gleich nachdem Alder gekommen war, um mich abzuholen und meinen jämmerlichen Arsch nach Hause zu karren, wobei er die ganze Zeit über den ganzen Scheiß meckerte, den er mit seiner Einheit hätte machen sollen, anstatt sich mit mir und meinem gebrochenen Herzen zu beschäftigen. Seine Worte waren mir im Gedächtnis geblieben, sein Sinn für Pflichtbewusstsein gegenüber anderen hatte mich beeindruckt.

Und Anabeth wusste nichts davon. „Wann bist eingetreten?"

„Bishop, lass uns gehen." Gage hämmerte an den Türpfosten und wartete auf mich. Alder stand an seiner Seite und beobachtete mich. Er wartete.

Scheiße.

Ich schaute zurück zu Anabeth, da ich nicht die Zeit hatte, mir eine Lüge auszudenken. Ich wollte es auch nicht. „Ich kam an einem Mittwoch aus Vegas zurück - von der Suche nach dir. Ich war am Montag im Büro des Anwerbers."

Ein Ausdruck des Schmerzes blitzte über ihr Gesicht, dessen Wucht mich fast umwarf. Aber ich hatte Scheiße zu tun - Dinge, die Vorrang hatten vor dem Wiederaufwärmen von Entscheidungen, die ich nicht ändern konnte. Entscheidungen, auf die ich eigentlich stolz war, auch wenn sie wegen dem, was sie getan hatte, begonnen hatten.

„Das ist nicht schlimm", sagte ich leise, nahm ihr Gesicht in die Hand und fuhr mit dem Daumen über ihre Lippen. „Wir können später darüber reden, okay? Erst muss ich mich für dich um diesen Kerl kümmern."

Ich ließ sie los und wandte mich zum Gehen, aber sie stürzte sich auf mich. Zwang mich, mich wieder umzudrehen. Sie packte mich an den Schultern, presste ihre Lippen auf meine und stahl mir einen verdammt guten, langen Kuss, bevor sie mich endlich losließ.

„Sei vorsichtig."

Ich wollte *ihr* das sagen - vorsichtig sein mit diesen Küssen. Mit ihrem kurvigen Körper und der Art, wie sie sich an mich presste. Aber wenn die Art, wie sie mich ansah, als sie einen Schritt zurücktrat, ein Hinweis darauf war, wusste sie genau, was sie mir antat. Und hoffentlich würde sie es wieder tun, wenn wir nicht in Gesellschaft waren.

Ich bin auf und ab gegangen. Was hätte ich sonst tun können? Bishop war in den Wald hinausgegangen, in die Dunkelheit, um denjenigen zu jagen, der mich durch das Fenster beobachtet hatte. Es stimmt, er hatte viel mehr Training für solche Dinge, als ich je für möglich gehalten hätte, aber dennoch ... er brachte sich wahrscheinlich für mich in Gefahr.

Und ehrlich gesagt, die Tatsache, dass er der Navy beigetreten war, nachdem ich ihn verlassen hatte - er wurde ein SEAL. Das war schwer zu vereinbaren mit dem jüngeren Bishop, in den ich mich verliebt hatte. Ich wusste, dass Alder während des letzten Jahres, in dem Bishop und ich zusammen waren, ein Green Beret geworden war, aber ich hatte nie genau gewusst, was diese Soldaten taten. EIN SEAL? Jeder wusste, was die so machten. Dieser Job war so gefährlich. Und sexy. Mein Gott, war das sexy.

„Kannst du bitte aufhören, herumzulaufen?" sagte Camden und sah aus wie der größte Griesgram der Welt. So hatte ich ihn überhaupt nicht in Erinnerung, obwohl ich mir dachte, dass das zu erwarten war. Leah war damals noch am Leben gewesen und war es jetzt nicht mehr. Ich konnte mir den Schmerz, den er wegen ihres Verlustes empfinden musste, nicht einmal vorstellen.

„Tut mir leid." Ich zappelte noch ein paar Minuten herum und starrte in die Dunkelheit auf der anderen Seite des Fensters hinaus. Ich wartete. Ewiges Warten. „Willst du eine Karte ziehen oder zwei?"

Camden runzelte die Stirn. „Was?"

„Karten." Ich holte mein Tarot-Deck aus dem Bücherregal. „Tarotkarten. Sie zu lesen, beruhigt mich."

Er zuckte mit einer Schulter. „Wie auch immer."

Ich mischte die Karten, konzentrierte mich auf Camden und ließ die Energie zwischen uns fließen, bevor ich ihm das Deck hinhielt. „Denk an die Gegenwart, an das Jetzt, und zieh eine Karte."

Camden schaute zweifelnd, aber er tat, worum ich ihn bat. Zumindest den Teil mit dem Pflücken. „Es ist eine Hexe."

Ich runzelte die Stirn, als er die Karte umdrehte. „Es ist ein Einsiedler, keine Hexe. Sie deutet auf eine Zeit der Isolation und Einsamkeit hin, auf ein Sich-Zurückziehen von anderen."

Er grunzte und starrte auf die Karte in seiner Hand. „Sieht für mich wie eine Hexe aus."

Okay, dann. „Dieses Mal denk an deine Zukunft, wenn du eine Karte ziehst. An Dinge, die kommen werden."

Er sah mich an, als ob ich verrückt wäre, zog aber trotzdem eine Karte. „Leute, die winken."

„Vier der Stäbe". Eine Karte, die eine Heimkehr symbolisiert, einen Neuanfang. Das ist eine schöne Karte. Zieh noch eine."

Diesmal wirkte er fast misstrauisch. Nervös. Er hatte Angst, das Deck zu berühren, aber er schob all das beiseite und griff nach einer einzelnen Karte, die er mir reichte, bevor er sie überhaupt ansah. Auf der Vorderseite der Karte standen zwei Kinder vor etwas, das wie ein Haus aussah. Das eine schnupperte an einem Blumenstrauß, während das andere zu dem aufschaute, was vermutlich sein Geschwisterchen war. Es war eine gute Karte, eine glückliche Karte.

Es sei denn, deine Frau war gerade ermordet worden oder du hast auf dem Weg ins Leben etwas anderes Wertvolles verloren.

Meine Stimme klang schwach, als ich sagte: „Sechs der Kelche".

„Was bedeutet das?"

Ich biss mir auf die Lippe, unsicher, wie ich das formulieren sollte. Wie ich ihm Hoffnung geben sollte, ohne ihn in der unvermeidlichen Schuld über die Bedeutung dahinter zu ertränken.

„Ein neuer Anfang." Ich drehte die Karte so, dass er sie sehen konnte. „Das kleinere Kind steht für die Vergangenheit, während das größere für die Zukunft steht. Zusammen deuten sie auf ein glückliches Wiedersehen mit früheren Freunden oder Liebhabern hin." Ich zeigte auf eine Figur im Hintergrund. „Siehst du den Mann, der weggeht? Das sind deine Sorgen, die dich verlassen, um weggesperrt zu werden. Niemals vergessen, nur ... an einen Ort gebracht, wo sie dich nicht mehr verletzen können."

„Was noch?" Seine Worte kamen als Knurren heraus, seine Augen verhärteten sich und sein Körper wurde steif. Es gab jedoch keinen Rückzieher. Es gab keine Möglichkeit, ihn zu belügen.

„Das Haus symbolisiert Sicherheit und Komfort, aber der Garten ist kahl, siehst du? Das ist eine Anspielung auf die verlorenen Zeiten der Vergangenheit. Momente, die man nie wiederhaben wird. Aber insgesamt ist es eine glückliche Karte. Eine, die mit Hoffnung gefüllt ist."

Camden starrte die Karte eine lange Minute lang an, ließ seine Augen hin und her wandern, während er jedes Detail aufnahm. Und dann reichte er sie zurück.

„Schwachsinn. Ich habe gesehen, was für einen Mist du in Vegas abziehst - du gibst mir diese neue Startlinie nur, weil du bereits von Leah weißt."

„Camden, ich bin nicht..."

„Lass es fallen, Rot. Es gibt keine Hoffnung für mich."

Noch bevor ich mir eine Antwort überlegen konnte, öffnete Gage die Haustür und stürmte mit Alder auf den Fersen hinein. Und der Hund auch.

„Alles in Ordnung hier drin?" fragte Alder und sah zwischen Camden und mir hin und her. Ich zuckte zusammen und schrumpfte unter dem Blick, den Gage mir zuwarf. Der Mann machte mir eine Heidenangst, und ich hatte das Gefühl, dass er mich nicht mochte. Ich wusste nur nicht, warum.

„Etwas gefunden?" Camden stand auf und ging auf Alder zu. Wenn ich es nicht besser gewusst hätte, hätte ich gesagt, dass er sich für die Mission interessierte, die die anderen Männer abgeschlossen hatten. Aber ich wusste - ich wusste genau, wie man die Leute davon abhält, deinen Schmerz zu sehen und zu versuchen, tief zu graben. Um sie davon abzuhalten, zu versuchen, der Sache auf den Grund zu gehen.

Für manche Verletzungen gab es keinen Grund, und für manche Menschen kam die Ablenkung so einfach wie eine Frage und ein interessierter Gesichtsausdruck.

„Nichts als Fußabdrücke. Jemand war definitiv da draußen." Alder schaute in meine Richtung. „Ich möchte, dass du aus diesem Haus ausziehst und bei einem von uns unterkommst."

Aussage entfällt. Keine Frage. Keine Option. Keine Wahl. Scheiß drauf.

„Nein. Das ist das Haus von Miss, und ich will hierbleiben."

Bishop schlüpfte hinter seinem Bruder her, der mit seinen durchnässten Haaren und der dunklen Schutzbrille auf dem Kopf sehr gefährlich aussah. „Wir machen das schon."

Alder schaute von mir zu ihm, bevor er nickte. „Wenn du meinst, dass das das Beste ist."

„Warte", sagte ich. „Wenn was das Beste ist? Wie gehst du damit um?"

Bishop funkelte mich an, etwas Gemeines und Dunkles in seinen Augen. Etwas, das nicht auf mich gerichtet war. „Du kannst nicht allein sein. Da war ein Mann im Wald - auf deiner verdammten Veranda -, der dich beobachtete. Wir haben schon einen Verlust erlitten wegen dieser Arschlöcher. Entweder du ziehst mit uns in die Stadt, oder wir ziehen mit dir in dieses Haus. Such es dir aus, aber das sind deine einzigen Möglichkeiten.“

Und da war sie wieder - diese Kennardsche Rechthaberei. Trotzdem war der Gedanke an einen Umzug einfach zu verwerflich, um ihn in Betracht zu ziehen. „Gut. Ich bleibe.“

„Dann ziehen Gage und ich ein.“

„Mach es möglich“, sagte Alder. „Und stell sicher, dass sie alle unsere Kontaktnummern hat, nur für den Fall.“

Bishop nickte und warf mir einen hitzigen Blick zu, bevor er Alder und Camden aus der Tür folgte. Er ließ mich mit Gage zurück. Und seinem Hund.

„Ich brauche einen Tee“, sagte ich, unausgeglichen nach all der Angst und den neuen Informationen und der mit Camden verbrachten Zeit. Ich brauchte wahrscheinlich etwas Stärkeres, aber ich trank nicht.

„Würden Sie mir eine Tasse machen?“

Ich blinzelte, überrascht. „Sicher. Das mache ich doch gerne.“

Gage folgte mir durch die Küche, leise und verstohlen. Wie ein Raubtier. Ich konnte praktisch seine Augen auf mir fühlen, seinen hungrigen Blick spüren. Ich mochte das nicht.

Meine Hände zitterten, als ich meine Teedose herauszog. „Ist grüner Tee okay?“

„Wie auch immer.“ Ja, er war kein Teetrinker, was bedeutete, dass er einen weiteren Grund hatte, mit mir in der Küche zu hängen.

Ich brachte den Wasserkocher zum Kochen und öffnete meine Teedose, fummelte an den Beuteln herum und ordnete sie genau richtig an. Ich nahm mir Zeit, bis ich mich umdrehen und dem

Mann hinter mir gegenüberstehen musste. Glücklicherweise stürzte Bishop in diesem Moment herein und unterbrach die Spannung.

„Hey", sagte er, als er herbeieilte. Er gab mir nicht die Gelegenheit, mehr zu tun als zu lächeln, bevor er mich packte und in eine weitere riesige, feuchte Umarmung zog. Eine, die sich so gut anfühlte, dass ich fast weinen wollte. Mein Gott, hatte ich ihn je vermisst. Das hier vermisst.

„Bist du in Ordnung?" fragte ich, so froh, dass er es in einem Stück zu mir zurückgeschafft hatte.

„Das sollte ich dich fragen." Er zog sich zurück und fuhr mit einem Finger über meine Wange, seine Stirn war gerunzelt. „Bist du damit einverstanden?"

Ich zuckte mit den Schultern, unsicher.

Sein besorgter Blick wurde weicher, und er zerrte mich wieder zu sich. Er zog mich zu sich mit einem kleinen Lächeln im Gesicht. „Ich will nur, dass du in Sicherheit bist, Firefly."

Jede Mauer, die ich je aufgebaut hatte, bröckelte. So hat er mich immer genannt, damals, bevor ich wegging. Damals, bevor ich alles ruiniert hatte. Er nannte mich Firefly, und dieses Wort wieder von seinen Lippen zu hören, brachte mein Herz auf eine Weise zum Schmelzen, wie es nichts Anderes hätte tun können.

Ich schmiegte mich an seinen Körper, schlang meine Arme um seine Taille und ließ zu, dass er mich hielt. Ich erlaubte mir, mich gegen ihn zu entspannen und mich zu erinnern - mich wirklich zu erinnern. Nicht nur an die großen Momente oder die glücklichen Zeiten, sondern an alles. Das Streiten, das Erforschen, die guten Zeiten und die schlechten. Die Momente, die uns auf die Probe stellten und uns lehrten. Diejenigen, die uns verzehrten. Die ersten und die letzten Male und alles dazwischen. Ich erinnerte mich, und ich sehnte mich danach. Ich wusste, dass ich das nicht zurückbekommen konnte, aber mein Gott, ich wollte es versuchen.

Ich löste mich erst aus seinem Griff, als der Wasserkocher pfiff und meine Aufmerksamkeit von meiner ersten und einzigen Liebe ablenkte. Ich drehte mich um, um die Flamme auszuschalten und fing Gages Blick auf. Hart und tödlich. Er starrte mich an, als wäre ich der Feind, der Bösewicht in seiner Geschichte. Oder vielleicht in der von Bishop.

„Ich muss zu meinem Haus laufen, um ein paar Vorräte zu holen", sagte Bishop und ging auf den Tisch zu, an dem Gage saß. „Soll ich deinen Sprungbeutel holen?"

„Ja. Und dein extra Handy-Ladegerät. Ich habe mein letztes verloren und habe es noch nicht ersetzt."

„Was ist ein Sprungbeutel?" fragte ich und ließ den Tee ziehen.

„Eine Tasche, die wir für Momente wie diesen gepackt und bereithalten. Sonst müssten wir entweder beide gehen, oder ich müsste Gages Unterwäscheschublade durchwühlen. Und das ist ein Albtraum, den ich nicht erleben will." Bishop lachte und gab Gage einen Klaps auf den Arm, bevor er zur Tür ging. „Augen auf, Mann."

„Ich übernehme das." Gage sah zu, wie sein Freund ging, bevor er sich wieder zu mir umdrehte. Das Lächeln dort, die Wärme, die er Bishop gezeigt hatte, verschwand in einem Herzschlag und hinterließ in mir ein wildes Tier, das von einer Art Wut erfüllt war.

Ich musste einen festeren Stand bei ihm finden. „Wie alt ist Ihr Hund?"

„Ich weiß es nicht. Ich fand ihn vor ein paar Jahren am Straßenrand. Jemand hatte ihn zurückgelassen, als wäre er Müll, hat ihn aufgegeben und ist weggelaufen, anstatt sich um ihn zu kümmern, wie sie es sollten. Menschen sind Arschlöcher, wissen Sie?"

Seine Worte ... taten weh. Sie trafen auf eine Weise, von der ich keinen Zweifel hatte, dass er sie beabsichtigt hatte.

„Du bist ein guter Mann, dass du dich um ihn kümmerst", sagte ich, meine Stimme rauer, als mir lieb gewesen wäre. Aber auch weicher. Gage starrte einfach zurück, seine Augen flach. Er wartete darauf, dass ich einen Fehler machte. Bis er nicht mehr warten konnte, wie es schien.

„Bishop hat Sie nie erwähnt."

Ich blinzelte und nickte, während ich auf meinen Becher hinunterblickte. „Das überrascht mich nicht wirklich."

Aber ich war es, und er wusste es.

„Das bin ich. Wissen Sie, wenn ein Mann sich einen Dreck schert, redet er, als ob es sein Job wäre. Worte kommen leicht, Geschichten erzählen sich von selbst, und Bullshit glättet die rauen Kanten. Aber wenn sie sich kümmern, wenn sie etwas tief empfinden, dann halten sie ihre verdammte Klappe."

Oh Gott. Das war schlimmer, als ich gedacht hatte. „Ich bin sicher, du..."

„Dreizehn Jahre kenne ich den Mann, und er hat nie ein verdammtes Wort über Sie gesagt, also muss das, was Sie ihm angetan haben, ziemlich schlimm gewesen sein." Er stand vom Tisch auf, wobei der Stuhl über den Boden schrammte, und kippte seine Tasse Tee hinunter, als wäre sie Wasser. Als ob ihn die Hitze kein bisschen störte. „Danke für den Tee. Ich denke, ich werde mit Rex losziehen, um den Wald eine Weile im Auge zu behalten."

„Ja, okay", flüsterte ich, meine Brust war eng und meine Hände zitterten. Ich wollte atmen, dem ständigen Gefühl entkommen, von diesem Mann gejagt zu werden, aber ich konnte nicht. Nicht, wenn er im Raum war. Nicht, wenn er mich beobachtete und darauf wartete, dass ich zusammenbrach.

Aber sobald er den Torbogen in die Halle erreichte, löste sich die ganze Spannung aus meinem Körper und ich sackte gegen den Tresen. Eine Sekunde zu früh, wie es schien.

„Und übrigens, Legs?" Gage starrte mich direkt an, als ich aufblickte, seine Augen bohrten sich in meine. „Dieser Mann ist mein Bruder, in jeder Hinsicht, die zählt. Leg dich nicht mit ihm an. Wenn ihr beide euch versöhnt und euren Scheiß auf die Reihe kriegt, klasse. Aber wenn das nicht dein Plan ist, dann sieh zu, dass du ihn diesmal nicht auf deinem Weg aus der Stadt zerstörst. Du bist vielleicht damit durchgekommen, als Alder auf ihn aufgepasst hat, aber nicht mit mir."

Und dann war er weg, und ich blieb zurück mit einer Tasse grünen Tees, einem mulmigen Gefühl im Magen und einer Handvoll Tränen, die ich nicht zurückhalten konnte.

Kapitel
10

Beerdigungen waren mir schon immer unheimlich gewesen. Ich hatte kein Interesse daran, einen toten Körper zu sehen oder im selben Raum mit einem zu sein. Miss hatte anscheinend genauso empfunden, weshalb wir in einem Salon des Molnar Funeral Home in Rock Falls saßen und ein paar Blumen, ein paar Bilder von der Dame selbst und eine Urne mit ihrer Asche betrachteten.

„Es tut mir so leid für Ihren Verlust." Eine andere grauhaarige Dame schüttelte Anabeths Hand und flüsterte die gleichen sechs Worte, die fast jeder im Raum in der letzten Stunde gesagt hatte. Anabeth lächelte einfach dieses Schaustellerlächeln und bedankte sich, wahrscheinlich ohne zu wissen, wer die Hälfte dieser Leute war. Verdammt, ich war nicht sicher, ob ich wusste, wer sie alle waren.

„Was gibt's, Boss?" Gage ließ sich auf den Stuhl neben mir plumpsen, ausnahmsweise ohne Rex.

„Kein Hund heute Abend? Ich bin schockiert."

„Hunde gehören nicht in Beerdigungsinstitute."

„Hunde gehören nicht an die Hälfte der Orte, an die du Rex mitnimmst. Was macht das hier anders?"

„Es ist eine Beerdigung, Trottel. Ich verstehe gesellschaftliche Konventionen und Normen, auch wenn ich mich für gewöhnlich dazu entschließe, sie zu ignorieren. Aber nicht für so etwas wie das hier."

Hm. Ich hätte nie gedacht, dass der Mann Grenzen hat.

Er war aber noch nicht fertig. „Außerdem sind die Enkelinnen von Molnar hier. Sie sind oben und spielen mit Rex."

Und plötzlich war die Welt, wie ich sie kannte, in Bezug auf Gage Shepherd wieder in Ordnung. „Das macht verdammt viel mehr Sinn als deine Rede über soziale Konventionen."

„Wahrscheinlich." Er ließ sich tiefer in seinen Sitz sinken und sah viel gemeiner und unsozialer aus, als selbst ich ihn kannte. „Du trägst wieder diese Scheißschuhe."

Meine Kleiderschuhe. „Es ist eine Beerdigung."

Er streckte sein Bein aus und zeigte mir die schwarzen, stollenbesohlten Stiefel an seinen Füßen. „Die passen zu allem. Sogar zu den Anzughosen, die du gerne trägst."

„Reden wir jetzt wirklich über Mode?"

„Es ist Funktion. Wenn diese Soul Suckers mitten in der Sache auftauchen, wirst du dir deine Stiefel wünschen."

Ich konnte nicht wirklich mit ihm streiten.

Ich konnte ihm auch nicht viel Aufmerksamkeit schenken. Meine Augen suchten Anabeth, meine Ohren trainiert auf die Kadenz und den Ton der Worte, die ich nicht ganz verstehen konnte. Gage musste heute Abend an zweiter Stelle stehen. Ich hatte eine Rothaarige mit einem trauernden Herzen, um die ich mich kümmern musste, auch wenn ich keine Ahnung hatte, was ich für sie tun sollte. Ich meine, ich wusste, was ich tun *wollte*. Dasselbe, was ich tun wollte, seit sie mir am Abend zuvor an ihrer Schlafzimmertür einen Gute-Nacht-Kuss gegeben hatte. Seit sie mir ihre kleine rosa Zunge in den Mund gesteckt hatte und mich für sie verdammt hart gemacht hatte.

Keine dieser Optionen war jedoch möglich oder angemessen für eine Beerdigung.

Es sei denn, sie hat gefragt.

Scheiße, wenn sie mich bitten würde, sie zu berühren? Sie zu schmecken und sie zu halten und zwischen ihre langen, sexy Beine zu schlüpfen? Ich würde mich wahrscheinlich wie ein Trottel aufplustern. Wie ein Teenager. Wie ein Mann, der seit 14 langen Jahren nicht mehr mit der Frau zusammen war, die er liebt.

Während ich mich auf Anabeth und die Art und Weise konzentrierte, wie ihr Kleid jeden Zentimeter ihrer Kurven umschmeichelte, versteifte sich Gage neben mir, seine Aufmerksamkeit wurde von etwas oder jemandem gefesselt. Ich drehte mich um und folgte seinem Blickfeld. Katie Baker - vor kurzem in die Stadt zurückgekehrt und Besitzerin des einzigen Restaurants in Justice - bahnte sich einen Weg durch die Menschenmenge zu Anabeth, während Gage jede ihrer Bewegungen verfolgte. Als sie vor uns stand, umarmten sich die beiden Frauen, ihre geflüsterte Unterhaltung war so leise, dass selbst ich sie nicht hören konnte. In der Zwischenzeit beobachtete Gage weiter - etwas verstohlener, jetzt, da Katie weniger als fünf Fuß entfernt stand. Ich behielt meine Augen auf Anabeth gerichtet.

Als ob sie spüren könnte, dass ich sie beobachte, drehte sich Anabeth ein wenig und erwischte mich dabei, wie ich sie ansah. Starrte, wirklich. Ich verschlang sie mit meinen Augen. Ihr Lächeln veränderte sich - wurde von ihrem Schauspiel zu echt. Von plastisch und unecht zu dem, das sie nur einer Handvoll Menschen in ihrem Leben schenkte. Mich eingeschlossen. Selbst wenn sie müde, blass und traurig war, war die Frau zu schön, um ihren Blick abzuwenden, wenn sie auf diese Weise lächelte. Und sie sah mich an und ließ mich wie einen verdammten König fühlen. Wie der glücklichste Mann der Welt, der mit einer so schönen Vision beglückt wurde.

„Wie schlimm war es?" fragte Gage, seine Stimme tief und sanft.

Er schaute jedoch nicht in meine Richtung. Stattdessen blieben seine Augen auf die beiden Frauen vor uns gerichtet. Auf Anabeth und Katie.

Ich brauchte nicht zu fragen, was er meinte. „Das Schlimmste, was du dir vorstellen kannst? Multipliziere es mit zehn."

Er grunzte, als ob er verstanden hätte. Als ob er genau wüsste, was ich meinte. Und vielleicht tat er das auch. Ich hatte ihm vielleicht nie von Anabeth erzählt, aber er hatte mich in dem ersten Jahr, nachdem sie mich verlassen hatte, gesehen. Er hatte gesehen, wie ich mich in mein SEAL-Training stürzte, mit einer Energie, die fast an Wut grenzte. Ich hatte mich damals selbst gehasst - gehasst, dass ich sie irgendwie verloren hatte, dass ich es so sehr versaut hatte, dass sie uns verlassen hatte. Und im Jahr darauf? Ich hatte *sie* gehasst. Und es hat verdammt lange gedauert, bis ich damit aufhören konnte.

Gage hatte alles gesehen, weshalb mich seine nächste Frage nicht im Geringsten überraschte. „Bist du sicher, dass du es noch einmal riskieren willst?"

Ich starrte Anabeth an, auf die Kurve ihrer Hüfte in dem Kleid, das sie trug, auf die ausgefallene Hochsteckfrisur, die sie sich gemacht hatte, auf die lange Linie ihres Halses und die scharfe Linie ihres Schlüsselbeins. Ich starrte die einzige Frau an, die ich je geliebt hatte, die immer noch ein Stück meines Herzens innehatte. Diejenige, für die ich alles geben würde, um sie wieder in meinem Leben und meinem Bett zu haben.

Meine Antwort war eine einfache. „Absofuckinglutely."

Gage holte tief Luft und verschränkte die Arme vor der Brust. „Okay, dann."

„Was soll das heißen?"

„Nichts. Ich wollte nur sichergehen, dass du weißt, worauf du dich einlässt."

Ich hatte nicht wirklich eine Antwort für ihn. Wusste ich es?

Sicher - aber das letzte Mal hatte es auf eine Weise geendet, die mir das Herz gebrochen und mein Leben auf einen Weg geschickt hatte, den ich nicht geplant hatte. Und dieses Mal? Wenn Anabeth mich wieder verließ? Ich hatte keine Ahnung, was ich tun würde.

Aber als Katie wegging, drehte sich Anabeth um und schenkte mir noch ein weiches, müdes Lächeln. Ein echtes, nicht das Bühnenlächeln, das sie jeder Person schenkte, die sich ihr näherte. Und dieser Blick, dieses Heben ihrer Lippen, von dem ich wusste, dass er nur mir galt, machte jede Möglichkeit, die sich mir bot, das Risiko wert.

„Ich weiß", sagte ich und klopfte Gage auf die Schulter, während ich aufstand. „Und ich bin immer noch voll dabei. Du solltest vielleicht darüber nachdenken, irgendwann selbst einzusteigen."

„Und du solltest vielleicht darüber nachdenken, deine Schuhe zu wechseln."

Eine Beerdigung war nicht der Ort, um jemanden zu verärgern, also ignorierte ich diesen Kommentar. Für den Moment.

Anabeths Lächeln wuchs, als ich den Gang überquerte, um an ihrer Seite zu stehen, meine linke Hand auf ihrem unteren Rücken und meine rechte, um den Leuten, die gekommen waren, um ihr die Ehre zu erweisen, die Hand zu schütteln. Und als sie in mich sank, als ihr Körper sich entspannte und sie ihre Schulter an meine Brust lehnte, als ob sie Trost suchte, stand ich ein wenig gerader, ein wenig fester. Ich ging in eine Art Parade-Stellung, um sie zu stützen.

Die eine Person zu sein, auf die sie sich verlassen kann, egal was passiert.

„Danke", flüsterte sie zwischen den Trauernden hindurch.

„Du musst mir nie für meine Fürsorge danken, Firefly."

„Du riechst nach Minze."

„Kaugummi. Willst du einen?"

„Nein danke, aber ich mag den Geruch an dir." Ihr Kopf landete auf meiner Schulter, nur für eine Sekunde, bevor sich die nächste ältere grauhaarige Dame näherte.

„Mein herzliches Beileid für Ihren Verlust."

Und so verlief die Nacht. Aber jedes Mal, wenn jemand Neues sein Beileid ausdrückte, jedes Mal, wenn ich von Anabeths Verlust hören musste, festigte sich meine Entschlossenheit. Scheiß auf den Verlust. Ich würde Anabeth nicht noch einmal verlieren.

Katie würde mir viel schulden.

„Mehr baumelnde Schneeflockensachen. Lasst den Raum festlich aussehen." Die zierliche Brünette hatte die Hände in die Hüften gestemmt und betonte deren Schwung bei jedem Hüpfen und Schwanken, während sie praktisch durch den Speisesaal des Baker's Cottage tanzte. Alle männlichen Blicke im Raum folgten ihren Bewegungen, aber sie bemerkte es nicht. Zu sehr war sie darauf bedacht, dass vor der großen Eröffnungsfeier am Abend jedes Detail *stimmte*.

Kein Wunder, dass sie sich nicht verabredet hatte.

Und ich? Ich versuchte mein Bestes, nicht gleichzeitig an Bishop und Verabredungen zu denken. Er war bei der Beerdigung so nett gewesen, so freundlich und unterstützend. Wir standen da wie ein Paar, begrüßten die Leute und nahmen die Beileidsbekundungen der Trauernden entgegen. Einige von denen, die unsere Vergangenheit kannten, die sich an den jüngeren Bishop und Anabeth erinnerten, schenkten uns ein herzliches Lächeln. Ich wurde nicht gehasst oder verurteilt, weil ich so gegangen war, wie ich es vor all den Jahren getan hatte. Nur Akzeptanz, Respekt für Miss und eine warme, feste Hand auf meinem Rücken, die mir die Unterstützung gab, die ich brauchte. Die ganze Nacht war... erstaunlich gewesen.

Aber Gages Worte von neulich Abend wollten nicht aufhören, sich in meinem Kopf zu wiederholen. Sie ließen mich roh und ungeschützt zurück, schälten meine Haut und legten Gefühle frei, mit denen ich nicht bereit war umzugehen. Leider war der besagte Mann - jeder dicke, bärtige Zentimeter von ihm - unser Babysitter für den Tag, was bedeutete, dass ich seiner übermächtigen Präsenz nicht entkommen konnte.

„Vorsichtig", sagte Shye leise, als sie sich neben mich schlich. „Du hast die Aufmerksamkeit des Hais erregt."

„Was ist der Hai?"

„Gage. Er starrt immer in diese Richtung."

Ich blickte hinter mich und fing seinen Blick auf, bevor ich wieder zu dem Tisch mit dem festlichen Plastikgeschirr vor mir sah. Shye hatte recht; er beobachtete mich, obwohl sie sich mit dem Anstarren geirrt hatte. Er hat nicht nur gestarrt - er hat geglotzt. Und tief in meinem Inneren wusste ich, dass ich jeden harten Blick verdient hatte, den er mir schicken konnte. Ich verdiente so viel mehr.

Aber ich hatte nicht vor, das einem virtuellen Fremden zu sagen. „Du nennst Gage den Hai?"

Sie zuckte mit den Schultern. „Es sind die Augen. So dunkle Augen sind wie Haie, weißt du?"

Ich wusste es. Ich wusste es genau. Und er hatte mir das Gefühl gegeben, Beute genug zu sein, um dem Hai-Vergleich zuzustimmen.

Während Shye und ich Gabeln und Löffel abzählten, erschien Finn aus dem hinteren Teil des Restaurants und trug einen großen, schwer aussehenden Karton. „Wo willst du das hinhaben, Katie?"

„Oh, perfekt. Anabeth, komm her."

Nicht das, was ich tun wollte - meine gemischten Gefühle gegenüber dem jüngeren Kennard-Bruder waren immer noch zu grob und außer Kontrolle, als dass ich sie herunterschlucken konnte -, aber ich setzte ein Lächeln auf und ging in ihre Richtung. „Was gibt's, Boss?"

„Das sind einige der alten Blechschilder aus der Zeit, als dieser Ort vor vierzig Jahren ein Diner war. Es gibt Kisten davon im Keller. Sind die nicht lustig?"

Sie hielt ein paar hoch und grinste von Ohr zu Ohr. Schwere, schmutzige Metallplatten mit abgeplatzter Farbe und Werbung für längst vergangene Produkte. Ganz und gar nicht der Stil ihres Restaurants.

Aber Katie schien mein Zögern nicht zu bemerken. „Siehst du, das ist für dieses Schokomilch-Zeug, das früher jeder getrunken hat. Oh, und ein Limonadenbrunnen-Schild. Ich habe keinen Sodabrunnen, aber ich könnte das Schild aufstellen, oder? Erinnert die Kunden daran, was einmal war, damit sie das Upgrade sehen können. Fast... eine Hommage an die Vergangenheit von Justice."

Ich versuchte, mich für ihren Fund zu freuen, aber ich musste dieses Gespräch beenden. Finn sah mich weiter an, beobachtete mich mit diesen Augen, die Bishops ungewöhnlichem Grauton so ähnlich waren - nur ein bisschen blauer. Aber anders als wenn Bishop meinen Blick auffing, fühlte ich mich nicht warm oder begehrt. Finns Blick ließ mich kalt und unbehaglich werden, und ich hatte das plötzliche Bedürfnis, zu verschwinden.

„Oh, Camden ist hier", sagte Katie und lächelte in Richtung der Tür, durch die Camden in der Tat gerade gegangen war. „Ich musste ihn etwas fragen. Was war es? Oh, verdammt. Camden, worüber haben wir neulich gesprochen?"

Und dann fegte sie weg in einem Wirbelwind aus nervöser Energie und termingetriebener Manie.

„Geht es nur mir so, oder hast du Lust, ein Nickerchen zu

machen, wenn du mit ihr redest?" Finn trat neben mich und stieß meine Schulter mit seiner an. „Bist du bereit, heute Abend eine Show abzuziehen, Rockstar?"

„Ich bin weit davon entfernt, ein Rockstar zu sein, aber ja. Ich bin bereit. Tarot ist einfach." Außer Camden war derjenige, der die Karten zog, dann nicht so sehr. Aber ich hatte nicht vor, jemandem zu erzählen, was ich für ihn gelesen hatte. „Bist du bereit für den Wachdienst?"

Er nickte übertrieben, als er sagte: „Nein. Überhaupt nicht."

Sein Lächeln ließ meins ausbrechen, und ich griff nach seinem Arm. Gerade als meine Hand ihn berührte, sah ich, wie Gage uns beobachtete, sein Gesicht zu einem Stirnrunzeln verzogen. Ich machte einen Schritt weg von Finn.

Zum Glück kam Bishop herein, bevor Finn meinen Rückzug bemerkte, stahl meine Aufmerksamkeit und beruhigte den Sturm in mir. Er hat mir praktisch den Atem geraubt, er sah so gut aus. Und ich... Nun, ich war wieder ganz weg für diesen Mann. So weit weg.

„Hey", sagte Bishop, als er vor mir stehen blieb. Sein Haar sah dunkler aus als sonst, der anhaltende Regen durchnässte ihn, und seine Augen schienen noch grauer zu sein, als sie nur auf mich gerichtet waren.

„Selber hey."

Er schaute sich um und runzelte die Stirn, als er die Luftschlangen an der Decke bemerkte. Die, die ihn am Kopf trafen. „Na ja, die sind ein bisschen niedrig."

„Ich bezweifle, dass Katie oder Shye, die beide kaum bis zur Brust reichen, an euch große Leute gedacht haben."

„Anscheinend nicht. Hey, Mann", sagte er und richtete seine Aufmerksamkeit auf Gage, der herübergekommen war. „Deacon hat angerufen. Er braucht Hilfe, um den Schnaps rüberzubringen. Hat gefragt, ob du mit Finn zum Jury Room rausfahren kannst."

Gage warf mir einen harten Blick zu, bevor er den toten Blick auf Bishop zurückwarf. „Was immer er braucht."

„Danke. Und hey, Finn - ich habe dich gar nicht gesehen. Wie geht es dir, Bruder?"

Finn konnte Bishop anscheinend nicht in die Augen sehen. „Gut. Na schön. Also, Deacon braucht mich?"

„Ja. Wenn es dir nichts ausmacht. Ich kann rüber laufen, wenn es ein Problem gibt..."

„Nee, er ist mein Boss. Ich kann das regeln." Finn verschwand durch die Vordertür und zog Gage - und damit Rex - mit sich. Er ließ mich mit Bishop allein. Oder so allein, wie es möglich war, bei all den Leuten, die hier herumliefen.

„Also, ja", sagte Bishop, sein Lächeln wurde wärmer. Tiefer. So viel attraktiver. „Hey."

Ich ergriff seine Hand, unfähig, sie nicht zu berühren. „Hey. Also... Wer ist Deacon?"

Bishop schlang einen Arm um meine Taille, zog meinen Körper an seinen und brachte mein Herz zum Flattern. „Alders bester Freund und der Besitzer der alten Bar und des Motels an der Bezirksgrenze. Er nennt es The Jury Room."

„Finn arbeitet in einer Bar? Ist das nicht..."

„Das Schicksal herausfordern"? Ich weiß es nicht. Er war kein Alkoholiker, und Deacon hat für uns ein Auge auf ihn geworfen, also versuchen wir, positiv zu bleiben."

Ich brummte und rückte näher. Ich leckte mir über die Lippen, als seine Hand tiefer sank. Seine Finger strichen über meinen Hintern. „Was ist mit Elijah? Was macht er zurzeit?"

„Strafverteidiger in Denver. Teilt sich sein Haus mit Lainie, die gerade ihren MBA gemacht hat."

„Wow." Das war alles, was ich sagen konnte. Nichts davon passte zu ihren Persönlichkeiten, als sie noch jünger waren. Finn war getrieben und eifrig gewesen, während Elijah ein Faulpelz und

Spaßvogel gewesen war. Lainie war einfach ein kleines Mädchen mit Zöpfen und Puppen gewesen. Sie alle hatten sich in den letzten vierzehn Jahren so sehr verändert.

Und ich hatte das alles verpasst.

Aber Bishop war immer noch Bishop. Immer noch zu gutaussehend für sein eigenes Wohl. Sah mich immer noch an, als wäre ich die einzige Frau im Raum. Immer noch ein solcher Magnet für mich und mein Herz.

„Entschuldigt", sagte Shye, als sie neben uns erschien. „Katie will noch mehr Kisten mit Schildern aus dem Keller hochbringen, und Finn ist weg. Meinst du, du kannst sie für sie holen?"

Bishop ließ mich nicht los, selbst als ich versuchte, mich loszureißen. „Sicher. Was sind das für Zeichen?"

Ich war keine Frau, die eine Gelegenheit an sich vorbeiziehen ließ.

„Ich kann es dir zeigen." Ich führte ihn an der Hand zur Kellertreppe, die von der Küche abzweigte, wobei mein Körper den ganzen Weg über summte. Er folgte mir dicht, fast zu dicht. Nahe genug, um seine Hand bei jedem Schritt gegen meine Hüfte zu streichen. Ich hatte nur einen Moment mit ihm allein sein wollen, ein paar Sekunden, um mehr als nur „Hallo" zu sagen, aber irgendetwas an diesem Ausflug in den Keller fühlte sich elektrisierend an. Es fühlte sich in gewisser Weise prophetisch an. Die Spannung wuchs mit jeder Treppe, die uns hinunterzog wie die Schwerkraft. Als wären wir dazu bestimmt, in diesem kalten, dunklen Raum zu sein.

Nur wir.

Als wir den Fuß der Treppe erreichten, hielt ich inne. Ich schaute mich um, während mein Herz einen Stakkato-Schlag in meiner Brust machte. Der Keller lag schattig und still, scheinbar abgeschnitten vom Rest der Welt. Er verschluckte Bishop und mich völlig. Wir waren allein. Und so verdammt nah beieinander.

„Also." Bishop drängte sich an mich. Er streifte meinen Körper mit seinem. „Wo sind diese Zeichen?"

So nah. Immer so nah. Der Mann hat mich mit seiner Nähe verführt.

„Ich bin mir nicht sicher. Ich weiß nur, wie sie aussehen. Wir müssen vielleicht ein bisschen jagen."

Bishop brummte und ließ seine Hand über meine Hüftbeuge gleiten, bevor er mir einen Arm hinhielt, damit ich vor ihm gehen konnte. Ich holte tief Luft und ging tiefer in die Dunkelheit hinein. Die Schatten schienen sich jedoch zu bewegen, und ich schenkte dem Mann, der mir folgte, viel zu viel Aufmerksamkeit, um dumme Dinge wie Rohre zu bemerken, die über den Boden liefen. Zumindest, bis ich über eines stolperte.

Bevor ich fallen konnte, packte Bishop meinen Arm und schwang mich gegen seine Brust. Harte Muskeln drückten gegen mich, und seine rauen Hände hielten meinen Bizeps mit einem Griff fest, der gerade noch nicht zu viel war. Ich wollte aber wirklich zu viel. Ich wollte, dass er stark zu mir war. Dass er mich auf irgendeine Weise überwältigt.

Ich zitterte und brachte Bishop auf seine charmante Art zum Lächeln.

„Weißt du, worüber ich den ganzen Tag nachgedacht habe, Firefly?"

Oh Gott, er hatte wieder die großen Geschütze mit diesem Spitznamen aufgefahren. „Nein, was?"

„Als ich dich neulich Abend küsste." Er lehnte sich näher, seine Lippen waren nur einen Atemzug von meinen entfernt. „Ich hoffe, du bist mir nicht böse deswegen."

Atme, Anabeth. Verdammt, atme.

„Nein. Ich bin nicht böse." Ich zog ihn näher zu mir und stellte mich auf die Fußballen, um den Abstand zwischen uns zu verringern. „Es tut mir auch nicht leid."

Der Blick in seinen Augen, der Hunger dort. Es setzte meinen Körper in Brand.

„Das ist mehr als nichts", sagte er, sein Atem flüsterte über mein Gesicht. Seine Lippen waren zu nah an meinen, um zu widerstehen.

„Das ist es. Das war es schon immer."

„Bist du sicher, dass es das ist, was du willst?"

Ich konnte nicht lügen. Nicht mit ihm so nah. Nicht, wenn die Spannung so groß war.

„Ich will nur dich."

„Danke, verdammt." Er ließ sich herab und stahl einen Kuss, ließ seine Zunge an meinen Lippen vorbei gleiten, als ich mich für ihn öffnete.

Der Kuss begann ganz süß und leicht, ruhige Berührungen und sanfter Druck. Aber dann stöhnte ich in seinen Mund - ein leiser, bedürftiger Laut - und Bishop brach ab. Seine Lippen wurden fester, seine Zunge verlangte nach mehr. Hände zerrten, bewegten uns, so dass er mich gegen eine Wand drücken konnte, er küsste mich wie ein Mann, der danach hungerte, geküsst zu werden. Wie ein Mann, der mich schmecken *musste*. Ich küsste ihn genauso heftig zurück. Genauso bedürftig. Und mein Gott, hatte ich es vermisst, ihn zu küssen. Die beiden Male zuvor waren gut gewesen - überraschend, aber gut. Diesmal war es besser. Heißer.

Seine Berührung war hart und stark, Bishop liebkoste jeden Zentimeter, den er erreichen konnte. Er knetete seinen Weg über meine Hüften und meine Schenkel hinunter und neckte mich unverhohlen durch den Stoff meines Rocks. Er fasste mein empfindlichstes Fleisch an, als er sich zurückzog, um ein raues „Sag mir, dass ich dich berühren darf, Anabeth" zu flüstern.

Ich nickte und brauchte dasselbe wie er. Ich gab ihm die Erlaubnis, ihn zu nehmen. Bishop hielt sich nicht zurück, riss meinen Rock hoch und ließ seine Hand in mein Höschen gleiten, wo er meine Klitoris mit einer Präzision fand, die mich keuchen ließ. Aber er hörte nicht damit auf. Er nahm meinen Mund in den Mund, streichelte mit der Zunge hinein und ahmte die Bewegungen unten nach. Bürsten, necken, drücken, reiben, bis ich den Kuss unterbrechen musste. Ich musste nach Luft schnappen.

Und dann fing er an zu reden.

„Fuck, Baby. Du bist ganz nass für mich. Kann es nicht erwarten, dich wieder zu schmecken. Ich werde dich tagelang vernaschen, wenn ich endlich zwischen deine Beine komme." Er schnippte mit seinem Finger gegen meine Klitoris, was mich bei dem Gefühl keuchen ließ.

„Bishop."

„Lass mich dich zum Kommen bringen, Firefly. Lass es mich spüren."

Meine Knie knickten fast ein, mein Höschen wurde mit jeder Sekunde feuchter. Wie konnte ich nein sagen? Wie konnte jemand das von mir erwarten?

Ich tat es nicht. Stattdessen spreizte ich meine Beine ein wenig weiter und ergriff seine Hand, verschränkte unsere Finger miteinander und schob sie in mich hinein. Ich drückte ihn tiefer, während ich mich zurückzog. Ich wimmerte mein Bedürfnis, als er mich so verdammt weit dehnte.

„So heiß. Immer so verdammt heiß." Er lehnte sich näher heran und versenkte seine Zähne in meinem Schlüsselbein, als ich meine Hand komplett von seiner wegzog. Ich brauchte ihm nicht zu helfen - er wusste, wie er mich erregen konnte. Das hatte er schon immer. Lange bevor ich selbst wusste, wie man es macht.

„Mehr, bitte", keuchte ich und versuchte, meine Hüften zu bewegen, um mehr Reibung zu erzeugen. Aber er hielt mich an Ort und Stelle, hielt mich unter seinem Willen. Und ich ließ ihn gewähren. Umgeben von ihm, beschwert von ihm, besessen von ihm ... ich ließ alles geschehen, weil ich ihn wollte. Das hatte ich immer und würde es immer.

„Ich habe dich, Baby", sagte er, seine Stimme so tief und knurrig. „Ich werde diese Muschi so gut behandeln. Ich werde jede Sekunde so süß für dich machen. Bleib einfach hier bei mir. Bleib bei mir."

Ich zerbrach. Die Worte, die doppelte Bedeutung, die ich in ihnen hörte, die Art, wie seine Finger tief in mich eindrangen und seine Handfläche meine Klitoris bearbeitete. Es gab keine Möglichkeit zu widerstehen. Der Damm, der meine Lust und mein Verlangen und die Erinnerung an all die Dinge zurückhielt, an die ich mir jahrelang nicht erlaubt hatte zu denken, brach schließlich, als ich kam, als ich seine Schultern packte und meinen Körper in seinen krümmte. Als er mir so schmutzig-süße Zärtlichkeiten ins Ohr flüsterte.

„So ein gutes Mädchen. Genau so schön wie in meiner Erinnerung. Fühlt sich so gut an auf meinen Fingern. So verdammt weich und feucht für mich." Und dann ging er zum Angriff über. „Ich habe dich vermisst, Firefly. So verdammt sehr."

Mein Herz strömte praktisch direkt aus meiner Brust, während mein Körper mit ihm verschmolz. „Ich weiß, du wirst mir nicht glauben, aber ich habe dich auch vermisst. Jeden Tag."

Und das hatte ich. Es gab kein Leugnen, keinen Grund, meine Schwäche zu verbergen. Ich hatte diesen Mann geliebt, fast seit ich ihn kennengelernt hatte. Das tat ich immer noch. Wahrscheinlich würde ich das immer tun.

Bishop seufzte laut und tief und drückte seine Hüften gegen mich, als ob er eine Art Erleichterung suchte, eine Möglichkeit, die Aufmerksamkeit auf den harten Schwanz zu lenken, der zwischen uns eingekeilt war. Aber bevor ich noch etwas für ihn tun konnte, zog er seine Hand zwischen meinen Beinen zurück und lehnte sich gerade weit genug zurück, um mich anzustarren. Um mich mit seinem Blick zu fixieren. Diese grauen Augen waren so dunkel und fordernd wie immer. Ich hatte noch nie solche Augen gesehen, bevor ich ihn kennenlernte, und seitdem auch nicht mehr. Ich wusste, dass ich sie nie wiedersehen würde, als er von mir wegging.

Nicht wenn. *Wenn*. Ein Gedanke, der mich erschreckte. Genau wie die Art, wie seine Augen von heiß und bedürftig zu fragend wurden. Entschlossen.

Ich war nicht bereit für einen entschlossenen Bishop.

„Ich muss wissen, was passiert ist." Als ich versuchte, ihn abzuschütteln, drückte er sich fester an mich, drückte mich an die Wand. Hielt mich dort fest. „Das habe ich auch verdient. Du bist abgehauen, und als ich dich suchen wollte, warst du schon mit einem anderen zusammen. Was zum Teufel habe ich getan, das so schlimm war-"

„Stopp." Ich schüttelte den Kopf und legte meinen Finger an seine Lippen, um ihn zu beruhigen. Unfähig, den Schmerz und die Angst in seiner Stimme zu hören, ohne weinen zu wollen. „Du hast nichts falsch gemacht."

„Warum warst du dann mit jemand anderem zusammen?"

Irgendetwas in seiner Stimme, in seinem Gesichtsausdruck, zerriss meine Zinnen. Er öffnete den Ort, an dem ich meine Geheimnisse aufbewahrte und gab mir gerade genug Raum, um ihm diese Geschichte zu erzählen. Um ihn mit einer Wahrheit zu besänftigen. „Der Mann"? Der, mit dem ich in Vegas zusammenlebte? So war ich nicht mit ihm zusammen. Miss hat mich zu ihm geschickt, weil ich von hier wegmusste. Er war ein Freund von ihr und nicht mehr als mein Mitbewohner für ein paar Jahre, während ich meinen GED machte und zur Berufsschule ging."

Bishop schüttelte den Kopf und sah so verwirrt aus. „Warum hast du nichts gesagt? Warum hast du mir das nicht gesagt, als ich dich gesucht habe? Du musstest doch wissen, was ich dachte, als er an die Tür ging."

Das hatte ich. Und ich hatte mich darauf eingelassen, anstatt ihn zu beruhigen, weil ich wollte, dass dieser Moment das Ende von uns ist. Etwas, das ich nie zugegeben habe. Etwas, das er verstehen musste. „Es war leichter, dich zum Gehen zu bewegen, wenn du dachtest, ich hätte mich weiterentwickelt."

Er zuckte zurück und ließ mich kalt und leer an der Wand zurück. Alleine, wie immer. Ich rollte mich in mich zusammen, Tränen stiegen mir in die Augen, als ich sah, wie er sich von mir zurückzog.

„Ich will die ganze Geschichte, Anabeth." Bishop begann zu schreiten, seine Schritte lang und laut. Fast stampfend. „Das habe ich verdient. Du hast mir nie einen verdammten Grund gegeben, warum du gegangen bist."

Und das würde ich nie, denn zuzugeben, was ich getan habe, würde ihn brechen. Uns für immer brechen. Ein Schluchzen zerriss meine Brust und ließ meinen Körper hart werden. „Ich kann nicht. Du würdest..."

„Ich werde was?" Bishop stürzte sich auf mich und packte meine Arme, hielt mich hoch und starrte mich auf eine Weise an, wie er es nie wieder tun würde, wenn er es wüsste. Wenn ich es ihm sagen würde. Mit Fürsorge und Mitgefühl und so starken Gefühlen, dass ich fast glauben könnte, er würde mir verzeihen. Aber das würde er nicht. Ich konnte nicht einmal mir selbst verzeihen. „Sag es mir, Anabeth. Was denkst du, werde ich tun, wenn ich es weiß?"

„Du wirst mich hassen", schnauzte ich. „Du wirst mich nie wieder so sehen wie früher, und das kann ich nicht. Ich will nur..."

Bishop stand solide und fest und wartete darauf, dass ich meinen Satz beendete. Er sah zu, als hoffte er, ich würde weiterreden, aber ich war fertig. Keine Worte mehr. Zinnen wiederhergestellt.

Ich hasste mich selbst und wusste, dass er nicht aufhören würde, mich zu drängen, wenn ich ihn nicht dazu zwang, und sagte das Einzige, was mir einfiel, um das Gespräch zu beenden. „Katie wartet auf die Kisten."

Bishop taumelte, als hätte ich ihn mit meinen Worten geohrfeigt. Ich wich nicht zurück und starrte ihn direkt an, als er mich anglotzte. Als seine eigenen Mauern zusammenbrachen, wechselte sein Gesicht innerhalb von zwei Sekunden von verletzt zu sauer.

„Du hast uns ruiniert, Anabeth", sagte er, seine Stimme leer und leblos. „Was auch immer passiert ist - was auch immer du vor mir verheimlichst - es hat uns beide zerstört. Verstehst du das nicht? Ich sollte wissen, was dich mir weggenommen hat. Ich sollte wissen, warum mein Herz seit vierzehn gottverdammten Jahren gebrochen ist."

Aber die Worte wollten nicht kommen. Ich hatte mir geschworen, es ihm nie zu sagen, ihm diesen Schmerz nicht zuzumuten. Ein gebrochenes Herz war nichts im Vergleich, also schüttelte ich einfach den Kopf und presste die Lippen zusammen, während die Tränen flossen. Als ich unter dem Kummer und dem Selbsthass, den ich jeden Tag mit mir herumtrug, zusammenbrach. Als ich zusah, wie er abschaltete.

Er schnappte sich eine Schachtel mit Schildern, ging zur Treppe und ließ mich zurück.

Alleine.

Immer.

Kapitel

12

Bishop

Es hatte etwas völlig Sadistisches, in diesem Restaurant zu sitzen und Anabeth dabei zuzusehen, wie sie die Menge bearbeitet, nachdem was zwischen uns im Keller passiert war. Sadistisch und grausam, um ehrlich zu sein. Trotzdem konnte ich nicht gehen. Ich konnte nicht mit einem der Männer, die auf der Party arbeiteten, den Wachposten tauschen. Ich konnte sie verdammt noch mal nicht verlassen, und das fraß mich mehr als alles andere auf.

So saß ich da, mein Schwanz hart und meine Stimmung schlecht. Ich sah zu, wie sie Tarotkarten für Leute las und mit alten Freunden von uns beiden lachte. Und ich hasste mich noch ein bisschen mehr dafür, dass ich mein Herz für die feurige Rothaarige geöffnet hatte, die das Schicksal mir wieder einmal zugeworfen hatte.

„Du siehst aus, als könntest du jemanden umbringen", sagte Finn, als er auf dem Hocker neben meinem Platz nahm. Er saß wie ich - mit dem Rücken zur Theke, die Beine gespreizt. Bereit, aufzuspringen, wenn es nötig ist. Bereit zu kämpfen. Er war vielleicht nicht beim Militär, aber er hatte unsere Macken leicht genug aufgeschnappt.

Ich zuckte mit den Schultern und nahm einen Schluck von meinem Bier, ohne meinen Blick von Anabeth abzuwenden. „Ich mache nur meinen Job."

„Wachhund Bishop? Ist es das, was du sagen willst?"

Passend. „Wuff".

Finn beobachtete die Menge einen langen Moment lang, zappelnd. Offensichtlich fühlte er sich unwohl, obwohl ich keine Ahnung hatte, warum. Zumindest nicht, bis er seinen Mund öffnete.

„Ich habe mich immer verantwortlich gefühlt für Anabeth Le-"

„Nein." Ich knallte mein Bier hinunter und zog damit die Aufmerksamkeit eines Pärchens am Nachbartisch auf mich. Nicht, dass es mich interessiert hätte. „Ich verstehe, dass ihr zwei Freunde wart oder seid oder so eine Art Freundschaftsding am Laufen hattet, das tue ich. Und ich habe das immer respektiert. Aber ich will nicht, dass du dich in meinen Scheiß einmischst, und ich will ganz sicher kein verdammtes Wort deiner Meinung darüber hören, warum sie gegangen ist."

Finn nickte nur, seine Lippen zu einer flachen Linie gezogen. „Verstanden. Das ist sowieso nicht meine Geschichte."

Wir verfielen wieder in ein unbehagliches Schweigen und beobachteten den Raum. Die Wut in mir wuchs mit jedem Lächeln, das Anabeth jemand anderem schenkte, mit jedem Lachen, das sie ausstieß und das nicht an mich gerichtet war. Sie unterhielt die Menge. Kranker, eifersüchtiger Bastard beschrieb mich in diesem Moment gut, aber ich konnte mich nicht davon abhalten, mich so gemein zu fühlen. So wütend. So verdammt krank von der Leine, an der sie mich seit dem Tag, an dem wir uns trafen, hielt.

Gage erschien vor mir, versperrte mir die Sicht und machte mich nur noch wütender. Nicht, dass es ihn auch nur einen Scheiß zu interessieren schien.

„Was ist mit Finn los?"

Ich blickte hinüber und bemerkte erst jetzt, dass Finn die Bar verlassen hatte. Er stand in der Ecke, beobachtete Anabeth und sah ... schuldbewusst aus? Aber das war mir in diesem Moment egal, ich hatte nicht das Zeug dazu, mir Sorgen um meinen kleinen Bruder zu machen, zusammen mit dem Mädchen, das mir mit einem Löffel und einem Schaustellerlächeln das Herz herausgerissen hatte.

„Keine Ahnung." Rex stieß mit herausgestreckter Zunge und wedelndem Schwanz gegen meine Beine. „Weißt du nicht, dass Hunde nicht in Restaurants sein sollten?"

Gage nahm den Platz neben mir ein und beugte sich vor, um den Kopf des Köters zu streicheln. „Wenn du denkst, dass der Gesundheitsinspektor heute Abend unsere größte Sorge ist, hast du nicht aufgepasst."

Und ich war es nicht - zumindest nicht bei der Möglichkeit, dass die Soul Suckers in die Stadt kommen. Mein Fokus blieb auf Anabeth gerichtet, zu sehr von ihr angezogen, um nicht hinzusehen. Ich hatte immer gesagt, die Frau sei unmöglich zu übersehen, unmöglich zu ignorieren, und sie bewies es jedem Wichser in diesem Raum. Ich wollte sie dafür hassen, dafür, dass sie strahlte und lachte und sozial war, während ich kochte, aber ich konnte sie nicht hassen. Nicht, wenn mein Herz jedes Mal schneller schlug, wenn sie auch nur einen Blick in meine Richtung warf, und mein Schwanz mit jeder Bewegung ihrer Haare härter wurde. Und das trübte meine Stimmung nur noch mehr.

Alles lief so gut, wie man es erwarten konnte, bis sich die Tür öffnete und das Läuten der Klingel die Aufmerksamkeit aller auf sich zog. Ein großer, stämmiger Mann schlenderte herein, mit einem anderen Kerl direkt hinter ihm. Beide trugen Soul-Suckers-Westen. Sie blockierten die Tür und sahen in ihren Jeans und schweren Stiefeln verdammt einschüchternd aus. Einschüchternd für alle Leute, die an den Tischen saßen, zumindest. Ich? Ich war bereit für sie. Sollen sie doch versuchen, Scheiße zu bauen - ich war sauer genug, um sie mit bloßen Händen zu zerfetzen. Und dieser Schwachsinn, die *Tür zu blockieren, um jeden in dem Laden zu erschrecken*, sollte mich nicht täuschen. Ich war kein verdammter Anfänger, und keiner der Männer in meiner Crew auch nicht.

Die beiden Soul Suckers hatten gerade einen großen Fehler gemacht, als sie in Katies Wohnung gingen.

„Wenigstens hast du heute Abend deine Stiefel an." Gage stand auf und schlüpfte durch die Menge, um mit Rex an seiner Seite die Küchentür zu blockieren. Er hatte Shyes Schutztruppe für die Nacht abgezogen, was bedeutete, dass sie dort hinten sein musste. Gut. Das Letzte, was wir brauchen, ist, dass diese Wichser sie sehen. Ich hatte keinen Zweifel, dass sie deshalb aufgetaucht waren. Shyes Stiefbruder war einer ihrer Vollstrecker, und er hatte die beschissene Idee, dass das Mädchen dem Club etwas schuldete. Die Bezahlung für sie bedeutete Vergewaltigung oder Prügel, und das würde Alder auf keinen Fall zulassen. Zur Hölle, das würde keiner von uns. Diese Wichser kamen nicht in ihre Nähe.

Und ja, ich war wirklich verdammt dankbar, dass ich meine Stiefel anhatte.

Während die beiden Fleischköpfe standen und ihr Bestes taten, um furchterregend auszusehen, scannte ich den Raum und überprüfte alle anderen. Auf der Suche nach Schwachstellen. Katie stand auf der anderen Seite der Bar, mit einem überraschten und nervösen Gesichtsausdruck, aber Deacon hatte seine Hand auf ihrem Arm. Er hielt sie auf ihrem Platz. Es waren genug Männer an den Tischen, um auch den Rest der Frauen in Sicherheit zu bringen. Die Stadt war schon immer ein bisschen ein Würstchenfest gewesen, und das würde heute Abend zu unseren Gunsten funktionieren. Der einzige eklatante Riss in unserer Rüstung war Anabeth selbst, die direkt vor unseren neuen Freunden stand. Ich hasste es, dass sie näher an ihnen dran war als an mir, direkt im Weg der Gefahr, die auf uns zukommen würde. Sie schien es jedoch nicht zu bemerken, oder sie war es gewohnt, mit einer dunkleren Sorte von Menschen umzugehen. Die Frau stand furchtlos da, umwerfend, und sie sah aus wie eine verdammte Kirsche auf einem Eisbecher für diese Arschlöcher - eine, die sie definitiv beachteten. Der kleinere der beiden leckte sich sogar die verdammten Lippen, als er sie anstarrte.

Ich hätte gleich jemanden umbringen müssen.

„Sieht nach einer ziemlichen Party aus", sagte der große Kerl vorne und scannte die Menge. „Aber ich sehe meine Freunde nicht. Vielleicht kann mir da jemand helfen. Weißt du, vor ein paar Wochen haben wir ein paar Jungs in die Stadt geschickt, um nach einem anderen Freund von uns zu sehen, und sie sind nicht zurückgekommen. Wir sind gekommen, um herauszufinden, warum."

Ich stand auf, trat näher und sah ihm in die Augen. Er grinste in meine Richtung. Der Wichser dachte, er sei das Alphatier im Raum - es würde so viel Spaß machen, ihm das Gegenteil zu beweisen.

„Du hast eine Reise vergeudet", sagte ich. „Wie sehen kannst, sind deine Freunde nicht hier. Es gibt aber ein Fundbüro in der Raststätte an der Bezirksgrenze. Eine kleine Box direkt neben den Kassen. Vielleicht sollten Sie dort nachsehen. Sieh nach, ob sie jemand abgegeben hat."

Sein Blick wurde hart, sein Kiefer krampfte sich zusammen. Er änderte seinen Ausdruck jedoch schnell. Er lächelte wieder auf diese arrogante, sarkastische Art, die bedeutete, dass er dachte, er hätte uns etwas vorgemacht.

„Oder vielleicht sollte ich anfangen, mich umzuhören." Er warf einen Blick auf Anabeth, was mein Herz einen Schlag aussetzen ließ. „Es gibt eine Menge hübscher Damen in dieser Gruppe, und ich kann verdammt überzeugend sein, wenn ich es sein muss."

Einen Scheiß konnte er. Ich fing Anabeths Blick auf und nickte in Richtung des hinteren Teils des Restaurants. Ich wollte sie in

Sicherheit wissen, versteckt hinter Deacon oder Finn oder Gage, aber sie hob ihr Kinn und brachte dieses herzzerreißende Grinsen hervor. Der Showman in ihr betrat wieder die Bühne.

Gott, ich habe die Entertainer-Seite von ihr sowohl geliebt als auch gehasst.

„Ich lese heute Abend Tarotkarten für die Leute", sagte sie, ging auf den Typen zu, schwang die Hüften und bescherte mir einen verdammten Herzinfarkt. „Warum ziehst du nicht eine Karte, damit wir sehen können, was sie sagen? Vielleicht zeigen sie dir einen Weg zu deinen Freunden."

„Gibt es in dieser Stadt eine Hexe?" Er musterte sie von oben bis unten, beäugte jede Kurve wie ein Hund, der sich über ein Steak hermacht. „Okay, Hexenfrau, gib dein Bestes."

Anabeth schenkte ihm eine Art kokettes Grinsen und hielt ihr Kartenspiel hoch, dessen Fächer auf ihren Fingerspitzen ruhte. Aber irgendetwas stimmte nicht. Ich kannte ihr Deck, hatte sie schon eine Million Mal damit gesehen. Das war nicht ihr Deck.

Das war eine, die Miss benutzt hatte. Eine, die sie mich nicht anfassen ließ. Eine, von der sie scherzte, dass sie nur von den Hansen-Frauen angefasst werden sollte.

Wenn ich mich richtig erinnerte, hatte Anabeth gerade das Deck gezogen, das Männer hasste.

Okay, das könnte lustig werden.

„Such dir eine aus" -Anabeths Lächeln wurde breiter- „und ich sage dir deine Zukunft."

Er stieß ein Lachen aus, tat aber, was sie vorschlug, zog eine einzelne Karte vom Stapel und sah sie sich an. „Ein Mann mit einer Hacke ... passend für heute Abend, meinst du nicht?" Er lachte mit seinem Freund, und die beiden beäugten Anabeth noch intensiver. „Also, was bedeutet es, Hexe?"

Anabeth nahm die Karte zurück und schürzte ihre Lippen mit einem besorgten Ausdruck. „Oh je, die Sieben der Münzen. Das ist wahrscheinlich nicht die beste Karte zum Lesen für Sie. Vielleicht nehmen Sie eine andere."

„Scheiß drauf. Sag mir, was meine Karte bedeutet."

Anabeth schoss einen Blick in meine Richtung und zwinkerte. Verdammt, gezwinkert. Sie war dabei, sich umzubringen, und ich war immer noch weiter von ihr entfernt als der Mann an der Tür.

„Die Sieben der Münzen steht für das Versprechen von Erfolg..." Sie hielt inne, als der Kerl lächelte, und dann ging sie zum Angriff über. „...unerfüllt. Die Rosenknospen wachsen nie, und der Bauer wird von Mutter Natur selbst besiegt. Die Karte handelt von Verlust und Täuschung, erdrückendem Versagen und Enttäuschung. Diese Karte ruft dich als Verlierer aus."

Der Typ öffnete zweimal den Mund, ohne zu sprechen, und sah schockiert aus. Sah sauer aus. Sein Zögern gab mir gerade genug Zeit, um Anabeth zu erreichen. Um mich neben sie zu stellen, als der Typ seine Worte fand.

„Du verdammte Fotze."

Primitiv, aber wenn die Art, wie Anabeth sich versteifte, ein Hinweis darauf war, effektiv. Ich schob mich vor sie, als sich das Gesicht des Kerls rot färbte, als er einen Schritt auf sie zuging und bereit aussah, zu töten.

Zeit zu spielen. „Das willst du nicht tun."

Er knurrte praktisch, schaute von Anabeth zu mir und wieder zurück, bevor er mich ins Visier nahm. „Wo zum Teufel sind unsere Brüder? Wir wissen, dass du ihnen etwas angetan hast."

„Ich weiß nicht, wovon du redest, aber wie ich schon sagte, die Raststätte an der Bezirksgrenze hat ein Fundbüro. Sie sollten wirklich dorthin fahren. Jetzt."

Der Raum, der ohnehin schon angespannt und still war, wurde totenstill, als die Küchentür rauschend auf- und wieder zuging. Ich brauchte mich nicht umzudrehen, um zu wissen, was ich sehen würde - Alder war gerade reingekommen. Und wenn ich raten müsste, sah er groß, gemein und absolut bereit aus, einen Wichser zu töten. Das Spiel läuft.

„Haben wir hier ein Problem?" Er schlenderte ganz lässig heran, die Arme über der Brust verschränkt und mit einem harten Blick. „Ich kann mich nicht erinnern, Tweedledee und Tweedledum auf der Gästeliste gesehen zu haben."

„Ah, der illustre Alder Kennard." Der Soul Suckers klatschte dreimal, als würde er meinem Bruder eine Standing Ovation geben. „Ich hörte, du bist gut in dem, was du tust, was uns davon abzuhalten scheint, das zu bekommen, was uns zusteht. Aber hey, ich bin ein vernünftiger Mann. Ich kann verhandeln. Ihr habt unsere Küche niedergebrannt, und ich denke, ihr schuldet uns eine Kleinigkeit. Da wir unsere Brüder nicht finden können, ist das Mindeste, was wir tun können, die Schlampe zurückzubringen, die uns Geld schuldet." Der Blödmann trat einen Schritt näher an meinen Bruder heran und starrte ihn ... an. Ein Mann war nicht so einschüchternd, wenn er zehn Zentimeter kleiner war als man selbst, würde ich sagen. Trotzdem versuchte der Kerl es. Wahrscheinlich ging er Alder sogar unter die Haut, als er ein wütendes „Wo ist Pistols Hure?" ausspuckte.

Alder beherrschte sich, obwohl sein Kiefer kribbelte und sich zusammenbiss. Diese Worte machten ihn definitiv wütend. „In dieser Gegend gibt es keine Huren. Ich denke, ihr solltet aus der Stadt verschwinden, wenn ihr auf so etwas aus sind."

Dumb and Dumber konzentrierte sich ganz auf Alder und sahen kampfbereit aus. Sie schenkten dem Rest des Raumes keine Aufmerksamkeit. Ich nutzte ihre Ablenkung, um Anabeth zurück in Richtung Küche zu ziehen. Sie widersetzte sich zuerst, ihre Hände auf meinen Schultern und ihre Schritte langsam, während sie meinem Bruder beim verbalen Sparring mit den Soul Suckers zusah. Erst als ich Katie am Arm von Deacon festhielt, gab Anabeth schließlich leise nach und ließ sich treiben. Gage öffnete die

Küchentür und führte die beiden Frauen hindurch, er folgte ihnen. Ihre Wache im Dienst. Ich fing Anabeths besorgten Blick auf, als sie zum Hinterausgang getrieben wurde, aber ich sagte nichts. Ich konnte nicht. Ich brauchte sie weg - brauchte sie sicher versteckt, wo diese Wichser sie nicht in die Finger kriegen konnten - damit ich an der Seite meines Bruders kämpfen konnte.

Nachdem Gage die Tür hinter sich geschlossen hatte, ging ich zurück nach vorne, um genau das zu tun. Ich erreichte das Patt an der Vordertür gerade noch rechtzeitig, um groß, dumm und gemein sagen zu hören: „Er *wird* die kleine Schlampe kriegen. Es ist nur eine Frage der Zeit."

Alder sah in diesem Moment bereit aus, dem Kerl mit bloßen Händen den Kopf abzureißen. „Sagen Sie Pistol, wenn er auch nur daran denkt, sich *meinem* Mädchen zu nähern, bekommt er es mit mir zu tun. Und ich habe keine Angst, eine Leiche oder zehn zu begraben."

„Sie machen einen Fehler."

Alder lächelte, ein raubtierhafter Blick auf seinem Gesicht. „Sohn, der einzige Fehler hier ist, dass du hier in Justice bist. Du hast zwei Minuten, um auf der Straße zu sein, bevor wir den Sprengstoff zücken und deinen unvermeidlichen Rückzug in ein *Frogger-Spiel* verwandeln."

Der Mann sah sich im Restaurant um und bemerkte wahrscheinlich gerade, dass fast alle Frauen leise aus dem Essbereich eskortiert worden waren. Er stand in einem Raum voller Holzfäller - große, bullige Männer, die sich nicht scheuten, sich die Hände schmutzig zu machen. Ganz gleich, was das bedeutete. Ich sah den Moment, in dem er die Niederlage akzeptierte, sah den Anflug von Angst, als er erkannte, dass wir ihm zahlenmäßig überlegen waren. Das hielt ihn aber nicht davon ab, sein dummes Maul aufzureißen, als er merkte, dass ich ihn beobachtete.

„Sag deiner Feuerhexe, dass sie mich bald sehen wird."

Es kostete mich echte Anstrengung, ihm nicht die Faust ins Gesicht zu schlagen. „Das glaube ich verdammt noch mal nicht.“

Der Typ grinste und sah für meinen Geschmack viel zu eingebildet aus, bevor er sich umdrehte und in die Nacht hinausging. Alder stand stocksteif da und sah zu. Wartete.

Ich hasste es zu warten. „Denkst du, es war eine gute Idee, sie laufen zu lassen?“

„Wir hatten einen Raum voller Zeugen.“ Ein Feuer erfüllte seine Augen, als er in meine Richtung schaute, eines, das vor Frustration heiß brannte. „Ich bezweifle, dass jemand geredet hätte, wenn wir sie ausgeschaltet hätten, aber ich konnte es nicht riskieren. Das Letzte, was Shye braucht, ist, dass ich im Gefängnis sitze, und sei es nur für eine Nacht.“

Ich konnte diese Logik verstehen. Ich mochte sie nicht, aber ich verstand sie. Ohne Alder, der auf sie aufpasst, war Shye leichte Beute. Selbst wenn der Rest von uns auf sie aufpassen würde. Alder dachte, niemand könnte sie so gut beschützen wie er. Ich verstand das auch, denn während ich meinen Brüdern vertraute, dass sie auf Anabeth aufpassten, wusste ich, dass mein Schutzniveau einen Schritt weitergehen würde.

Weil ich sie liebte.

Hatte ich schon immer.

Das war schon immer so.

Als das Dröhnen der Motorradmotoren die Stille durchbrach, bellte Alder: „Deacon“.

Der betreffende Mann erschien aus dem Barbereich mit Finn an seiner Seite. „Bin schon dabei.“

Die beiden verschwanden nach draußen, wahrscheinlich um den Bikern aus der Stadt zu folgen. Um sicherzugehen, dass sie nicht irgendwo einen Hinterhalt legten. Alder blickte ein letztes Mal zur Tür hinaus, bevor er in die Küche ging. Für Shye.

Ich folgte ihm, weil ich Anabeth sehen wollte. Wollte sichergehen, dass sie in Sicherheit war. Nur dann würde die Enge in meiner Brust verschwinden. Oder so hoffte ich.

Als Alder durch die Schwingtür stieß, ging er direkt auf seine Frau zu, hob sie vom Boden auf und hielt sie fest, während er ihr ins Ohr flüsterte. So offen zeigte er seine Zuneigung zu ihr, so beschützend. Und sie fühlte offensichtlich dasselbe, denn sie klammerte sich an ihn, ohne etwas Anderes zu beachten *als* ihn.

Und wie Alder mit Shye, suchte ich Anabeth, unfähig, es nicht zu tun. Blass, aber mit erhobenem Kinn, stand sie am hinteren Ende der Küche, die Arme fest um ihre Mitte geschlungen. Verängstigt, aber trotzig. Ich wollte zu ihr gehen, sie packen und mich um diese Kurven wickeln. Die Angst in ihr besänftigen und ihr versprechen, auf sie aufzupassen. Sie zu beschützen. Ich wollte sie zu meiner machen und schwören, sie immer zu beschützen.

Und das würde ich. Scheiß auf die Vergangenheit, scheiß auf die Geschichte, scheiß auf all das. Das Leben war zu kurz, um nicht mit beiden Füßen hineinzuspringen. Und für sie würde ich das tun. Nur nicht in einer verdammten Restaurantküche.

Kapitel 13

Er wollte nicht zu mir kommen.

Ich wusste es, sah es in seinem Gesicht und in seiner harten Haltung. Bishop wollte mich trösten, aber das würde er sich nicht erlauben, und ich verdiente seine Distanz. Ich konnte aber mit meinem eigenen Adrenalinabsturz umgehen. Ich hatte schon lange mit Angst, Schmerz und Herzschmerz zu kämpfen, ganz allein. Heute Abend war es nicht anders.

Nun, die Lust, die ich empfand, als ich Bishop so mutig sah... Das war neu. Er sah aus, als wäre er bereit zu töten, und aus irgendeinem verrückten Grund gefiel mir das. Und zwar sehr. Zu sehr.

Mit einem Seufzer stellte Alder Shye wieder auf ihre eigenen Füße, obwohl er sie an seine Seite drückte. Er sah in diesem Moment geradezu tödlich aus, als er über ihr thronte. Ihr Beschützer, bereit, jeden aus dem Weg zu räumen. „Ich bringe sie nach Hause."

„Sei vorsichtig da draußen", sagte Bishop. Er schlug die Fäuste mit seinem Bruder zusammen und beugte sich dicht vor, um der kleinen Blondine etwas zuzuflüstern. Ich konnte nicht hören, was er zu sagen hatte. Sie lächelte aber, also musste es etwas Gutes sein.

Als er sich wieder zu seiner vollen Größe aufrichtete, richteten sich seine Augen sofort auf meine, und dieses Mal sah er aus wie ein reines Raubtier. Auf der Jagd und hungrig, und ich war seine Beute. Meine Knie zitterten und mein Herz raste - dieser *Blick*. Gott, er brauchte nicht einmal ein Wort zu sagen, um mich nackt zu machen, wenn er mich so ansah. Er war noch nie so kühn, so selbstbewusst gewesen. Der Mann war ein Biest. Er brauchte mich nicht in den Arm zu nehmen, wie Alder es mit Shye getan hatte, oder mich mit tröstenden Worten zu beruhigen. Seine Absichten waren ganz klar in seinem Gesicht zu erkennen.

Ich würde heute Abend ihm gehören, und er wäre nicht gerade zimperlich dabei.

„Lass uns gehen." Zwei Worte, mehr gab er mir nicht mit auf den Weg, aber mein Atem stockte und meine Hände zitterten. Seine Intensität war schon schwer genug zu ertragen, wenn wir in einem separaten Raum mit anderen um uns herum standen - ich konnte mir nicht vorstellen, was passieren würde, wenn wir am Ende allein waren. Das würde die längste Heimfahrt aller Zeiten werden.

Ich durchquerte die Küche und machte den Schritt, um uns wieder zusammenzubringen. Um uns in denselben Raum zu bringen. Seine Augen brannten fast ein Loch in mich hinein, während er wartete und jeden Schritt mit Interesse beobachtete. Und als ich ihn endlich erreichte, als ich nahe genug stand, um sein Parfüm zu riechen, ergriff er meine Hand. Funken prickelten bei dieser Berührung, und er brandmarkte mich mit einem lüsternen Blick, bevor er sich umdrehte und mich durch den Speisesaal zog.

Ohne ein einziges Wort des Abschieds oder des Dankes folgte ich Bishop nach draußen und durch den Regen zu seinem Truck. Er öffnete mir die Tür, ging aber nicht aus dem Weg, sondern zwang mich, mich im Vorbeigehen an ihm zu reiben, und legte seine Hand auf meinen Hintern, um mir in das Fahrzeug zu helfen.

Er hat versucht, mich umzubringen.

Der Regen spritzte gegen die Windschutzscheibe und versperrte mir die Sicht, als er vorne herumlief und seine Tür öffnete. Die Muskeln spannten und dehnten sich, als er sich hineinzog, und dann war er da. Wir teilten den gleichen Raum, die gleiche Luft. Er saß so nah und war doch meilenweit entfernt. Eine Entfernung, die ich überwinden wollte, aber nicht konnte. Ich konnte nur warten, konnte nur starren.

Sein Haar lag nass auf seiner Stirn, seine Schultern dunkel vom Wasser. Heiß und nass und so sehr stark. Und mein. Wenn auch nur für die Nacht.

Er ließ den Motor nicht sofort an. Stattdessen saß er ruhig und still, atmete schwer, sagte aber nichts. Immer noch so nah, aber er berührte mich nicht. Ich sehnte mich nach seiner Berührung, brauchte sie, wie ich Luft brauchte. Und trotzdem wartete ich auf ihn. Das Oberlicht ging aus und ließ uns beide allein in der Dunkelheit. Die Anspannung wuchs, die Hitze stieg. Nichts außer ihm und mir und den Geräuschen unseres Atems, während draußen der Regen fiel.

Als die Windschutzscheibe zu beschlagen begann, gab ich meiner Not nach und flüsterte das einzige Wort, das ich konnte. „Bishop".

Sein Name auf meinen Lippen brach etwas. Brach die Spannung und die Stille. Brach ihn. Bishop packte mich, zerrte mich über die Sitzbank und zog mich in seinen Schoß. Das Gefühl von ihm unter mir, seine Hände auf meinem Körper, seine Rauheit - ich brach auch.

Ich schob ihn und zwang ihn, seinen Körper auf dem Sitz anzuwinkeln, damit ich das Lenkrad nicht im Rücken hatte. So konnte ich schaukeln und stoßen und mich über ihn bewegen. Denn das war es, was wir wollten, was wir brauchten. Eine Erinnerung an die Tage, bevor ich gegangen war, als es das Risiko wert war, erwischt zu werden, wenn wir im Auto rummachten. Als wir zu heiß aufeinander waren, um zu warten, bis wir an einem etwas privateren Ort waren. Und genau wie damals presste ich meine Lippen auf seine und stöhnte, als er seine Zunge in meinen Mund steckte und seine Finger in die Haare in meinem Nacken wühlte, um mich näher zu ziehen. Um meine Tiefe und Geschwindigkeit und Bewegungen zu kontrollieren. So heiß, so verdammt sexy und beherrschend.

Mit einem Knurren wie eine Art wildes Tier bewegte sich Bishop unter mir. Er stieß seine Hüften gegen meine, stöhnte und keuchte, als er genau die richtige Stelle fand. Die Stelle, die mich keuchen und über ihn fallen ließ. Die, die meine Klitoris durch unsere Kleidung hindurch reizte, als ich mich über ihn rollte. Mein nasses Höschen war kein Vergleich zu seiner jeansbedeckten Erektion. Selbst durch die Schichten hindurch konnte ich seine Hitze spüren. Sein Verlangen. Und ich wusste, dass mein Bedürfnis dem seinen entsprach.

Bishop unterbrach den Kuss mit einem Stöhnen, das zu sehr nach Schmerz klang. „Hast du eine Ahnung, wie sehr ich dich da drin packen wollte? Wie viel Angst ich hatte, dass sie zu dir kommen würden, bevor ich es konnte?" Seine Worte waren wie Sandpapier, das meine Haut und mein Herz abschleifte, seine Stimme war dunkel und rau, als er sagte: „Du machst mich verdammt verrückt, Anabeth."

Er tat dasselbe mit mir, aber Worte waren zu schwer. Zu fremd in diesem Moment. Ich konnte nur fühlen, konnte nur handeln. Konnte nur meine Hüften gegen seine rollen. Wir konnten keinen Sex im Truck haben, direkt auf der Main Street, egal wie dunkel und verlassen sie schien, aber eine kleine Sache - eine Erinnerung an unsere High-School-Tage - schien möglich. Ich hatte seit Jahren keinen Mann mehr trocken gebumst, hatte vergessen, wie gut sich das anfühlte. Wie aufregend der Moment sein konnte, wenn man sich an einem halbwegs öffentlichen Ort befand.

Ich wollte mich erinnern, und zum Glück schien es, dass Bishop das auch tat.

Er ließ sich auf meinen Hüften nieder, während ich seine Schultern packte und meinen Körper über seinen bearbeitete. Ich ließ mein Gewicht den größten Teil der Arbeit machen. Ich wollte sehen, wie er unter mir zerbricht. Wollte es sehen, bevor ich ihm folgte. Bevor er mich wiederkommen ließ. Denn er würde kommen - daran bestand kein Zweifel.

Und diese Worte konnte ich finden.

„Bitte." Ich biss ihm auf die Unterlippe und lächelte, als er sich gegen mich stemmte. „Lass mich dich zum Kommen bringen. Bitte, Bishop."

Er griff zwischen uns hindurch, löste seine Jeans und öffnete seinen Hosenstall weit. Zwei dünne Baumwollschichten waren alles, was zwischen uns stand, als wir in seinem Truck fickten. Auf der Straße geparkt, so dass es jeder sehen konnte. Nie hatte ich Unterwäsche mehr gehasst.

„Ich liebe es, wenn du bettelst." Er wölbte sich und stöhnte, als ich den dunklen Stoff, der seinen Schwanz bedeckte, durchnässte. „Ich habe davon geträumt, dass du bettelst, Firefly. All die Jahre habe ich mir vorgestellt, wie du mich anflehst, dich kommen zu lassen, dich zurückzunehmen. Und hier erfüllst du den ersten Teil dieser Fantasie. Deine gierige kleine Muschi kann nicht wegbleiben, nicht wahr?"

Er zerrte mich fester nach unten, rollte seine Hüften gegen mich, während er stieß und ruckte und stöhnte. Er schaukelte meinen Körper über seinen und reizte mich mit seiner Härte. Schwer atmend, unfähig, etwas Anderes zu tun, als ihn zu reiten, während er bockte, ließ ich zu, dass die Empfindungen meinen

Körper übernahmen. Ließ zu, dass er mich bis an den Rand der Lust führte.

Und schiebt mich darüber.

Er kam mit einem Grunzen und einem harten Griff um mich, hob mich hoch, während er seinen Rücken krümmte. So stark, so sexy. So männlich. Sein Anblick machte meinen eigenen Orgasmus unausweichlich. Und als ich ihm folgte, als ich über diese Kante fiel und seinen Namen rief, wusste ich, dass ich jeden Kampf verloren hatte, den ich in mir hatte. Es gab keine Möglichkeit, mich von ihm fernzuhalten. Keine Möglichkeit, diesen Sturz aufzuhalten.

Bishop hielt mich, was sich wie Sekunden anfühlte, oder was Stunden hätten sein können. Die Zeit hatte jede Bedeutung verloren, als wir uns so vollkommen hingaben. Als wir wieder zu Atem gekommen waren, hob mich Bishop von seinem Schoß und setzte mich zurück auf den Sitz, aber nicht bevor er mich wieder küsste. Lange, tiefe Küsse, die nichts taten, um mein Bedürfnis nach ihm zu stillen.

„Das war's", sagte er plötzlich und griff ins Handschuhfach, um einen Stapel Servietten zu holen. Er reichte mir zwei, bevor er sich um seine eigene Sauerei kümmerte, dann zog er sich seine Jeans wieder an und startete den Wagen. Und das alles, ohne mich anzuschauen. Alles sehr... kurz und bündig. Mein Magen drehte sich um, unsicher, was da vor sich ging. Warum er so schnell gehandelt hatte. Was „das war's" bedeutete.

„Bishop..."

„Ich muss dich nach Hause bringen." Er fuhr aus der Parklücke und wandte sich in Richtung Widow's Ridge, ohne mir etwas zu sagen. Er fuhr viel zu schnell für die Bedingungen.

Ich konnte die Stille nicht ertragen. „Sollten wir nicht darüber reden?"

„Nein."

„Bishop, bitte..."

„Anabeth, wenn du noch ein Wort sagst, werde ich den Truck anhalten und dich auf der Motorhaube ficken. Wenn du also lieber möchtest, dass ich dich ins Bett bringe, wo ich deine Muschi lecken kann, ohne dass die ganze Stadt davon erfährt, dann wartest du, bis wir bei dir sind."

Oh Gott. Ich biss mir auf die Lippe und presste meine Oberschenkel zusammen, um mich zusammenzuhalten. Ich hätte ihm nein sagen sollen, wollte das Wort halb aussprechen, nur um nicht wieder in den Kaninchenbau zu fallen. Aber stattdessen blieb ich still und sah ihm beim Fahren zu. Ich wusste, was kommen würde, sobald wir zum Farmhaus zurückkamen. Er würde nicht sanft mit mir umgehen. Es würde nicht wie bei unserem ersten Mal im Wald sein oder all den Malen danach, als wir jung und dumm waren und auf Entdeckungsreise. Nein, wir wussten jetzt beide, was wir mochten. Was wir körperlich von einem Partner wollten. Er war kein junger Mann mehr, und seine Muskeln bewiesen es. Bishop würde nicht sanft sein - er würde mich auseinandernehmen und mit seinem Körper wieder zusammensetzen.

Und ich konnte es kaum erwarten.

Die Fahrt zum Haus verlief in einem hitzigen Schweigen, wir waren beide nervös. Ich weigerte mich, ein Wort zu sagen, aus Angst, er würde die ganze Sache mit dem Anhalten und Ficken auf der Motorhaube durchziehen. Nicht, dass ich etwas dagegen hätte, aber der Regen würde die Sache sicher ungemütlich machen.

Er flog über die überflutete Straße hinauf zum Kamm und machte sich nicht einmal die Mühe, beim Anblick des Wassers, das über den Kies floss, langsamer zu werden. Gut, denn wenn ich noch eine Minute länger warten müsste, bis er mich wieder berührt, könnte ich explodieren.

In der Sekunde, in der er in der Einfahrt zum Stehen kam, sprang ich aus dem Truck und eilte zur Veranda. Bishop folgte, langsamer, ohne sich darum zu kümmern, dass der Regen ihn durchnässte, und hielt seine Augen auf mich gerichtet. Er verfolgte mich. Die Vorstellung, was passieren würde, wenn er mich erwischte, ließ mein Herz in meiner Brust hüpfen. Meine Schlüssel zitterten, als ich die Tür aufschloss, meine Atemzüge kamen zu schnell. Ich wollte hinein, wollte diesen Mann mit in mein Bett nehmen. Wollte eine Nacht in seinen Armen erleben.

Bei meinem vierten Versuch fand der Schlüssel die Stelle, und ich schaffte es endlich hinein. Bishop folgte mir immer noch, ohne den Blickkontakt zu unterbrechen, als er die Tür schloss und verriegelte. Sicherheit geht vor, auch wenn er bereit aussah, sich auf mich zu stürzen.

Und dann habe ich gewartet. Atemlos und ängstlich. Er hat mich nicht lange warten lassen.

„Bist du nass?", fragte er, während er seine Stiefel abstreifte.

Ich nickte, ohne mich darum zu kümmern, ob er vom Regen oder von mehr meinte. Sein eingebildetes Lächeln wurde breiter, und er fuhr sich mit dem Daumen über die Unterlippe, bevor er sich das Hemd aus dem Nacken zerrte. „Tropfst du für mich, Firefly?"

Ich hätte vielleicht gewimmert. Vielleicht habe ich sogar gezittert als Antwort auf diese Frage. Auf jeden Fall aber nickte ich. Seine Hände gingen zur Vorderseite seiner Jeans, eine Handfläche drückte gegen die harte Kante, während seine langen, rauen Finger die Verschlüsse öffneten.

„Du hast fünf Sekunden, um dorthin zu kommen, wo du sein willst, bevor ich deinen Arsch auf den Boden werfe und dich ficke." Er hob eine Augenbraue, als ich mich nicht bewegte, das Lächeln breitete sich aus. „Eins ... zwei ..."

Ich rannte los, schlüpfte um die Ecke und steuerte auf die Treppe zu, die mich hoch in mein Schlafzimmer bringen würde. Er trat auf die unterste Stufe, als ich den obersten Treppenabsatz erreichte, seine Schritte hämmerten fast so laut wie mein Herz. Oh Gott. Er war schnell. So schnell. Ich war nicht sicher, ob ich es schaffen würde. Konnte nicht sagen, ob ich noch Zeit hatte, das große, weiche Bett zu erreichen, in dem ich oft von ihm geträumt hatte.

Ich war etwa einen Meter von meinem Ziel entfernt, als seine starken Hände mich um die Taille packten. Ich quietschte, als er mich von den Füßen hob, als er mich hochhob und auf die Matratze warf. Da ich sehen wollte, was auf mich zukam, versuchte ich, mich umzudrehen, um mich ihm zuzuwenden. Aber er war größer als ich und stärker. Ich konnte mich nicht aus seinem Griff befreien, konnte mich nicht rollen oder bocken oder ihn abwerfen. Nicht, dass ich das wirklich wollte - ich war glücklich, mich von ihm führen zu lassen, mich dem hinzugeben, was er wollte.

Und was er wollte, war, dass er mich festhielt, meinen Rock hochzog und mein Höschen zur Seite schob, bevor er seine Finger in mich steckte. Ich hatte es nicht gewusst, aber ich hatte es auch gewollt. Und zwar sehr. So sehr, dass ich spürte, wie meine Erregung an meinen Schenkeln heruntertropfte, als er sich hinter mir bewegte.

„Du bist so verdammt feucht, Baby. Du magst es, wenn ich dich übernehme, nicht wahr?" Er drückte sein Gewicht in mich hinein, als ich ein „Ja" ausstieß, als ich mich schüttelte und die Laken mit den Fäusten bearbeitete.

Als ich meinen Körper zurückbog, um seine Hand zu ficken. „Ja, ja. Mehr. Bishop, bitte."

„Ich werde mich gut um diese süße Muschi kümmern. Mach dir da mal keine Sorgen."

Er zog mich weg und zerrte mich an den Hüften hoch, zwang mich auf die Knie. Ich stellte meinen Arsch für ihn zur Schau. Er nutzte das auch aus. Er fuhr mit seinen Händen über meine Kurven, schob sie zwischen meine Schenkel und hoch-oben-oben. Er reizte mich. Er reizte mich immer wieder. Bis er aufhörte, mich zu necken.

Mit einem leichten Ziehen und einem reißenden Geräusch

verschwand mein Höschen, zu zart, um seiner Lust standzuhalten. Ich war mir sicher, dass er in mich eindringen würde, war mir absolut sicher, dass er mich mit einem tiefen, harten Stoß ausfüllen würde. Stattdessen packte er meinen Arsch, zog meine Backen auseinander und beugte sich vor, um mich von meiner Klitoris bis zu meinem Arschloch zu lecken.

„Bishop. Fuck." Ich keuchte und zitterte, die Hände klammerten sich an die Bettdecke unter mir, als er mit einer Zielstrebigkeit angriff, die mich Sterne sehen ließ.

„Ich verhungere förmlich nach dir", sagte er und stöhnte, während er seine Zunge benutzte, um mich zu bestrafen. Um mich von einem Ende zum anderen zu lecken. Um meine Klitoris zu necken, bis ich gegen sein Gesicht wippte und zuckte.

Endlos. Seine Angriffe schienen endlos. Jedes Mal, wenn ich nahe genug war, um zu kommen, zog er sich zurück. Die Hände umklammerten meine Hüften, die Schultern drückten meine Schenkel auseinander, er ließ sich Zeit. Er drückte nie zu fest. Er brachte mich zum Schwitzen und zum Verlangen, bis ich keine Worte mehr sagen konnte. Kein Verständnis für Zeit, Raum oder Geräusche. Alles, was ich wusste, alles, worauf ich mich konzentrieren konnte, war das tiefe, wütende Bedürfnis, das immer wieder versuchte, mich ganz zu verschlingen. Ich ertrank darin.

Und dann hat er es noch schlimmer gemacht.

Er steckte zwei Finger in mich, während er an meiner Klitoris saugte, und hielt mich still, als die Welle der Lust schließlich über mich hereinbrach. Mit den Händen auf dem Kopfteil schüttelte ich mich und schrie und kam über ihn, ungehemmt und völlig verloren in diesem Moment. Und er zog mich hindurch, weigerte sich, aufzuhören. Er leckte jeden Tropfen meiner Erlösung auf, während er lang und rau stöhnte.

Noch bevor das Pulsieren aufhörte, riss Bishop seine Hand weg und stieß hinein, hart und dick und so verdammt gut. Er stieß tief hinein und zog sich bei jedem Durchgang fast ganz heraus. Er stieß mit seinen Hüften gegen meine, bis mein Körper keinen Zentimeter mehr aushielt. Bis das Gefühl von ihm in mir mich wieder von der Kante stieß.

Ich kam wieder, unfähig, nicht zu kommen. Ich weinte fast, als die Lust über mich hereinbrach. Als er mich immer und immer wieder ausfüllte, nie langsamer werdend. Niemals innehaltend.

„Verdammt perfekt", stöhnte er und legte eine Hand über meine auf das Kopfteil, um uns zu beruhigen. „Genau wie ich mich erinnere. Perfekte Muschi, die meinen Schwanz zusammenpresst. Ich will dich spüren, Baby. Möchte tief in dir kommen. Diese Fotze als meine und nur meine beanspruchen."

Und das tat er. Er beanspruchte mich hart, ritt mich, bis ich mich mit beiden Händen am Kopfteil abstützen musste, um nicht mit dem Kopf dagegen zu stoßen. Er stieß, stöhnte, schnappte und biss nach mir, bis ich ein weiteres Mal zum Höhepunkt kam, bis er tief drückte und mit einem Grunzen kam, das ich praktisch spüren konnte. Bis wir als verhedderter Haufen aus unordentlichem Haar und verschwitzter Haut und halb ausgezogener Kleidung endeten.

Bis sich alles perfekt anfühlte, wenn auch nur für einen Moment.

Kapitel

14

Scheißkerl, ich bin in ihr gekommen. Ich hatte es nicht vorgehabt, hatte nur daran gedacht, das Kondom in meiner Brieftasche zu holen, um mich zu bedecken, bevor ich in den Himmel ihrer süßen Muschi glitt, aber ich hatte bei ihrem Geschmack den Verstand verloren. Ein Lecken, und eine Art animalisches Bedürfnis stieg in mir auf. Ich hatte sie nicht nur gefickt. Ich hatte sie beansprucht. Und ich würde sie nicht wieder gehen lassen.

„Du wirst aufstehen müssen", sagte ich, als ich aus dem Bett stolperte. „Wir brauchen danach eine Dusche."

Sie stöhnte und sah halb benommen und müde aus. Eine Tatsache, die meine Brust mit etwas anschwellen ließ, das an Stolz grenzte. Ich hatte das getan - sie so gut gefickt, dass sie nicht mehr sprechen konnte. Und ich hatte definitiv vor, es wieder zu tun. Aber jetzt noch nicht.

Ich beugte mich über sie, klemmte sie unter mir ein und grinste, als sich ihre Arme um meinen Hals legten und ihr Körper sich meinem Griff hingab. „Bleib erst mal hier. Ich komme gleich und hole dich."

Sie murmelte etwas, das sich wie okay anhörte, als sie zurück auf die Matratze fiel. Erschöpft. Gesättigt.

Scheiße, ja.

Ich ging allein ins Bad und dachte, ich könnte das Wasser heiß laufen lassen, bevor ich Anabeth mitbrachte. Ich wollte sie geschmeidig und annehmend haben, wollte sie genauso weich und warm haben, wie sie noch Minuten zuvor gewesen war. Sie unter einen kalten Wasserstrahl zu schubsen, würde den Moment ruinieren. Genauso wie sie in dem kalten Bad stehen und warten zu lassen.

Als ich die Duschhähne auf heiß drehte, sah ich mich im Spiegel. Ich erhaschte einen flüchtigen Blick auf den Körper, den ich als junger Mann nicht mehr hatte. Irgendetwas brachte mich dazu, innezuhalten und hinzuschauen, brachte mich dazu, mich zu meiner vollen Größe aufzurichten und wirklich zu sehen, was ich jeden Tag zu übersehen pflegte. Mich... die erwachsene Version.

Größer, ein wenig haariger und definitiv kräftiger als ich es vor all den Jahren gewesen war. Die Muskeln kamen mit dem Alter und einer Fitnessroutine, die durch jahrelanges SEAL-Training entstanden war. Mit Strand-Workouts und Bootcamp und Höllenwochen, deren Grundlage mir bis heute erhalten geblieben ist und mich antreibt, weiter aufzubauen und zu stärken und sicherzustellen, dass ich in Topform laufe. Aber die Narben ... die waren mit den Missionen gekommen. Mit guten und schlechten Plänen und Richtungen. Sie waren mit Erfahrungen und Geschichten verbunden, die ich nie mit jemandem teilen wollte. Ich hatte jahrelang nicht wirklich über sie nachgedacht, hatte sie nicht katalogisiert und mir Gedanken über das Wie und Warum und Wer dahinter gemacht. Aber mit dem Wissen, dass Anabeth sie sehen würde - die einzige Frau, die alles von mir wusste, bevor ich ein einziges Mal auf meinem Körper hatte - schienen sie fast zu leuchten. Ich konnte sie nicht übersehen, sie nicht verstecken. Ich konnte die Vergangenheit, die ich gelebt hatte, oder die Dinge, die ich getan hatte, nicht wegwischen.

Das war ich. Mein ganzes Ich. Und sie würde das Gute mit dem Schlechten akzeptieren müssen, um mich zu haben. Wenn sie mich überhaupt wollte.

Die Frau selbst erschien hinter mir und beobachtete mich. Diese blauen Augen, in die ich in der Vergangenheit eine Million Mal gestarrt hatte, fingen meine ein, bevor sie über meinen Körper glitten, so wie meine eigenen es getan hatten. Mein Mund wurde trocken, und ich stand starr. Seltsam besorgt, dass ich ihre Inspektion nicht bestehen würde. Fast noch mehr, dass ich es tun würde.

„Diese hier", flüsterte sie und zeichnete eine lange, breite Narbe nach, die sich um die rechte Seite meiner Brust und Taille wand. Dünn, aber tief, sah die Narbe auf meiner Haut fast schlangenförmig aus.

Ich stöhnte und starrte in ihr Gesicht. Ich konnte nicht wegsehen, als ich meine Geschichte darlegte. „Messerstecherei in Afghanistan. Ein Typ hatte IEDs entlang der Autobahn platziert und zwei Army-Transporteinheiten ausgeschaltet. Wir wurden hingeschickt, um die Bedrohung zu beseitigen."

„Und hast du?"

„Ich würde nicht hier stehen, wenn ich es nicht täte." Ich ergriff ihre Hand und zwang sie zu einer anderen Narbe. Kleiner, dünner, und direkt an meinem Hüftknochen. „Als SEALs wurden wir alle mit einem Ontario Mark 3 Messer ausgestattet und uns wurde beigebracht, sie zum Überleben zu benutzen. Wir wurden auch darauf trainiert, körperlich fit zu sein und unsere Körper bis an die absoluten Grenzen zu bringen. Der IED-Typ war gut mit dem Messer - besser als ich - aber er hatte nicht meine Ausdauer. Ich habe verdammt viel Blut verloren, aber ich habe weitergekämpft, bin weiter in ihn hineingefahren bis zum letzten Stich." Ich drückte ihre Hand gegen die kleine Narbe. „Das war sein letzter Versuch, sich zu wehren, bevor er starb. Er hat den Knochen eingekerbt, und es tut immer noch manchmal weh, wenn es besonders kalt wird."

Sie brummte, beugte sich herunter, um die kleine Narbe zu küssen, und sah nicht gestört aus von der Geschichte, die ich erzählt hatte. Sie nahm auch ihre Hände nicht von mir. Ich atmete daraufhin etwas leichter. Anabeth trat einen Schritt zur Seite, ihre Hände lagen warm und neckisch auf meinen Schultern. Mein Schwanz reagierte auf ihre Berührung, auf ihre Nähe. Ich war bereit, sie zu nehmen, sie an den Waschtisch zu klemmen und sie zu ficken, bis sie brach. Bis sie kam und wieder meinen Namen schrie. Aber sie schien dieses Mal die Veränderungen sehen und fühlen zu wollen, die mit unserer Trennung gekommen waren. Also wartete ich. Begehrend und bedürftig, aber geduldig. Ich war immer so verdammt geduldig mit diesem Mädchen gewesen.

„Das hier." Sie küsste meine Schulter und legte ihre Hand auf meinen Arm. Mit einem Halt an mir, der sich fest und echt und perfekt anfühlte. Ich brauchte nicht hinzusehen, um zu wissen, welche Narbe sie meinte.

„Scharfschützenfeuer".

Sie versteifte sich, ihre Nägel kniffen, als sie mich fester umklammerte. „Sind Scharfschützen nicht normalerweise sehr genau?"

Ich lachte leise und rau und erinnerte mich. „Ja. Und wenn Gage nicht gewesen wäre, wäre der Scharfschütze viel genauer gewesen. Das Arschloch hat den Kerl auf dem Dach kurz vor mir erkannt und ist auf mich zugestürzt."

„Wirklich?"

Ich nickte. „Er hat die passende Narbe auf der gegenüberliegenden Schulter. Die Kugel ging durch ihn hindurch und in mich hinein."

„Das ist ... ein guter Freund."

Understatement. „Er ist wie ein Bruder für mich."

Sie brummte und bewegte sich vor mir herum, lehnte sich gegen den Tresen. „Ich glaube, er mag mich nicht besonders."

„Du bist eine Bedrohung."

„Für ihn?"

Nicht mal annähernd. „Für mich."

Ihr Gesicht wurde still, ihre Augen waren auf meine gerichtet. Ich wollte aber nicht über das Ende sprechen. Wollte nicht, dass sie die Tatsache anerkennt, dass sie irgendwann gehen würde. Denn ich würde sie auf keinen Fall kampflos gehen lassen. Es gab auch keine Möglichkeit, dass sie bereit war, das zu hören. Also blieb ich ruhig und wartete, bis sie weg war.

Schließlich seufzte sie und fuhr mit ihren Händen wieder über meine Schultern, beobachtete, wie sich ihre Finger in mein Fleisch drückten. Wie ich mich unter ihrer Berührung beugte.

„Ich kenne diese Teile von dir nicht."

Ich zog an ihrer Hand, brachte sie näher, so dass ich meine Arme um sie legen und mich herunterbeugen konnte, um ihr Ohrläppchen in den Mund zu nehmen. Das mit den drei silbernen Ringen darin - das, das keine Löcher hatte, als ich sie das letzte Mal sah.

„Ich kenne diese Teile von dir nicht." Ich fuhr mit einem Finger entlang des Piercings durch den Knorpel in ihrem Ohr. „Was ist das?"

„Es ist ein Daith-Piercing. Hat mir geholfen, meine Migräne zu lindern."

„Ich wusste nicht, dass du Migräne hast."

„Habe ich nicht. Sie kamen in den letzten vier Jahren oder so auf."

Ich summte und dachte daran, wie viel wir beide verpasst hatten. Wie viel wir über den anderen lernen und neu lernen mussten. Sobald wir die Zeit dazu hatten.

Aber das alles konnte warten, denn ich hatte eine nackte und willige Frau in meinen Armen. Und ich weigerte mich, noch eine Sekunde zu verschwenden.

„Komm schon, Firefly." Ich packte ihre Hand und zog sie hinter mir her in die Dusche, wobei sich meine Lippen auf einer Seite nach oben schoben, als ich ihre schweren Titten wackeln sah. „Ich will dich saubermachen, damit ich dich wieder schmutzig machen kann."

Ihr Lachen hallte auf den Fliesen wider. „Schmutzig, hm?"

Ich packte ihren Hintern und hob sie hoch, liebte es, wie sich ihre langen Beine um mich schlangen. Ich stöhnte, als ihre feuchte Muschi auf meinen Bauch traf. „Ich habe vor, dich schmutzig zu machen."

Und das tat ich. Ich fickte sie erst gegen die Fliesen, dann beugte ich mich über den Waschtisch, so wie ich es wollte. Nahm sie auf dem Boden ihres Zimmers, als ich es nicht mehr ertragen konnte, zuzusehen, wie ihr Arsch wackelte, als sie zum Bett ging. Ich vergrub mich stundenlang in ihr, in jeder Stellung, wandte jeden Trick an, den ich gelernt hatte, um sie zitternd und verlangend zu halten. Um sie zu befriedigen. Und nicht ein einziges Mal habe ich nach einem Kondom gegriffen. Sie hat mich auch nicht einmal darum gebeten. Es war dumm, unverantwortlich und riskant, aber ich konnte nicht anders. Ich brauchte sie nackt und unverhüllt, nichts zwischen uns. Nichts im Weg.

Denn es gab schon eine ganze Menge Scheiße, die uns auseinanderhielt.

Anabeth

Ich wachte mit Schmerzen an Stellen auf, die seit Jahren nicht mehr wehgetan hatten, und lag in den Armen des einzigen Mannes, der jemals mein Herz ebenso wie meinen Körper hatte schmerzen lassen. Er schlief ohne mich weiter und sah absolut köstlich aus. Und groß. Mein Gott, der Mann war so groß geworden.

Ruhig und vorsichtig rollte ich mich von Bishop weg und aus

dem Bett. Ich brauchte einen Moment für mich, eine Minute zum Nachdenken, und eine starke Tasse Tee, um meine Nerven zu beruhigen. Die letzte Nacht war furchtbar gewesen, aber der Morgen war gekommen. Und mit ihm würden sich die Dinge ändern. Das mussten sie auch.

Ich stapfte bei ausgeschaltetem Licht die Treppe hinunter, die frühmorgendliche Dämmerung hinter dem schweren, grauen Himmel versteckt. Ich war des Regens überdrüssig. Ich kannte die Tendenzen der Jahreszeit - dass die Front vorbeiziehen würde, bevor der Winter hereinbricht -, aber die Erinnerungen an die Spätsommer, die ich draußen verbrachte und versuchte, Schutz vor dem endlosen Wasser zu finden, das vom Himmel über Justice fiel, verfolgten mich. Ich wollte diese Erinnerungen nicht haben - wollte nicht daran denken, was wir dort draußen in den Wäldern getan und gefunden hatten. Die verlassenen Holzfällerstraßen, die alten Jagdstände in den Bäumen. Die alte Scheune, in der mein Leben fast zu Ende gegangen wäre.

Bishops schwere Schritte rissen mich aus dieser Gedankenspirale und zwangen mich, mich auf den Mann selbst zu konzentrieren. Der sexy, verschlafene Mann mit den zerzausten Haaren und dem müden Blick in seinem hübschen Gesicht. Derjenige, der mein Herz auf eine Weise zum Leben erweckte, wie es kein anderer konnte.

Er kam hemdsärmelig in die Küche, eine dicke, graue Jogginghose hing tief auf seinen Hüften und dieses verdammte V aus Muskeln über seinen Hüftknochen machte mich dumm, als ich ihn anstarrte. Kein Mann im wirklichen Leben hatte das - nur Berühmtheiten und Leute, die dafür bezahlt wurden, zu trainieren. Bishop sollte das nicht haben, aber er hatte es, und ich wollte diese Spur immer und immer wieder hoch und runter lecken, bis er...

„Brauche Kaffee."

Seine gebrummte Erklärung riss mich aus meinen schmutzigen Gedanken und ließ mich lächeln. „Miss hat keinen Kaffee getrunken."

Er schoss einen Blick in meine Richtung, bevor er seinen Blick auf den Wasserkocher lenkte, der zu pfeifen begonnen hatte. Er sah absolut unglücklich aus. „Koffein?"

„Ich dachte immer, du wärst ein Morgenmensch, wenn du erwachsen bist." Ich nickte in Richtung des Tisches, öffnete einen Schrank und holte das wohl am wenigsten genutzte Gerät in dieser Küche heraus. „Miss hat verstanden, dass ihre Gäste Kaffee mögen könnten, auch wenn sie es nicht tut, also hat sie sich vor ein paar Jahren einen dieser Kapselbereiter gekauft."

Ich schloss das Gerät an und griff nach der Gebrauchsanweisung, unsicher, wie ich das Ding bedienen sollte. Bishop erschien hinter mir, ganz warm und ließ mir keinen persönlichen Freiraum, als er seinen Körper an meinen drückte und seine Arme um mich schlang...

Um die Kaffeemaschine zu erreichen.

„Ich schaffe das", sagte er, bevor er einen feuchten Kuss auf meinen Hals drückte. „Mach dir deinen Tee."

Wir arbeiteten Seite an Seite, ich goss Wasser ein und ließ den Tee ziehen, er goss Wasser ein und starrte auf die Maschine, als würde allein seine Irritation das Ding schneller brühen lassen. Ich hielt meine Zunge fest, bis er den ersten Schluck genommen hatte, bis er stöhnte, ähnlich wie letzte Nacht, als ich ihn in den Mund genommen hatte. Eine Lieblingserinnerung, ganz sicher.

„Fühlst du dich jetzt besser?"

Er brummte und seufzte. „Jemand hat mich letzte Nacht zu lange wachgehalten."

„Ach, wirklich?" Ich trat einen Schritt zurück, als er diese grauen Augen auf mich richtete. „Willst du mir das alles in die Schuhe schieben? Als ob du nicht mit meinem Mund aufgewacht sein wolltest."

Er wechselte wieder in den Raubtiermodus, als er einen einzigen Schritt in meine Richtung machte. „Oh, ich wollte es ja so." Er stellte seine Tasse ab und schob sich vor mich. Drückte mich gegen den Tresen. Drückte seine Hüften in meinen Bauch und bewies damit, wie sehr er mich wollte. „Ich will es immer noch. Ist dein Tee fertig?"

Der Wechsel im Gespräch verwirrte mich, und ich musste über seine Worte nachdenken, bevor ich antworten konnte. „Ja. Sollte sein."

„Gut." Er griff nach der Zuckerdose, derjenigen, die Miss immer benutzt hatte. Die, die immer noch mit Würfeln statt mit Kristallzucker gefüllt war. „Einen oder zwei?"

„Nur eine."

Er ließ einen Würfel in meinen Becher fallen und reichte ihn mir. „Lass uns ein paar Minuten sitzen. Ich muss diesen Kaffee austrinken, um mein Gehirn in Gang zu bringen."

Irgendetwas an seinem Gesicht in diesem Moment, seine Süße bei der Erinnerung an den Zucker, es rief mich. Hat meine Entschlossenheit geschwächt. Schwächte meinen Filter.

„Ich habe dich so sehr vermisst." Meine geflüsterte Erklärung überraschte mich und erfüllte mich mit einem Gefühl des Grauens. Wir hatten uns bereits darüber gestritten - wir brauchten es nicht wieder aufzugreifen. Glücklicherweise schien er das auch nicht zu wollen. Stattdessen hielt er mich fest. Atmete mich ein, während ich ihn an mich drückte. Als ich mich an seine Brust lehnte, musste ich dem Gefühl der Behaglichkeit nachjagen, das ich bekam, wenn er mich festhielt. Ich musste mir einen Moment Zeit nehmen und mich freuen, dass wir zusammen waren. Schon wieder.

Bishop streichelte meinen Rücken und schmiegte seinen Körper an meinen, während er flüsterte: „Ich habe dich auch vermisst. Jeden Tag. Ich habe mich nicht nach dir gesehnt, aber ..."

„Es hat nie aufgehört, wehzutun."

„Nein, hat es nicht." Er seufzte wieder und zog mich für ein paar Sekunden fester an sich, bevor er mich losließ. „Komm schon,

Firefly. Lass uns sitzen und den Morgen genießen. Es gibt nichts, was wir im Moment wegen der Vergangenheit tun können."

Nein, gab es nicht. Also folgte ich ihm zum Tisch, und ich lächelte einfach und nahm Platz, als er zwei Stühle dicht aneinanderschob, damit wir nicht getrennt werden mussten. Ich trank meinen Tee, während er an seinem Kaffee nippte, wir wollten beide nicht aufhören, uns zu berühren, getrennt zu sein, Raum zwischen uns zu bringen. Und die ganze Zeit über kämpfte ich darum, dass meine Hände nicht zitterten. Er würde das bemerken und danach fragen. Er würde wissen wollen, was mich zum Weinen brachte, genau dort am Tisch.

Und ich konnte es ihm immer noch nicht sagen. Konnte es ihm nie sagen.

Er hatte mich vermisst, und ich ihn - jeden Tag, hatte er gesagt. Jeden Tag in den vierzehn Jahren, die wir getrennt waren. Dieser tiefe Schmerz hatte mich nicht einen Tag lang verlassen, und ich hatte ihn gehasst. Gehasst, dass ich es so sehr vermasselt hatte. Ich hasste es, dass es kein Zurück mehr von diesen Fehlern gab. Ich hasste all die Jahre der Trennung, den Schmerz und die verlorene gemeinsame Zeit.

Ich hasste es, dass Bishop nie wieder mit mir reden würde, wenn er die Wahrheit wüsste.

Und so sehr es mich schmerzte, daran zu denken, so sehr es das Letzte war, woran ich denken wollte, ein Teil von mir hasste Finn Kennard für seinen Anteil daran, uns zu zerstören.

Kapitel
15

Bishop

Gegen Vormittag - nach drei Tassen Kaffee und viel Zeit, die ich damit verbrachte, Anabeths Arsch zu packen, während ich sie gegen den Küchentisch fickte - hörte ich endlich von Gage. Er war wegen der Überschwemmung in der Nacht zuvor steckengeblieben und wollte nicht riskieren, im Dunkeln zum Haus zu kommen, aber er würde nach einer Dusche auf dem Weg sein. Was bedeutete, dass ich etwa eine halbe Stunde hatte, um Anabeth wieder nackt zu machen, bevor wir überfallen und gezwungen wurden, uns zu benehmen.

In dreißig Minuten könnte ich eine Menge erledigen.

„Gage wird bald hier sein", sagte ich, als ich in ihr Schlafzimmer ging...

Und blieb wie angewurzelt stehen.

Anabeth stand an ihrer Kommode und trug nichts außer einem knappen rosa Spitzenhöschen und einem fragenden Blick. „Für was?"

Aber ich wollte im Moment nicht an Gage denken. Ich wollte

überhaupt nicht denken. Diese Spitze - irgendetwas daran, an der Art, wie ihre Haut durch den dünnen Stoff schimmerte, brachte mich um meinen verdammten Verstand.

Dreißig Minuten waren nicht annähernd genug Zeit. „Fängst du ohne mich an?"

Sie lächelte, lächelte wirklich auf eine Weise, die ihre Augen erreichte und sie so verdammt echt aussehen ließ. Sie tötete mich mit einem Blick.

„Ich wollte gerade eine Dusche nehmen. Wir sind ein bisschen verschwitzt seit dem letzten Mal."

Ich warf mein Telefon auf das Bett und ließ meine Hose fallen. „Dann lass uns gehen."

Mit einem frechen kleinen Grinsen auf den schwanzlutschenden Lippen, die ich so liebte, beugte sie sich in der Taille vor und hielt ihre Augen auf meine gerichtet, während sie den Slip aus Spitze um ihre Hüften hinunterzog, hinunter, hinunter an den langen Beinen, die sie vor nicht allzu vielen Stunden um meine Taille geschlungen hatte. Meine Taille, meine Brust, mein Gesicht ... gute Zeiten. Und es sollte noch besser werden.

Ich verfolgte sie ins Badezimmer und genoss jedes Lachen, jedes Lächeln, das sie von sich gab. Mein Mädchen war glücklich, und das brachte mein lange totes Herz praktisch zum Singen.

„Warum siehst du mich so an?" fragte Anabeth, als ich sie unter die warme Gischt des Wassers trieb.

„Was zum Beispiel?"

„Als ob du mich ganz verschlucken wolltest. Du siehst aus, als ob du mich in deinem Hals haben willst."

Dieses Mädchen. Ich lachte, unfähig, es zurückzuhalten. „So sehe ich dich also an? Denn das war überhaupt nicht das, was ich im Sinn hatte."

„Oh. Dann ist das vielleicht das, was auf meinem war." Sie zuckte mit den Schultern und ließ sich auf die Knie sinken, wobei sie mich auf eine Weise ansah, die mein Herz in meiner Brust zum Klopfen brachte. Mein Gott, war sie hübsch. Diese Kurven, dieses Lächeln, sie, die vor mir kniete, mit ihren Lippen so nah an meinem Schwanz und ihren Händen auf meinen Schenkeln? Ein Traum wurde wahr.

Ich hatte allerdings keine Chance, auf sie zu reagieren. Bevor ich auch nur den Duschstrahl bewegen konnte, damit ihr nicht kalt wurde oder sie ertrank, hatte sie mich in ihrem Mund. Ihren heißen, feuchten Mund. Sie saugte hart. Zog tief. Mir wurde schwindelig vor Lust und dem Bedürfnis, dieses hübsche Gesicht zu ficken.

„Verdammt gut." Ich wippte mit den Hüften und konnte mich nicht zurückhalten, als sie meinen Schwanz tief saugte. Kein Necken, kein Zögern, kein langsamer Start - sie ging vom ersten Schluck an voll rein. Ich stöhnte und knurrte, stieß sanft in ihren sensationellen Mund und liebte es, wie sich ihre rosa Lippen um mich spannten. „Perfekt. Dein Mund ist so verdammt perfekt. Wie geschaffen dafür, meinen Schwanz zu lutschen, nicht wahr?"

Anabeth stöhnte, eine Hand ruhte auf meinem Oberschenkel, während die andere an meinen Eiern zerrte. Sie drängte mich so schnell an den Rand. Sie führte einen totalen Angriff auf meinen Schwanz durch, und ich liebte jede Sekunde davon. Nicht, dass es viele davon gegeben hätte. Die Frau machte mich wild, und ihr dabei zuzusehen, wie sie meinen Schwanz lutschte, kam einer wahr gewordenen Fantasie gleich. Ich war bereit, in einer peinlich kleinen Anzahl von Minuten zu blasen.

„Ich werde kommen, Firefly. Ich werde dich mit meinem Samen bedecken und diesen verruchten Körper als meinen markieren." Ich grunzte, als ich ihre Haare faltete und sie härter fickte. Stärker. Schneller. Bis es nichts mehr gab außer ihr, nichts außer Gefühlen, nichts außer ihren Lippen und ihrer Zunge und diesem Mund, der für die Sünde gemacht war.

Bis ich mich zurückzog, zitternd und bebend, während ich ihren

Namen stöhnte. Als ich ihren Hals und ihre Brust mit meinem Samen bestrich.

„Hab Erbarmen." Ich fiel fast nach hinten, meine Beine waren zu schwach, um mich aufrecht zu halten, als sie ein letztes Mal mit ihrer Zunge über meine Länge fuhr. „Das war verdammt geil, aber ich bin nicht mehr so jung, wie ich mal war."

„Nein, bist du nicht." Sie richtete sich auf und rieb ihre Brüste an mir, während ihre Hand immer noch meinen Schwanz neckte. „Du bist sogar noch besser."

Ah, Scheiße. Mein freches Mädchen. Ich zog sie an meine Brust und küsste sie tief. Knabberte an ihren Lippen und ließ meine Zunge über ihre streichen, während ich uns unter die Gischt schob. Fünf Minuten. Wenn sie mir nur fünf Minuten geben könnte, um sich von diesem überwältigenden Orgasmus zu erholen, würde ich sie ordentlich gegen die Duschwand ficken. Ich würde sie mit meinen Hüften festklemmen und ihre Hände über ihrem Kopf halten, damit sie sich nicht bewegen konnte, und dann würde ich dafür sorgen, dass sie genau sah, wie viel besser ich war.

Okay, wenn mein halbharter Schwanz ein Hinweis darauf war, dass ich vielleicht nur vier Minuten brauche.

„Willst du, dass ich dich genau hier ficke?" Ich beugte mich hinunter, um an ihrer Brustwarze zu saugen, während ich mit einer Hand zwischen ihre Schenkel glitt. Weich und feucht trafen meine forschenden Finger, ihre Schenkel spreizten sich, um mir Platz zu machen. Begehrend und bedürftig, genauso, wie ich sie mochte.

Ich löste mich von ihrer Titte und leckte ein letztes Mal über das Fleisch, bevor ich meine Zunge wieder zu ihrem Hals hochzog. „Fuck, Firefly. Ich glaube, es hat dir fast genauso gut gefallen, dass ich deinen Mund gefickt habe wie mir. Du bist so verdammt feucht."

„Das habe ich." Sie stöhnte und ritt auf meiner Hand, die Hüften zuckten, als ich einen Knöchel gegen ihre Klitoris drückte. „Ich will so sehr kommen."

„Ich habe dich. Ich werde mich immer um diese hübsche Muschi kümmern." Ich schob zwei Finger in sie hinein und stöhnte, als ich spürte, wie weich und heiß sie war. Ich wollte, dass sie sich um meinen Schwanz wickelt. Aber zuerst musste ich sie reizen. Um sie aufzuziehen. Also fickte ich sie mit meinen Fingern und drückte mit dem Handballen auf ihre Klitoris, während sie auf mir schaukelte und wichste. Ich neckte ihre Nippel mit meiner Zunge und meinen Zähnen, bis sie ein sich windendes, wimmerndes, bedürftiges Durcheinander von Mädchenfleisch ohne Worte wurde.

Als ich sie genau da hatte, wo ich sie haben wollte, packte ich meinen Schwanz und führte ihn in sie hinein. Ich stieß mit einem so harten Stoß zu, dass ihre Hüften gegen die Wand schlugen und sie aufschrie. Und dann fickte ich sie. Hart und schnell, rau und unnachgiebig fickte ich sie gegen die Kacheln, hielt sie mit meinem Körper fest und fesselte ihre Hände über ihrem Kopf, genau wie ich es mir vorgestellt hatte.

„Dein Mund ist eine süße Art von Hölle, aber es geht nichts über deine Muschi, Firefly. Nichts fühlt sich so gut oder so richtig an." Ich glitt fast ganz heraus und hielt mich mit der Spitze in ihr fest. „Ist es das, was du willst? Willst du, dass mein Schwanz sich tief in dir vergräbt und dich spaltet, während ich in dich stoße? Willst du, dass ich die Kontrolle über dich habe und mit dir mache, was ich will?"

Sie stöhnte etwas, das wie ein Ja klang, ihre Hüften zuckten und versuchten, mich tiefer zu ziehen. Ich konnte nicht nein zu ihr sagen - das konnte ich nie. Ich tauchte wieder in sie ein und knurrte, als ich eine Hand nach unten fallen ließ, um ihre Klitoris so zu bearbeiten, wie ich wusste, dass sie es mochte. Die Art, von der ich wusste, dass sie sie anmachen würde.

Und als sie kam - sie schrie meinen Namen mit zurückgelegtem Kopf und gebeugtem Körper - folgte ich ihr, unfähig, mich zurückzuhalten. Ich drückte tief in sie hinein und füllte sie aus. Es war gut. So verdammt gut. So verdammt meins.

Ich hielt unsere Körper aneinandergepresst, hielt sie hoch, während ich meinen Atem holte. Als das Gefühl von Richtigkeit und Glückseligkeit und der Wunsch nach mehr durch meinen Kopf kreiste. Als sie mit ihren Fingern an meiner Wirbelsäule entlangfuhr und mir eine Gänsehaut bescherte.

„Ich glaube, wir haben den Heißwassertank erschöpft", sagte Anabeth und kicherte. Ich musste mich ihr anschließen, denn ja, das hatten wir. Kaltes Wasser regnete auf uns herab, nicht, dass mir das etwas ausgemacht hätte. Ich war zu beschäftigt, um mich darum zu kümmern, aber jetzt...

„Lass uns hier verschwinden und ein paar Klamotten suchen, bevor wir erfrieren."

„Gute Entscheidung", sagte sie. Aber sobald ich das Wasser abstellte, packte sie mich und zog mich zurück für einen langen, langsamen Kuss. Die Art, die wahrscheinlich dazu führen würde, dass wir uns wieder in ihrem Bett einwickeln würden. Die Art, die meinen erschöpften Schwanz zum Erregen brachte. Aber als sie ihn beendete, wirkte das Lächeln in ihrem Gesicht fast traurig. Ganz und gar nicht das, was ich erwartet hatte.

„Anabeth?"

„Nur ... mehr, was ich vermisst habe." Sie kuschelte sich enger an mich und zitterte, als ich meine Arme um sie schlang. „Ich habe vermisst, wie gut wir immer zusammen waren."

Ja, das hatte ich auch. „Ich auch. Obwohl, das erste Mal war nicht so gut für dich. Ich fand es toll, aber ich glaube, ich habe es nur zwei Minuten ausgehalten."

Ihr Körper bebte, als sie kicherte. „Nun ... ja. Aber das war ja zu erwarten. Wir wurden besser."

„Das haben wir. Und wir werden es wieder tun." Das war ein Versprechen, für das ich alles tun würde, um es zu halten. Ich nahm ihre Hand und küsste ihre Handfläche, bevor ich sie aus der Wanne zerrte. „Lass mich dich anziehen und aufwärmen."

Sie folgte mir ins Schlafzimmer, ruhig, aber nachgiebig. Sie klammerte sich an mich. Ich half ihr in ihre Yoga Hose und ein weiches Sweatshirt, ging sogar in die Knie, um ihr flauschige graue Socken über die Füße zu ziehen. Und die ganze Zeit über starrte sie mich an, streckte die Hand aus, um so viel wie möglich zu berühren. Um uns verbunden zu halten. Ich verstand es auch. Ich wollte nicht von ihr getrennt sein. Ganz und gar nicht.

Aber die Realität kam in Form meines besten Freundes, was bedeutete, dass ich nicht nackt sein musste, als wir Anabeths Schlafzimmer verließen. Ich fand meine Jeans vom Vorabend leicht genug und entschied mich, darunter ein Kommando zu geben. Ein sauberes, schwarzes T-Shirt, das ich in meine Umhängetasche geworfen hatte, erledigte den Rest, dann schleppte ich Anabeth die Treppe hinunter und in die Küche. Sie brauchte eine Tasse Tee - sie brauchte immer eine Tasse Tee.

Aber als wir uns auf den Weg in die Küche machten, drückte ihre Hand meine fast schmerzhaft. Finn saß am Tisch und trank eine Tasse Kaffee. Gage saß neben ihm und hatte sein langes, dickes Überlebensmesser auf dem Tisch liegen. Die Klinge dieses Scheißers stellte mein Ontario Mark 3 in den Schatten, hart und scharf, selbst von der anderen Seite des Raumes ausgesehen. Es war ein Messer zum Töten, zum Ausnehmen und Häuten.

„Morgen", sagte ich und ging auf die Kaffeemaschine zu. Anabeth ließ mich gehen, während sie sich bewegte, um ihren Wasserkocher zu füllen, still und fast distanziert auf einmal. Es musste das Messer sein. Sie hatte erst in der Nacht zuvor diese Narben auf meinem Körper gesehen - das Messer musste zu früh zu viel sein.

Nachdem ich meinen Kaffee gekocht hatte, ließ ich mich am Tisch neben Gage nieder und trat ihn zur Sicherheit. „Warum steckst du das Ding nicht weg?"

Er grunzte und starrte in meine Richtung. „Ich wollte es schärfen."

„Das braucht sie nicht zu sehen."

„Warum?"

„Es ist in Ordnung", sagte Anabeth und winkte ab. „Ich verstehe, dass es ein Teil des Jobs ist."

Das habe ich ihr aber nicht abgekauft. Sie schien immer noch daneben. Steif. Genau genommen, Finn auch. Keiner von beiden schien sich in seiner Haut wohl zu fühlen.

„Also", sagte Anabeth, während sie sich mit der Hüfte gegen den Tresen lehnte, ihren Lieblingsbecher in der Hand. „Was ist der Plan für heute?"

Gage hat das aufgefangen. „Wir müssen in den Wäldern aufklären. Um sicherzugehen, dass sich da draußen niemand rumtreibt. Deshalb habe ich Finn mitgebracht. Ich dachte, er könnte das Mädchen bewachen, während wir es auskundschaften."

Das Mädchen? Oh, verdammt, nein. „Sie hat einen Namen."

„Ich schon", mischte sich Anabeth ein und hob die Augenbrauen über ihren Becher. „Ich habe einen Namen. Aber wenn man bedenkt, dass ich im Moment die einzige Frau in dieser Gruppe bin, verstehe ich, wer *das Mädchen* ist."

Gage hat mir ein sarkastisches Grinsen zugeworfen.

„Jesus." Ich seufzte und streckte mich im Stuhl zurück, die Vorstellung, im Regen durch den Wald zu streifen, war nicht gerade der einladendste Gedanke. Besonders nachdem ich die letzten - ich schaute auf die Uhr - vierzig Minuten damit verbracht hatte. Zehn Minuten länger, als ich geplant hatte, aber ich hätte keine Sekunde dieser Zeit eintauschen wollen.

Gage griff nach seinem Messer und strich mit dem Daumennagel an der Klinge entlang. „Wie weit raus sollen wir gehen? Bis zur Brandstelle?"

„Welche Brandstelle?" fragte Anabeth.

Scheiße, sie wusste es immer noch nicht. „Die Soul Suckers

haben ein Meth-Labor auf deinem Grundstück eingerichtet. Wir haben dafür gesorgt, es zu schließen."

„Hier?" Sie drückte den Becher an ihre Brust, ihre Augen waren groß und rund. „Die haben *hier* ein Meth-Labor eingerichtet?"

„Unten am Osthang. Da war eine alte Scheune, die Finn gefunden hat. Ich hatte keine Ahnung..."

Der Aufprall ihrer Tasse auf dem Holzboden stoppte alles, das Klirren der Scherben war für drei Sekunden die einzige Unterbrechung der Stille. Keramiksplitter flogen, weiße und hellbraune Brocken verstreuten die dunkle Oberfläche unter unseren Füßen. Und Anabeth stand mittendrin und zitterte. Zitternd.

Sie sah so verstört und verängstigt aus, wie ich sie noch nie gesehen hatte.

16

„Scheiße." Bishop sprang auf, aber ich konnte mich nicht auf ihn konzentrieren. Ich konnte nichts hören, außer den Worten, die in meinem Kopf widerhallten.

Eine alte Scheune. Östlicher Abhang. Eine alte Scheune. Östlicher Abhang.

Ich wollte krank werden.

Plötzlich packte mich jemand am Ellbogen und zerrte mich von der Theke weg. Finn. Seine Augen waren das gleiche tiefe Blau-Grau wie an dem Tag in der Scheune. Es war so viele Jahre her, so viele Leben, wie es schien, und doch waren sie gleich. So sehr gleich. Aber er lächelte nicht. Er lachte nicht. Nicht wie an diesem Tag. Der Tag, der mein Leben zerstört hat.

Der Moment, in dem mir Bishop weggenommen wurde.

Finn hatte wieder seine Hände auf mir, aber dieses Mal war ich aufmerksam genug, um mich von ihm loszureißen.

„Fass mich nicht an."

„Anabeth", sagte Finn und beugte sich vor. Er griff nach mir. So sehr wie an diesem Tag, wie in diesem Moment in der Scheune, als er mich fast getötet hatte. Als er die einzigen guten Dinge getötet hatte, die ich je in meinem beschissenen Leben hatte.

Ich zuckte wieder weg und zischte, als ich auf einen Keramikbrocken trat.

„Scheiße. Finn, geh verdammt noch mal zurück." Bishop hob mich von den Füßen und nahm mich in die Arme, während er mich auf die andere Seite der Theke trug. Weg von dem Schmerz und dem Chaos. Weg von seinem Bruder. Aber es war zu spät. Der Schaden war schon angerichtet. Jahre und Jahre und Jahre zuvor hatte ich nicht genug darauf geachtet. Hatte nicht getan, was ich hätte tun müssen, und davon gab es kein Zurück mehr. Genau wie die Tasse - meine absolute Lieblingstasse, die ich hatte, seit Miss sie für mich gemacht hatte, als ich zu ihr gezogen war - war ich unrettbar gebrochen.

„Lass mich runter", sagte ich und schob Bishop weg. Ich brauchte Platz. Brauchte Luft zum Atmen. Ich brauchte Abstand. Er tat, was ich ihm sagte, und beobachtete mich mit wachsamen Augen, als er mich auf die Beine stellte.

„Bist du okay?"

„Mir geht's gut." Eine Lüge - mir ging es alles andere als gut. „Ich muss mich um meinen Fuß kümmern."

„Ich werde dir helfen", sagte Bishop und griff nach mir. Als wollte er mich beschützen, mich abschirmen. Aber zu spät. So viele Jahre zu spät.

„Ich habe das im Griff. Lass mich nur... gehen."

Bishop tat, worum ich ihn bat, und sah verletzt und verwirrt aus. Aber ich hatte nicht die Kraft, ihn zu beruhigen, ich hatte nicht die Worte oder das Herz, um ihn zu trösten, wenn meine eigenen Gefühle gerade offengelegt worden waren. Es gab nur so viel, was ich auf einmal tun konnte, und der Umgang mit dem plötzlichen Eintauchen in die Erinnerungen an die dunkelsten Tage meines Lebens hatte Priorität.

Finn schloss die Tür hinter sich, nachdem er auf die Veranda hinausgetreten war. Das war gut. Ich wollte ihn nicht sehen. Konnte es nicht ertragen, in diese Augen zu sehen, die denen von Bishop so ähnlich waren, und mich zu erinnern.

Also humpelte ich die Treppe hinauf und schloss meine Zimmertür hinter mir. Und ich rutschte der Länge nach auf den Boden, rollte mich zu einem Ball zusammen und schluchzte über all die Dinge, die ich falsch gemacht hatte. Für all die Verluste, die ich erlitten hatte.

Und für all die Fehler, die ich nie und nimmer wiedergutmachen kann.

Bishop

„Was zum Teufel ist gerade passiert?" Gage stand in der Mitte der Küche und starrte auf die Tür, aus der Finn herausgekommen war. Er sah genauso verloren aus, wie ich mich fühlte.

„Keine Ahnung."

„Da ging es nicht um einen zerbrochenen Becher."

„Nein, das war es nicht."

Er grunzte, bevor er sich bückte, um die Keramiksplitter aufzuheben, die den Boden verunreinigten. Ich hätte ihm helfen sollen, aber ich konnte nicht aufhören, den Gang zu beobachten, in dem Anabeth verschwunden war. Irgendetwas stimmte nicht. Und ich musste herausfinden, was.

Als hätte er meine Gedanken gelesen, sagte Gage: „Willst du mir endlich deine Geschichte mit dieser Braut erzählen, damit ich weiß, womit wir es zu tun haben?"

Nicht im Geringsten. Ich stöhnte und wandte mich vom Flur ab, als er die Keramikstücke in den Müll warf. „Ich will den Scheiß wirklich nicht aufwärmen."

„Du hast noch nicht gemacht. Zumindest nicht mit mir."

Er hatte Recht. Er war auch mein bester Freund. Wenn jemand von Anabeth und mir wissen sollte, dann Gage. Der Gedanke, es ihm zu sagen, schnürte mir allerdings den Hals zu. „Wir waren zusammen."

„Kein Scheiß."

„Sie war in der High-School, in derselben Klasse wie Finn und Elijah. Aber sie ist älter. Sie wurde ein Jahr zurückgestellt, weil sie mit dem ganzen Lehrplan nicht mithalten konnte." Ich schüttelte den Kopf und fing seinen fragenden Blick auf. „Sie ist im Pflegefamiliensystem aufgewachsen. Miss war ihre Großmutter, obwohl sie nie wusste, dass es Anabeth gab. Erst als das Kind schon ein Teenager war und im System feststeckte, von Haus zu Haus hüpfend."

„Scheiße. Das ist..."

„Schrecklich? Ja." Schlimmer als furchtbar. Dieses Mädchen war ein emotionsloser Stein gewesen, als ich sie kennengelernt hatte. Ein schöner, unvergesslicher Stein. „Den Erzählungen nach war es genauso schlimm, wie du es dir wahrscheinlich vorstellen kannst. Aber sobald Miss von Anabeth erfuhr, jagte sie sie und brachte sie hierher. Finn und Elijah haben sich schnell mit ihr angefreundet, also hing sie bei uns im Haus mit ihnen rum. So habe ich sie kennengelernt."

„Also habt ihr euch wie lange verabredet... ein paar Jahre?"

„Fast vier, ja." Ein ganzes Leben und doch ging es so schnell. Und dann kamen vierzehn Jahre, in denen ich sie nicht hatte. Ein Gedanke, der sich wie ein Messer anfühlte, das durch meine Brust schnitt. „Dieses Mädchen... sie war mein Ein und Alles, meine Welt. Aber ich war in der Schule, zu beschäftigt, mein Doppelstudium in Forstwirtschaft und Waldbau abzuschließen."

„Angeber." Flach, stumpfsinnig, das Wort hat mich sprachlos gemacht. Traurigerweise war Gage es nicht. „Ernsthaft, Mann.

Doppelstudium? Hast du in der High-School den Schachklub verpasst oder so?

Trottel. „Nicht meine Schuld, dass ich schlau bin, Kumpel." Ich zuckte mit den Schultern, stieß ein Lachen aus und duckte mich, als er mir ein Küchenhandtuch an den Kopf warf. „Du zielst scheiße."

„Und du bist ein Nerd. Mach weiter. Du warst in der Schule, und Legs war hier mit deinen Brüdern."

Das klang … nicht so, wie es hätte klingen sollen. „Sie hatte andere Freunde."

Gage konnte einen ernsthaften dramatischen Augenaufschlag machen, wenn er wollte, und anscheinend wollte er das auch. „Gut, sie war nicht bei deinen Brüdern. Also, was ist passiert?"

Diese Frage hatte ich mir vierzehn Jahre lang gestellt. „Ich habe keine Ahnung. Eines Tages bekam ich einen Anruf von ihr, dass es mit uns aus sei und sie nach Vegas ziehen würde. Erledigt. Ende der Geschichte."

Gage sah ungefähr so verwirrt aus, wie ich mich immer gefühlt hatte, wenn Anabeth wegging. „Aber warum?"

„Ich weiß es nicht. Ich schäme mich nicht zuzugeben, dass ich verdammt untröstlich war. Dieses Mädchen war jahrelang mein Leben. Und als ich hinter ihr her war…"

„Weil es keine Möglichkeit gab, dass du nicht hinter ihr her warst."

„Genau. Aber sie wohnte mit einem Typen zusammen. Er ging an die Tür."

„Zum Teufel?" Gage stand da, starrte, sah aus, als wäre er bereit zu wüten. Bereit, mich zu unterstützen.

Nicht, dass er es nötig gehabt hätte. „Ich wusste es damals nicht, aber sie war nicht bei ihm. Er war ein Freund von Miss und ließ sie bei sich wohnen, während sie sich einlebte."

„Aber sie ließ dich glauben, er sei mehr."

„Ja." Das hatte sie, und das tat immer noch weh. Ich ging auf den Tisch zu, ich musste meinen Kopf frei bekommen. Zu sitzen. Um die Gedanken zu vertreiben, die mich runterzogen, damit ich klarsehen konnte. „Das ist an einem Mittwoch passiert. Alder hatte Urlaub, also kam er, um meinen jämmerlichen Arsch nach Hause zu schleppen, nachdem ich mich am Boden einer Flasche wiederfand und nirgendwo hingehen oder bleiben konnte. Am Montagmorgen meldete ich mich bei der Navy und wurde gleich in das SEAL-Trainingsprogramm aufgenommen. Also beendete ich meinen Abschluss und verschwand aus der Stadt."

„Und du hast nie über sie gesprochen."

Und zugeben, dass ich die Frau meiner Träume getroffen - und verloren - habe? Scheiße, nein. Ich schüttelte meinen Kopf.

Gage schnaufte und lehnte sich in seinem Stuhl zurück. Er balancierte auf zwei Beinen. „Und jetzt ist sie eine Performerin in Vegas."

„Ja. Tarotkarten, Teeblattlesen, übersinnlicher Scheiß, der mehr Intuition und Menschenkenntnis ist als alles andere. All das Zeug, das Miss ihr beigebracht hat."

„Wann geht sie zurück?"

Die Frage brannte, die Worte bohrten sich wie Messer in meine Brust. Überlassen Sie es Gage, direkt zum Kern des Problems zu kommen. „Das spielt keine Rolle."

Die Wahrheit, aber ich konnte nicht leugnen, dass sie zurückgehen *würde*. Und zwar bald. Es gab nichts für sie in Justice. Nichts für sie mit mir. Sie mochte mich in all den Jahren vermissen, aber sie hatte nie versucht, sich zu melden. Sie hat nie die Hand aufgehalten. Sie hatte mich vermisst, aber nicht genug, um etwas dagegen zu tun. Der einzige Grund, warum sie nach Hause kam, war wegen Miss, und selbst dann hatte sie mich nicht gesucht. Ich hatte sie gefunden. Ich hatte uns an diesen Ort zurückgebracht... und sie würde wieder weglaufen. Aber dieses Mal würde ich nicht aufgeben, sie zu jagen.

„Der Regen wird stärker", sagte Gage und riss mich aus der Todesspirale meiner Gedanken. Ich sah auf und konnte nicht mehr über den Rand der Veranda hinaussehen. Die, an der Finn stand, die Schulter an die Wand gelehnt und auf den Wald im Osten hinausblickend.

„Du solltest Finn zurück in die Stadt bringen, bevor du hier überflutet wirst. Ich weiß nicht, was mit ihm und Anabeth los ist, aber es gibt da eine Art Spannung."

„Ja, das habe ich selbst gesehen." Gage kam um den Tisch herum und schlug mir kräftig auf die Schulter, bevor er sie drückte. „Dieses Mädchen macht dich glücklich. Vielleicht ist es an der Zeit, darüber nachzudenken, Dinge in deinem Leben zu ändern, um ihr entgegenzukommen. Aber egal, was passiert, ich stehe hinter dir, Bruder. Immer."

Darauf gab es nichts zu erwidern, denn ich wusste bereits, dass ich wahrscheinlich einige große Veränderungen vornehmen würde, wenn ich Anabeth in meinem Leben behalten wollte. Ich nickte einfach und starrte aus dem Fenster, als er nach draußen ging und Finn zu seinem Jeep führte. Als er rückwärts aus der Einfahrt fuhr und im dunstigen Nachmittagsregen verschwand. Ich saß da und schaute aus dem Fenster, es fühlte sich wie Stunden an, als meine Entschlossenheit einsank.

Ignoranz war, etwas nicht zu wissen; Dummheit war, das Gleiche immer wieder zu lernen, ohne es zu begreifen. Ich war diesen Weg schon mit Anabeth gegangen, wurde zurückgelassen und verletzt und verdammt fast von ihr erdrückt. Und da war ich, bereit, sie es wieder tun zu lassen.

Ich war so dumm wie jeder andere Mann auch, aber es gab kein Aufhalten dessen, was ich begonnen hatte. Ich hatte mich wieder in Anabeth verliebt, aber das würde nichts ändern. Sie war dabei, mich zu verlassen. Um Justice zu verlassen. Und wieder einmal würde sie mein Herz mit sich nehmen, es sei denn, ich fände einen Weg, sie zu überzeugen, mich mit ihr gehen zu lassen. Aber bevor ich das versuchen konnte, gab es Gespräche zu führen, Erklärungen nötig. Darüber, warum sie überhaupt gegangen war, warum sie mir das Herz gebrochen hatte. Warum sie mich damals nicht genug geliebt hatte, um einen Weg zu finden, das, was mit ihr los war, zu lösen.

Um vorwärts zu kommen, müssten wir zurückgehen. Ich wusste aber nicht, ob sie dazu bereit war.

Oder ob sie es jemals sein würde.

Zumindest ohne einen gewaltigen Anstoß von mir.

Kapitel 17

Ich wachte warm und behaglich auf, eingewickelt in Bishops Arme mit seinem festen Gewicht neben mir. Die Schatten an den Wänden meines Schlafzimmers verrieten mir, dass ich viel länger geschlafen hatte, als ich hätte sollen. Ich konnte mich nicht einmal daran erinnern, wie ich ins Bett gekommen war - das Letzte, woran ich mich erinnerte, war, dass ich mit dem Rücken zur Tür saß und weinte. Ich schluchzte, wirklich. Ich litt, wie ich es verdiente zu leiden, auch wenn ich es hasste, mich so kaputt und wertlos zu fühlen.

Ich fühlte mich nicht wertlos in Bishops Armen, was mich zu Tode erschreckte.

Ich drehte mich zu ihm um, sah in seine tiefen, grauen Augen und kämpfte gegen den warmen Zug, den sie auf mein Herz ausübten. „Hi."

Er sprach nicht, lächelte auch nicht. Stattdessen starrte er mich an, mit einem seltsamen, fast distanzierten Ausdruck im Gesicht.

„Bishop?"

„Du fährst zurück nach Vegas, oder?"

Mein Herz stotterte, und mein Mund wurde trocken. „Ja."

Ein Zucken in seinem Kiefer verriet seine Wut, also griff ich nach ihm. Hielt mich an seinem Gesicht fest, während ich versuchte, die richtigen Worte zu finden, um es zu erklären.

„Ich habe hier keinen Job, keine Möglichkeit, Geld zu verdienen. Es gibt keine wirkliche Zukunft für jemanden wie mich in Justice."

Seine Augen schienen sich direkt vor meinen Augen zu verhärten. Seine Wut war nicht zu stoppen, nicht zu beruhigen. Bevor ich es überhaupt versuchen konnte, rollte er sich weg. Er setzte sich auf den Rand der Matratze, stützte die Ellbogen auf die Knie und hielt mir den Rücken zu. Steif und unnachgiebig. Wütend.

„Keine Zukunft mit mir, meinst du."

Seine Worte landeten wie ein Bleiballon in meinem Magen. „Das habe ich nicht gesagt."

„Warum bist du weggegangen? Das erste Mal - warum bist du von allem weggelaufen?"

Von ihm. Er meinte, von ihm. Das war kein Gespräch, das ich führen wollte. Ich könnte die Enttäuschung nicht ertragen, wenn ich ihm die Wahrheit sagen würde. Die Abscheu. Es war eine Sache, seinen Schmerz zu sehen - zu wissen, dass ich ihm das Herz gebrochen hatte. Es war eine andere, dieses Herz herauszureißen und es auf dem Boden liegen zu lassen.

„Ich musste", sagte ich und gab ihm nichts weiter.

Seine Stimme klang hart und voller Wut, als er fragte: „Warum?"

„Bishop..."

„Verdammt noch mal, Anabeth." Er explodierte vom Bett und lief hin und her. Seine Schritte schwer, sein Gesicht wütend. „Sag mir, warum du gegangen bist. Ich verdiene es, die Wahrheit zu erfahren."

Aber ich konnte es nicht. Ich schüttelte den Kopf, jeder Zentimeter von mir hasste, dass ich ihm nicht geben konnte, was er wollte. „Bitte frag mich nicht. Ich kann nicht ... ich kann einfach nicht."

Bishop hörte schließlich auf zu laufen, sein Kopf hing tief und seine Brust hob sich, als wäre er gerade einen Marathon gelaufen. Oder er hatte mit einer Menge Schmerzen zu kämpfen. „Ich werde das nicht noch einmal tun."

Die erste Träne traf meine Wange, dicht gefolgt von der zweiten und der dritten. All die Jahre der Trennung, all der Schmerz über das Getrenntsein, darüber, dass ich ihn verlassen und mich gezwungen hatte, zu versuchen zu vergessen - all das kam in meinen Tränen zum Vorschein. Ich hatte mir nie erlaubt, wegen Bishop zu weinen, hatte dem Drang nie nachgegeben. Wie könnte ich auch, wenn der Schmerz von mir selbst verursacht wurde? Aber jetzt? So nah an dem, was ich immer wollte, und doch so weit weg? Alles was ich tun konnte, war weinen.

„Anabeth-"

Ich schüttelte den Kopf und unterbrach ihn. „Ich weiß."

Was das Falsche war, was ich sagte. Er knurrte wie ein Bär, lang und laut und erfüllt von einer Wut, die ich verdiente. „Du weißt es nicht. Du warst nicht hier. Du weißt nicht, in was für einem Schlamassel du mich zurückgelassen hast. Du hast mich zerstört, Anabeth, und es kümmert dich nicht einmal."

Oh Gott, er lag so falsch. So sehr, sehr falsch. „Ich sorge mich. Ich sorge mich so sehr."

„Dann sag mir, warum."

Ich schüttelte den Kopf, unfähig, die Tränen zu stoppen. „Du würdest mich hassen. Ich hasse mich für das, was ich getan habe. Ich kann nicht ... ich will es nicht sagen."

Bishop wurde still und ruhig, seine Augen verloren ihr Feuer, als er mich anstarrte. Seine Schultern rollten sich leicht ein, gerade so viel, dass ich es bemerkte. Eine Haltung der Niederlage.

Ich hatte ihn gebrochen... schon wieder.

„Ich werde unten warten, bis Gage zurückkommt", sagte er, seine Stimme rau und raspelkalt. Billiger Whiskey auf Eis statt des üblichen Klangs von gutem Bourbon.

„Okay", flüsterte ich. Vielleicht konnten wir später mehr reden, vielleicht würde er mir zuhören, wenn ich ihm sagte, dass er es nicht wissen sollte. Als ich versuchte, ihm zu erklären, was geschehen war. Ich wollte ihn nicht wieder enttäuschen, und es gab keine Möglichkeit-

„Sobald Gage hier ist, gehe ich. Er wird heute Nacht das Haus bewachen."

Meine Welt ist zum Stillstand gekommen. Er wollte mich verlassen. Passend, wenn man bedenkt, dass ich diejenige war, die vor ihm weggelaufen war, aber dieses Mal ... hatte ich mir irgendwie erlaubt, auf mehr zu hoffen. Auf etwas. Auf Dinge, von denen ich besser wusste, dass ich sie nicht einmal wollte.

„Bishop, es tut mir leid..."

„Nein." Knapp, prägnant, völlig roboterhaft. Zu sauer, um Gefühle zu zeigen. „Ich kann das nicht tun. Ich will es nicht, Anabeth. Nicht noch einmal. Nicht ohne die Wahrheit zu kennen. Es ist die eine Sache, die ich will, die eine Sache, die wir brauchen, um in der Lage zu sein, etwas wiederaufzubauen, das großartig sein könnte, und du kannst mir das nicht geben. Ich weiß nicht, was ich damit tun soll."

Er drehte sich um und ging aus dem Zimmer, diesmal ließ er mich zurück. Ließ mich zurück, um mich mit dem Kissen zusammenzurollen, das immer noch nach ihm roch, und ein weiteres Mal um all die Dinge zu schluchzen, die wir verloren hatten. All die Dinge, die wir nie wieder zurückbekommen konnten.

Weil ich so ein Feigling bin.

Rex war ein verdammt guter Schoßhund, obwohl er zu groß war, um einer zu sein. Er war auch ein guter Hund, den man um sich hatte, wenn das Herz in Millionen Stücke zerbrochen war.

„Wer ist ein guter Junge?" sagte ich und ließ meine Stimme ganz weich und albern klingen. Der Hund warf mich praktisch von der Couch, um zu kuscheln, was ich in diesem Moment brauchte. Bishop war vor Stunden gegangen, und … er war nicht zurückgekommen. Das hatte ich erwartet. Ich dachte wirklich, er würde jeden Moment durch die Tür zurückkommen und versuchen, mich zum Bleiben zu überreden oder meine Meinung zu ändern oder sogar mit mir zu streiten.

Stattdessen habe ich nichts. Aber Rex… und Gage.

„Alles gut." Der Mann selbst betrat das Wohnzimmer, was meine Hundedecke dazu veranlasste, sich aufzusetzen, obwohl er mich nicht verließ. Gott sei Dank, denn mit Gage allein zu sein, hätte auf der Alptraum-Skala ganz oben gestanden, genauso wie von Spinnen bedeckt zu sein.

„Danke, dass du ein Auge auf die Dinge geworfen hast", sagte ich, während ich Rex' Seite tätschelte.

Gage runzelte die Stirn über seinen Hund, bevor er mir einen Blick zuwarf. Seine Augen waren dunkler als die meisten - fast schwarz. Die Farbe war so tief, dass sie fast tot oder flach wirkten. Shye hatte sie als haifischartig bezeichnet, und ich musste zustimmen. Aber da war ein Funke, etwas Lebendiges und Interessiertes. Woran, das wusste ich nicht.

„Geht es dir gut?", fragte er, seine Stimme tief. Sein Tonfall direkt.

Oh, sein Interesse galt mir. Oder Klatsch über mich und Bishop. Ich hab's. „Willst du wirklich, dass ich mit dir persönlich werde?"

„Nicht im Geringsten, aber du bist das Mädchen meines Kumpels. Ich muss tun, was ich kann, um sicherzustellen, dass es dir gut geht."

Seine Worte schnitten wie Rasierklingen über meine Brust. „Ich bin nicht Bishops irgendwas."

Gage kicherte und lehnte eine Hüfte an den Kamin, wobei er die Arme über der breiten Brust verschränkte. „Ihr beide seid wirklich mies drauf. Es ist offensichtlich, dass er dich will und du ihn ... Hör auf, herumzualbern."

„So einfach ist das nicht."

„Nichts, was sich lohnt, ist es jemals."

Meine Brust zog sich zusammen, die Wahrheit erdrückte mich. „Ich kann nicht... er würde mir nie verzeihen."

Gage beobachtete mich weiter und runzelte die Stirn.

Zumindest, bis er wieder den Mund aufmachte. „Du weißt, dass sie Leah ermordet haben."

Mir stockte der Atem. So unverblümt - für diesen Mann gibt es nichts zu beschönigen. „Ja, aber ich weiß nicht, was das mit dieser Situation zu tun hat."

„Das Leben ist kurz. Nimm jede Unze Vergnügen, die du kriegen kannst, und scheiß auf die Regeln."

Scheiß auf die Regeln. „Das ist eine interessante Sichtweise des Lebens."

„Ich bin ein interessanter Typ."

Ich hob die Augenbrauen und ließ den Sarkasmus aus meiner Stimme tropfen, als ich antwortete: „Und so bescheiden."

„Das ist der SEAL in mir. Wir sind die Besten - keine Frage."

„Alder könnte diese Tatsache bestreiten. Wenn ich mich richtig erinnere, war der Mann ein Green Beret."

„Alder kann über seine Täuschungsfähigkeiten und unkonventionellen Kriegsführungstaktiken argumentieren, so viel er will. Wenn es um rohe Gewalt geht und darum, etwas zu erledigen, sind die SEALs am besten geeignet. Wir sind die Besten." Er schnippte mit den Fingern, woraufhin Rex aufsprang und quer durch den Raum auf ihn zustürmte. „Ich werde draußen noch einmal alles durchsuchen, bevor ich für die Nacht abschließe. Bleib hier, okay?"

„Ja, Sir, Mr. SEAL, Sir." Ich zog eine Augenbraue hoch und salutierte völlig ungenau, woraufhin er nur mit den Augen rollte und aus der Tür schlenderte. Aber seine Worte blieben haften, seine Lebensfreude schwebte in der Luft um mich herum.

Das Leben *war* kurz. Ich hatte schon so viel verpasst - Zeit mit Freunden, mit Bishop, mit Miss. Alles, weil ich es nicht ertragen konnte, dem Mann, den ich liebte, meine Sünden einzugestehen. Diese Angst hatte mich über ein Jahrzehnt lang beherrscht, hatte mich fast mein halbes Leben lang trauern lassen. Die Karte mit den drei Schwertern durchdrang jede meiner Bewegungen und Gedanken. Sie stahl mir die Chance auf Glück.

Wie lange würde ich noch zulassen, dass es mir die Dinge, die ich liebte, wegnimmt?

Zu viele Gedanken bedrückten mich, und der einzige Trost, an den ich denken konnte, war mein alter Standard - eine schöne, starke Tasse Tee. Ich machte mich auf den Weg in die Küche und ließ mich von meinen Erinnerungen leiten. Ließ den Schmerz durch mich fließen, den ich normalerweise abwehrte. Dass ich versuchte, mich nicht zu erinnern.

Während das Wasser erhitzt wurde, gab ich mich der Trauer über das, was ich verloren hatte, hin. Ich gab mir die Erlaubnis, diesen Schmerz zu fühlen, wenn auch nur für einen Moment allein in der Küche. Mit weit geöffnetem Herzen ließ ich mich vom Schmerz einnehmen.

Ein Baby zu bekommen, wäre für uns damals völlig falsch gewesen, aber sie zu verlieren, hatte alles zerstört.

Als ich herausfand, dass ich mit Bishops Kind schwanger war, war ich noch in der High-School gewesen. Er war noch auf dem College gewesen. Wir waren zu jung, um mit der Verantwortung, Eltern zu werden, umzugehen. Und doch, als ich dort in der Küche stand, wo ich vom Teenager zur Frau geworden war, konnte ich nicht verhindern, dass meine Hand auf meinem Bauch ruhte.

Der Zeitpunkt mag falsch gewesen sein, aber ich hätte dieses Baby mit allem geliebt, was ich hatte.

Ich war nie wirklich dazu gekommen, um das Leben zu trauern, das wir geschaffen hatten. Ich konnte mich auch nie mit der Möglichkeit auseinandersetzen, ein Kind zu haben. Das Baby war weg, bevor ich überhaupt merkte, dass es da war, es wurde mir weggenommen, weil ich unvorsichtig und dumm gewesen war.

So sehr dumm.

Ich hatte es einmal vermasselt, hatte eine Entscheidung getroffen, von der ich wusste, dass sie falsch war, und ich hatte deswegen unser Kind verloren. Wie könnte ich das jemals Bishop gegenüber zugeben? Wie könnte er mich je wieder ansehen, wenn er es wüsste?

„Es hat keinen Sinn, sich wegen „vielleicht" zu sorgen", murmelte ich und erinnerte mich an die Worte, die Miss tausendmal in meinem Leben gesagt hatte. Sie hatte mir geholfen zu gehen, hatte mich davor bewahrt, auseinanderzufallen, nachdem der Verlust mich emotional heruntergefahren hatte. Aber sie war mit meinen Entscheidungen nicht einverstanden gewesen. Sie wollte, dass ich in Justice bleibe, dass ich Bishop erzähle, was passiert ist, und dass ich … ich weiß nicht. Mich im Schmerz suhlen? Mit dem Verlust fertig werden? Aber zu diesem Zeitpunkt war es zu spät, um es zu wissen. Miss war weg. Bishop war weg. Unser Baby war fort. Währenddessen stand ich in Miss' Küche und machte mir eine weitere verdammte Tasse Tee, um meine zerbrechliche Seele zu beruhigen. Alleine. Immer so allein.

Oder vielleicht auch nicht.

Als ich das Wasser aufgoss, um den Tee zu ziehen, erregte ein Schatten am Fenster meine Aufmerksamkeit. Ich blickte auf und nahm an, dass es Gage war, der vorbeiging, wie er es während seines Wachdienstes getan hatte. Ich nahm falsch an. Obwohl ich aufgrund der Dunkelheit und des Regens draußen nicht durch das Glas sehen konnte, war die Form eindeutig falsch. Die Höhe stimmt nicht und der Schatten ist zu dünn. Das war nicht Gage da draußen, was bedeutet...

„Scheiße", zischte ich, meine Hände zitterten, als ich meine Teetasse aufhob. Ich brauchte mein Telefon. Musste Hilfe rufen oder Gage finden oder mich verstecken. Irgendwas. Irgendetwas. Ich versuchte, mein Gesicht teilnahmslos zu halten, versuchte so zu tun, als wüsste ich nicht, dass jemand auf der anderen Seite des Glases lauerte. Und ich ging ruhig und vorsichtig den Flur entlang zurück in Richtung der Treppe, die zu meinem Schlafzimmer führte, wo ich mein Telefon liegen gelassen hatte.

Ruhig und vorsichtig flog ich aus dem Fenster, als ich hinter mir das Krachen von zerbrochenem Glas hörte. Stattdessen rannte ich durch das Foyer. Fünf Meter, vier. Schritte hämmerten hinter mir, drängten mich, härter und schneller zu rennen. Noch drei Meter. Ich griff nach dem Pfosten, der das Treppengeländer verankerte, denn ich wusste, dass ich immer noch bis in den zweiten Stock gelangen musste. Fuß auf der ersten Stufe, bereit, zur dritten zu springen und...

Ich habe es nicht geschafft.

Kapitel

18

Der Tag war scheiße gelaufen. Seit ich Anabeths Haus verlassen hatte, hatte ich nichts Anderes getan als zu fahren und zu schmoren und immer wütender auf die Welt zu werden. Der Regen fiel in Strömen, die Gräben und Bäche, an denen ich vorbeikam, konnten das Wasser nicht mehr zurückhalten. Nicht, dass es mir scheißegal gewesen wäre. Soll es doch fluten. Soll doch die ganze verdammte Stadt weggespült werden, damit wir alle neu anfangen können. Es gab nichts, was ich mir mehr hätte wünschen können.

Und doch, das war nicht die Wahrheit. Ich wollte nicht, dass die Stadt überschwemmt wird, denn das würde die Bewohner in Bedrängnis bringen. Alder hatte als ältester Kennard-Bruder das Sagen, aber ich fühlte die Verantwortung, in die wir hineingeboren worden waren, genauso stark. Außerdem wollte ich etwas mehr als einen Neuanfang für die Stadt. Ich wollte einen Neuanfang mit Anabeth. Ich wollte, dass sie bleibt, dass sie jede Nacht in meinem Bett liegt, dass sie uns eine Chance auf das Leben gibt, vor dem sie ein Jahrzehnt zuvor weggelaufen war.

Aber sie blieb nicht, was bedeutete, dass ich nicht bekommen würde, was ich wollte, ohne so viel aufgeben zu müssen. Nur eine weitere Sache, die mir die Laune verdarb und mich dazu brachte, weiter durch die Straßen zu streifen wie eine Art Gespenst.

Mein Telefon piepte mit einer eingehenden SMS, also hielt ich an der nächsten Straße an. Es macht keinen Sinn, Unfälle zu verursachen, wenn der Regen schon genug davon macht. Als ich angehalten hatte, wischte ich über den Bildschirm, um zu leben.

Haus gesichert, Mädchen verärgert. WTF hast du getan?

Gage, natürlich. Nicht Anabeth. Ich war nicht in der Stimmung, mich mit meiner besten Freundin zu beschäftigen, also warf ich das Telefon auf den Sitz und fuhr zurück in den Verkehr. Mehr fahren, weniger stillsitzen.

Die Angst, das Bedürfnis, vor dem Schmerz wegzulaufen, überwältigte mich. Ich hatte diese Gefühle hinter mir gelassen, hatte gelernt, meine Erinnerungen an Anabeth wegzustecken und nicht an den Schmerz zu denken, den sie mir zugefügt hatte. Aber sie hatte diese Mauer eingerissen. Hatte die Erinnerungen direkt in den Vordergrund meines Verstandes gerissen und sie dort gelassen, roh und schmerzhaft.

Mein Firefly, der Herzensbrecher.

„Arschloch", sagte ich, als ich zurück in die Stadt ging. Ich wollte Anabeth dafür hassen, dass sie mir das angetan hatte, ihren Namen verfluchen und für immer von ihr weggehen, aber ich konnte nicht. Mein Herz ließ mich nicht. Ich wusste, dass ich zu ihr zurückgehen würde, dass ich wieder und wieder und wieder um sie kämpfen würde. Ich musste es tun - sie war die andere Hälfte meiner Seele, die einzige Frau, die jemals mein wahres Ich gesehen hatte und mich einfach liebte. Ich würde sie niemals aufgeben.

Was mich in diesem Moment und in dieser Situation noch mehr wütend machte.

Ein weiteres Ping für eine SMS. Fast hätte ich es ignoriert, fast hätte ich das Telefon quer über den Sitz leuchten lassen, aber dieser traurige, kleine schwache Punkt in mir sagte mir, dass es Anabeth sein könnte. Ich hielt wieder an und griff nach dem Telefon. Wischte den Bildschirm, der längst dunkel geworden war, zurück ins Leben.

Und ich habe die beiden Worte gelesen, ohne sie zu begreifen, und zwar ganze dreißig Sekunden lang.

Überfall. Durchbrochen.

Als ihre Bedeutung schließlich sank, fiel mein Herz. *Eingebrochen.* Jemand hatte es in Anabeths Haus geschafft. Er war an Gage vorbeigekommen und hatte mein Mädchen ganz für sich allein.

Ich trat das Gaspedal durch und verfluchte die Tatsache, dass ich wieder meine Anzugschuhe anstelle meiner Stiefel getragen hatte. Darauf war ich überhaupt nicht vorbereitet, was meinen Ärger in regelrechte Wut umschlagen ließ.

„Halt dich fest, Baby. Ich komme ja schon." Ich machte eine schnelle Kehrtwende, dann gab ich Gas und flog mit einer Geschwindigkeit durch den Regen, die für niemanden sicher war. Mehr als einmal rutschten meine Reifen durch, als ich auf Widow's Ridge zuraste, aber ich hielt mich am Lenkrad fest und hielt mich auf der Straße. Ich musste dort ankommen; ich musste es schaffen. Mein Gott, die Dinge, die sie ihr antun könnten. Und Gage, mein bester Freund und Partner. Ich hatte ihn dort zurückgelassen, um *meinen* verdammten Job zu machen. Man lässt seinen Flügelmann nie allein - das wusste ich. Ich lebte diese Regel, weshalb Gage und Rex bei mir gewohnt hatten. Warum er überhaupt erst nach Justice gezogen war.

Ich hatte es in diesem Fall rundum versaut.

Als ich auf die Straße einbog, die zum Kamm hinaufführte, griff ich wieder nach meinem Telefon. Wir brauchten Verstärkung. Ich hatte keine Ahnung, wie viele Männer in das Haus eingedrungen waren, aber ich wollte nicht riskieren, dass wir in der Unterzahl waren, ohne einen Ruf nach Unterstützung abzusetzen.

„Siri, ruf Alder-Handy an."

„Ich rufe das Alder-Handy an", gab die Roboterstimme zurück, kurz bevor das Telefon klickte und zu klingeln begann. Eins, zwei, drei, vier ... Mailbox.

„Shit." Ich wartete, bis die Nachricht zu Ende war, bevor ich die Probleme darlegte. „Hey, Bruder, wir brauchen etwas Hilfe bei Anabeth. Gage ist alleine dort oben und schickte mir eine SMS, dass sie überfallen wurden. Mindestens eine Person ist in das Haus eingedrungen. Ich bin auf dem Weg dorthin, werde bei Shyes altem Haus parken und reinwandern, um nicht gesehen zu werden. Beweg deinen Arsch hier hoch."

Als ich auflegte, dachte ich daran, Deacon oder Camden anzurufen, aber ich kam bereits auf den überlaufenden Bach zu, der einen schnell fließenden Strom direkt über der Straße gebildet hatte. Ich fuhr langsamer, als ich wollte, aber das machte nichts. Das Wasser war tiefer geworden, als ich den Hügel hinuntergekommen war, und die Strömung schob meinen Truck zur Seite, bevor ich die Hälfte der Strecke zurückgelegt hatte.

Ich biss einen Fluch aus, als ich versuchte, mich am Lenkrad festzuhalten, aber es gab keine Möglichkeit, das Fahrzeug zu lenken. Ich war der Gnade des Wassers ausgeliefert. In weiser Voraussicht kurbelte ich das Fenster herunter und löste den Sicherheitsgurt, denn ich wusste, wenn der Truck in einen tiefen Strudel geriet, würde er wie ein Stein sinken.

Zum Glück oder nicht, das Wasser hat mich nicht weit gebracht. Ein Baum stoppte den Truck mit einem Ruck, der meine Zähne fast so hart klappern ließ wie die Metallkarosserie selbst. Ich hatte jedoch keine Zeit, mich zu erholen. Ich war in Bewegung, bevor das Schaukeln aufhörte, und griff nach der Tasche mit den Waffen, die ich seit der Eröffnung von Katies Restaurant bei mir trug...

Und gehen dabei leer aus.

„Scheißkerl".

Die Kanonen. Der Sprengstoff. Die Nachtsichtbrillen. Sogar meine Stiefel. Alles saß wieder in Anabeths Wohnung. Ich war so in Eile, dass ich vergessen hatte, meine Sprung- oder Waffentasche mitzunehmen. Das Einzige, was ich in meinem Truck hatte, war mein Standard Ontario Mark 3 Messer. Schwarz und scharf, mit einer Sechs-Zoll-Klinge und einem Griff, der fast für meine Hand gemacht war, war das Messer seit dem Tag, an dem ich dem SEAL-Trainingsprogramm beigetreten war, an meiner Seite. Ich fühlte mich damit fast wohler als mit meinen Pistolen.

Fast.

Zumindest sagte ich mir das, als ich die Fahrertür aufstieß und in das kniehohe Wasser trat. Der Regen durchnässte mich sofort bis auf die Haut, die Wand aus fallendem Wasser schränkte meine Sicht ein, und die Strömung zerrte an meinen Füßen. Meine Schuhe gaben mir keinen Halt, aber ich schob mich durch. Ich klammerte mich an den Lastwagen, bis ich mich an den Ästen des Baumes festhalten konnte, um mich abzustützen. Lass das Wasser kommen, lass die Flut mich bedecken. Ich *würde* es schaffen, weil mein Mädchen mich brauchte. Mein Teamkollege brauchte mich. Und nichts würde mich davon abhalten, zu ihnen zu gelangen.

Mit jedem Schritt, den ich machte, sank das Wasser tiefer, bis es schließlich unter meine Knöchel fiel. Sobald ich mich im Gleichgewicht fühlte und nicht mehr gegen die Strömung ankämpfte, begann ich zu rennen. Ich rannte durch die Dunkelheit in Richtung Anabeth und Gage. Ich blieb auf der Straße, anstatt in den Wald zu gehen, ohne Angst, erwischt zu werden. Niemand würde diesen Weg hinaufkommen, es sei denn, er gehörte zu meinem Team... oder dem des Feindes. So oder so, es würde genug Warnung geben, wenn ein Fahrzeug es tatsächlich auf die felsige Entschuldigung für eine Straße schaffen würde. Außerdem würde mich der Versuch, durch den Wald zu rennen, nur aufhalten. Ich würde mich in die Bäume bewegen, sobald ich das Grundstück erreicht hätte. Ich wollte kein Geist sein, sondern mich einfach nur anschleichen und denjenigen niederschlagen, der dachte, er sei knallhart genug, um hinter meinem Mädchen her zu sein.

Als ich an der ausgebrannten Hülle von Shyes Wohnwagen vorbeikam, begann ich in meinem Kopf zu singen. *Noch eine Meile, noch eine Meile* ... nur noch eine Meile zu gehen. 7 Minuten oder so bei vollem Lauf, 10 bei diesen Bedingungen. Scheiße, zu lang.

„Halte durch, Baby. Ich komme dich holen."

Anabeth

Mein Kopf schmerzte, meine Rippen waren wahrscheinlich angeknackst, und mein Arm brannte dort, wo der Bastard mich gepackt hatte, aber ich war am Leben. Lebendig und allein mit dem Arschloch aus dem Restaurant. Der Typ in der Soul-Suckers-Weste mit dem Aufnäher, auf dem „Blade" stand. Der, den ich mit seiner Tarotkarte verspottet hatte.

Schlechter Plan, Anabeth. Wirklich schlechter Plan.

Blade schritt im Foyer umher, wie er es schon seit einigen Minuten tat, und sah ängstlich und verunsichert aus. Möglicherweise auch high. „Du bist nicht allein nach Hause gekommen. Wo ist der Kerl?"

Ich antwortete nicht, nicht sicher, ob er Gage oder Bishop meinte. Wie auch immer, sie waren nicht bei mir, also war es egal. Ich hatte keine Antwort. Obwohl, wenn er Gage gemeint hat, könnte das ein gutes Zeichen sein. Es bedeutete, dass er Bishops besten Freund nicht getötet hatte. Das bedeutete, dass ich immer noch eine Chance hatte, unbeschadet aus dieser Sache herauszukommen. Nun, so unbeschadet wie möglich, wenn man bedenkt, wie der

Bastard mich hochgehoben und zu Boden geworfen hatte. Es tat weh, aber ich hoffte, dass ich die Kraft und die Geschwindigkeit finden würde, um wegzukommen, wenn die Zeit zum Laufen kam. Denn sie würde kommen, und wenn ich mich von den Schmerzen einiger mickriger gebrochener Rippen aufhalten ließe, würde ich das hier nicht lebend überstehen.

„Ich habe dich etwas gefragt, Schlampe."

Ich antwortete immer noch nicht. Tatsächlich hob ich mein Kinn und starrte ihn an, weigerte mich, nachzugeben.

Die Ohrfeige, die er mir gab, hatte ich nicht erwartet.

Schmerz brach hinter meinem Auge aus und schnitt über meine Lippe, und der Knall seiner Hand, die mein Gesicht traf, hallte in meinem Kopf wider. Die Wucht des Schlages warf mich von der Stufe, auf der ich gesessen hatte. Ich fiel zu Boden, zuckte zusammen und kämpfte damit, meine Tränen zurückzuhalten. Der Bastard hatte mich ohne Rücksicht geschlagen, wollte mich mit dieser Aktion verletzen und erschrecken. Nun, er konnte mich weiter schlagen. Ich weinte nicht deswegen, und ich antwortete ihm nicht. Konnte es nicht. Wenn der Typ nicht wusste, wo Gage war, wollte ich ihm keine Informationen geben. Und Bishop... nun, Bishop hatte mich verlassen, aber das musste Blade nicht wissen.

Gage. Ich musste mich auf Gage konzentrieren. Er würde nicht zulassen, dass mir etwas zustößt - nicht wirklich. Wenn er noch am Leben wäre, würde er einen Weg finden, mir zu helfen. Um mich rauszuholen. Nicht, weil er eine wohltätige, freundliche Seele war, sondern weil ich in seinen Augen Bishop gehörte. Ich war Bishops Mädchen, und Bishop war Gages bester Freund. Er würde alles tun, um mich zu retten, denn tief im Inneren war es dasselbe, wie Bishop zu retten.

Ich musste nur geduldig sein. Vielleicht. Ich hoffte es. Wenigstens hatte Blade keine Waffe. Jedenfalls nicht, soweit ich sehen konnte.

Oh Gott, was, wenn er eine Waffe hat?

Bevor ich diesen neuen Schrecken begreifen konnte, ging Blade vor mir in die Hocke und starrte mich an. Er sah aus, als wäre er bereit zu töten. „Das war das letzte Mal, Schlampe. Wo ist der Kerl?"

Schweigen. Ich musste einfach geduldig sein. Das war schlimm, wirklich schlimm, aber Gage würde mir helfen. Er würde Bishop aufspüren. Die beiden würden...

Blade zog ein verrucht aussehendes Messer hinter seinem Rücken hervor, eines, das lang und dick war, mit gezackten Kanten und einer Krümmung an der Spitze, die aussah, als würde es mit Leichtigkeit unter meine Haut gleiten. Der Anblick ließ mein Herz ein paar Schläge aussetzen, als zwei Gedanken auf einmal auf mich einprasselten.

Der Name auf seinem Aufnäher passt.

Und die Dinge waren gerade noch viel schlimmer geworden.

Kapitel

20

Ich schlich mich an das Haus heran, nachdem ich viel zu lange gelaufen war. Nie hatte ich mir meine Uniformstiefel mehr gewünscht als in diesen Momenten, als ich durch den Wald gerutscht und gestolpert war. Die flachen Sohlen meiner Kleiderschuhe hielten den Anforderungen des Rennens durch die Dunkelheit über nasses Laub und Gras einfach nicht stand. Ich hätte verdammte Spikes tragen sollen.

Der Regen hatte nicht aufgehört. Er ertränkte den Berg weiterhin in einer Flut von Wasser. Aber ausnahmsweise war ich dankbar dafür. Der Regenguss half, das Geräusch jedes Schrittes zu verbergen, als ich mich dem Hansen-Haus näherte. Als ich anfing, durch eine Absperrung zu joggen.

Ich hielt mich so weit wie möglich im Schatten versteckt und umrundete das Grundstück von Miss durch die Baumreihe auf der Rückseite. Der tiefere Wald auf dieser Seite bedeutete, dass es einfacher sein würde, sich zu verstecken, falls ich auf jemanden stoßen würde. Nicht, dass ich mich verstecken wollte, aber mit nur einem Messer als Waffe waren meine Möglichkeiten begrenzt, wenn ich es mit mehr als einem Kerl zu tun hatte.

Die Hintertür stand offen, offensichtlich der Einstiegspunkt. Wer auch immer in das Gebäude eingedrungen war, hatte sie wahrscheinlich eingetreten. Auf keinen Fall hatten Anabeth oder Gage sie unverschlossen und so weit offengelassen. Aber die Tür war nicht das Einzige, was an dem Bild vor mir nicht stimmte - zwei Typen bewachten jede Ecke des Hauses, was es fast unmöglich machte, sich hineinzuschleichen. Mir gingen die Möglichkeiten nicht aus, aber ich befand mich definitiv in einer schwierigen Situation.

Ich musste aber immer noch sehen, was an der Vorderseite passierte. So sehr ich auch den Drang verspürte, ins Haus zu rennen wie der verdammte Lone Ranger, ich konnte es nicht. Ich hatte keine Waffen, keine Möglichkeit, mich oder Anabeth zu schützen, ohne demjenigen, der sie hatte, sehr nahe zu kommen. Das Risiko konnte ich nicht eingehen.

Als ich mich weiter in Richtung Osten schlich, entdeckte ich einen dritten Mann, der direkt unter dem Schlafzimmerfenster von Miss an das Haus gelehnt war. Er sah gelangweilt aus, seine Aufmerksamkeit war überall, nur nicht auf den Wald gerichtet, wo ich stand. Ein schwaches Glied in ihrer Verteidigung. Draußen im Regen zu stehen, war sicher kein Spaß, aber Gage und ich könnten das tagelang tun, wenn es nötig wäre. Der Typ sah aus, als würde er jede Sekunde abhauen. Die anderen beiden, die die Nord- und Südseite des Hauses bewachten, nicht so sehr.

So schnell ich konnte, setzte ich meinen Weg fort und hielt nach anderen Ausschau. Ich versuchte sogar, mir ein Bild davon zu machen, was drinnen vor sich ging, aber der Regen behinderte meine Sicht, und die Vorhänge vor den Fenstern versperrten mir den Blick ins Haus. Ich musste Gage finden. Ich musste Anabeth retten. Ich musste auch eine Waffe in die Finger bekommen. Mit zwei Männern wurde ich leicht genug mit einer Waffe fertig, zumal der Wächter unter den Fenstern völlig nutzlos erschien. Vier waren eine andere Geschichte. Das erforderte ein wenig mehr Planung. Rückendeckung wäre schön, und meinen Partner an meiner Seite zu haben, wäre noch besser. Außerdem könnte Gage mich erschießen, wenn er nicht wüsste, dass ich es war, der durch den Wald schlich. Am besten, wir finden den launischen Wichser und zwar schnell.

Ein Schatten bewegte sich plötzlich auf mich zu, was mich dazu veranlasste, zu springen und mein Messer zu ziehen. Rex, der viel zu verdammt glücklich aussah, mich zu sehen, trottete durch die Dunkelheit. Nass - wirklich nass - und so schweigsam wie sein verdammtes Herrchen, kam der Hund direkt zu meinen Füßen und wedelte mit dem Schwanz. Ich brauchte Gage nicht zu finden. Er hatte mich durch seinen Hund gefunden.

Ich kniete mich hin, um seinen Kopf zu streicheln. „Was machst du denn hier, Junge?"

Rex drehte sich um und schaute hinter sich, bevor er zwei Schritte zurückging und seinen konzentrierten Blick wieder auf meinen richtete. Ich hatte als Kind genug Lassie-Folgen gesehen, um die Witze über diesen verdammten Hund zu kennen, der bellte und eine Szene machte, um den kleinen Jungen dazu zu bringen, ihr zu folgen. Rex war kein großer Szenenmacher, aber sein Standpunkt war klar. *Folge mir.* Also folgte ich einem verdammten Hund durch den pechschwarzen Wald, bis wir Gages Jeep erreichten. Ich hatte ihn bei meinem ersten Rundgang übersehen, weil er ihn gut unter den Bäumen neben dem Schuppen an der Westseite des Grundstücks vergraben hatte. Kluger Mann.

„Wie hast du Rex trainiert, mich zu holen?" fragte ich, als ich meinen Freund in der Dunkelheit fand.

„Hast du jemals *Lassie* gesehen?"

„Ja."

„Ich auch." Er wurde still und beendete das Gespräch. Er starrte wieder über den Hof zum Haus hinaus. Ich folgte seinem Blick, sah aber nichts Ungewöhnliches. Nichts, was uns innehalten lassen würde. Nichts, was sich uns in den Weg stellte, außer den beiden Wachmännern. Aber wenn er das Bedürfnis hatte, zu warten, würde es einen Grund dafür geben.

„Situation?" fragte ich und wollte es fast nicht wissen.

„Alles im Eimer. Der große Kerl aus dem Restaurant - Straßenname Blade - ist drinnen mit Anabeth."

Ich griff mein Messer fester. „Ist sie okay?"

Gage hat nicht geantwortet. Dafür gab es ein paar Gründe, dachte ich mir. Entweder wusste er, dass es ihr gut ging und hielt die Frage für dumm; er wusste, dass es ihr nicht gut ging und wollte nicht, dass ich ihm in den Arsch trete, weil er sie nicht beschützt hatte; oder er war sich nicht sicher und... Scheiße, ich hatte keine Ahnung, warum er das nicht einfach sagen wollte. So wie ich Gage kannte, war Option 2 ausgeschlossen. Der Mann hätte sein Leben für das von Anabeth gegeben, einfach, weil er es nicht mochte, Frauen in den Krieg zu ziehen. Meine Verbindung zu ihr hätte diese Entscheidung gefestigt. Wenn er Blade erlaubte, die gleiche Luft wie Anabeth zu atmen, dann nur, weil er einen Grund hatte. Die erste Option war auch unwahrscheinlich - Gage würde keine Sekunde damit verschwenden, mir zu sagen, wie dumm ich war. Die dritte... nun, die dritte brachte mich dazu, blind in dieses Haus zu rennen, um zu meinem Mädchen zu kommen.

Gage sprach, bevor ich den ersten Schritt machen konnte. „Das letzte Mal, als ich sie gesehen habe, war Blade mit ihr im Foyer und ist ziemlich heftig auf und ab gegangen. Ich schätze, wir haben etwa drei Minuten Zeit, bevor die Antwort auf die Frage, ob es ihr gut geht, in den Bereich „wahrscheinlich nicht" fällt."

Scheißkerl. Mein Herz blieb stehen und fing in einem pochenden Rhythmus wieder an zu schlagen. Wenn er sie verletzte... wenn er sie tötete... Ich konnte es nicht einmal denken. Ich konnte es mir nicht erlauben, mir eine Welt ohne sie vorzustellen, ohne hineinzurennen, zum Teufel mit der Tatsache, dass es eine Selbstmordmission sein würde. Das Klügste war, zu warten, bis der Weg frei war. Das war auch das Schwierigste.

Ich zeigte auf die nordwestliche Ecke des Hauses, wo eine der Wachen stand. Er würde uns entdecken, wenn wir zur Vordertür rennen würden. Selbst wenn er nur halbwegs gut zielen könnte, würde er wahrscheinlich einen oder beide von uns erschießen. Außerdem würde er einen Höllenlärm machen und unsere Annäherung verraten.

„Wir müssen die Augen um das Haus herum ausschalten. Besonders diesen Kerl."

Gage hat nicht einmal geblinzelt. „Schon dabei."

„Wie?"

„Deacon". Ich habe ihn sofort angerufen, als ich dir eine SMS geschickt habe, aber er war näher dran und hat es viel schneller auf den Berg geschafft. Du hast verdammt lange gebraucht."

Ja, das habe ich. „Mein Truck wurde im Bach überschwemmt. Ich musste weglaufen."

„Du solltest mehr laufen. Deine Zeit ist scheiße."

Eines Tages würde ich ihm den Hals umdrehen. Heute war nicht dieser Tag. „Okay, Trottel. Lass uns von meinem Tempo runterkommen und zum Thema zurückkehren, dass ein Typ meine Frau als Geisel hält. Wie lautet der Plan?"

„Deacon ist in der Luft. Er schaltet den Kerl aus, der uns im Weg steht. Sobald er fertig ist, gehen wir rein." Er legte den Kopf schief und runzelte die Stirn, als er über etwas nachdachte. „Es sei denn, wir erreichen vorher die Drei-Minuten-Marke. Im Moment sind es zwei Minuten."

Ich umklammerte das Messer fester, schaute auf den Hof hinaus und wartete auf ein Zeichen, dass es Zeit war, zu gehen. Ich würde mir nie verzeihen, durch diese Tür zu gehen, wenn Anabeth etwas zustoßen würde. Niemals. Was bedeutete, dass ich sie verdammt noch mal da rausholen musste und weg von diesem Blade-Typen.

Zwei Minuten waren zu lang.

„Also schaltet Deacon den Kerl an der nordwestlichen Ecke da hinten aus. Es gibt noch zwei weitere auf der Ostseite - einen parallel zu diesem Typen und einen weiter oben, fast bis zur Vorderseite des Hauses. Außerdem haben wir Blade drinnen.“

„Das geht auf uns. Wir schalten Blade aus, während Deacon die Jungs draußen fertigmacht.“

Also nur einer. Wir könnten einen im Schlaf erledigen, selbst wenn ich nur ein Messer als Waffe hätte. „Reinstürmen und ihn hart treffen?“

„Gibt es einen anderen Weg?“

Ja, das gab es. Die Wichser abknallen, bevor sie überhaupt wissen, dass du da bist. Deacon Manns war einer der Besten in dieser Scheiße. Ich zog meinen Bruder, den Helden der Army Special Forces, gern damit auf, dass die Green Berets nicht so gut waren wie wir SEALs, aber die Wahrheit war, dass Alder und Deacon ein paar clevere Soldaten waren. In einer Situation wie dieser, in der Tarnung, Täuschung und stille Attentate unsere besten Chancen waren, wäre Deacon der Erste gewesen, den ich angerufen hätte. Nach Gage. Denn dieser stille, grüblerische Wichser hatte viele Jahre an meiner Seite gekämpft. Und wir waren dabei, das Gleiche wieder zu tun.

Weniger als eine Minute bis zur Startzeit.

„Ich habe nur mein Messer.“ Ich bewegte mich vorwärts. Bereit zum Angriff. Adrenalin raste durch meine Blutbahn. „Habe meine Munitionstasche im Haus gelassen.“

Gage blinzelte nicht, zog einfach eine Waffe aus dem Holster an seiner Hüfte und reichte sie mir, bevor er wieder das Haus beobachtete. Intensiv, konzentriert und bereit zum Handeln. Ich schätzte, dass wir noch dreißig Sekunden hatten, bevor wir reingingen, ob die Wache an der nordwestlichen Ecke noch atmete oder nicht.

Ein einzelner Knall ertönte, der das konstante Dröhnen des Regens unterbrach. Es war nicht laut - wahrscheinlich hat man es nicht einmal im Haus gehört -, aber es war nicht zu überhören, was gerade passiert war. Besonders als die Wache, die uns im Weg stand, plötzlich zu Boden fiel. Deacon, ehemaliger Scharfschütze der Special Forces und jetziger Barbesitzer, hatte gerade unser erstes Ziel ausgeschaltet. Zeit zu handeln, bevor die anderen beiden das herausfanden.

Ich steckte mein Messer unter meinen Gürtel und griff nach der Waffe, die Gage mir gegeben hatte, bereit, es hinter mich zu bringen. Um mein Mädchen da rauszuholen. Ohne ein Signal, ohne ein verdammtes Wort, rannten wir los zum Haus. Gage und ich bewegten uns als eine stumme Einheit, brauchten nicht zu sprechen, um den Plan zu kennen. Die Dunkelheit und den Regen nutzen, um uns zu tarnen, die Tür aufbrechen, das Mädchen retten und den Bösewicht töten. Einfach, aber das Mädchen hielt mein Herz in der Hand, und wenn ihr etwas zustoßen würde...

„Bishop."

Ich blieb stehen und hob meine Waffe, unfähig, herauszufinden, warum Gage meinen Namen gerufen hatte, als wir so nahe an der Veranda waren. „Was?"

„Wenn sie unten ist ... wenn ich mich mit den drei Minuten geirrt habe ... tut es mir leid."

Runter...tot. Scheiße, ich hatte mich noch nie in meinem Leben so kurz vor einem Herzinfarkt gefühlt.

Gage sah schmerzhaft aus, fast unsicher. Überhaupt nicht wie der Gage, den ich kannte. Er hat sich auch nicht entschuldigt. Der Mann hatte sich noch nie für irgendetwas entschuldigt. Ich wusste, dass er verstand, wie viel mir Anabeth bedeutete, dass er alles für sie tun würde, aber er hatte auf mich gewartet. Er hatte genau das getan, was ich in der gleichen Situation auch getan hätte. Wenn er da reingestürmt wäre, ohne die Wachen abzuwimmeln, wäre er tot gewesen. Und sie wäre es auch.

Sie könnte es trotzdem sein.

„Bring mich in die verdammte Tür, Mann. Wir kümmern uns um den Rest, wenn wir drin sind."

Ich hoffe, sie ist am Leben.

Ich schlüpfte den Rest des Weges zur Tür und nahm meinen Platz auf der rechten Seite ein, als Gage direkt davor trat. Wir hatten schon öfter Türen aufgebrochen - wir würden es wahrscheinlich irgendwann wieder tun. Das war der einfache Teil.

Nicht erschossen zu werden, wenn wir es erst einmal drinnen geschafft hatten, war schwieriger.

Gage warf mir einen Blick zu, um sicherzugehen, dass ich bereit war, bevor er seinen Fuß hob und nach vorne trat. Der Holzrahmen hatte keine Chance gegen seine Attacke. Die Tür brach durch den Pfosten und schwang auf, Holz und Glas flogen umher und verteilten sich auf dem Boden. Ich war drinnen, bevor das nutzlose Stück Holz gegen die Wand dahinter schlug, und stapfte durch das Foyer.

Blade hatte sich umgedreht, als der Knall von Gages Fuß gegen die Tür ertönte, aber er reagierte nur langsam. Er war auch nicht auf uns vorbereitet, denn er erstarrte für eine Sekunde, als ich auf ihn zueilte und meine Waffe auf sein Gesicht richtete. In dem Moment schlug sein Messer auf dem Boden auf, und meine Welt wurde rot. Wollte er sie aufschneiden? In ihre Haut schneiden und sie bluten lassen?

Aus meiner peripheren Sicht konnte ich Anabeth sehen, die sich hinter ihm an die Treppe kauerte, ich konnte fast die Angst spüren, die sie ausstrahlte. Das, zusammen mit dem Bild des Messers, das durch ihr blasses, weiches Fleisch schnitt, machte mich fertig.

Der Wichser musste weg.

Aber er war weder langsam noch dumm, obwohl er plötzlich unbewaffnet *war*. Eine Tatsache, die er gerade noch rechtzeitig bemerkte. Bevor ich ihn erreichen konnte, packte er Anabeth und zog sie auf ihre Füße. Er benutzte sie als Schild und versteckte sich wie ein Feigling hinter ihrem Körper.

Scheißkerl. „Du hast fünf Sekunden, um zu entscheiden, ob du bereit bist zu sterben."

„Du schießt, und du triffst das Mädchen."

Er hatte nicht unrecht, aber er hatte auch nicht ganz recht. Ich hätte einen Schuss abgeben können. Hätte etwas weiter weg zielen können, um ihn in den Nacken, das Gesicht oder die Schulter zu treffen. Zur Hölle, als ich beim Militär gewesen war, *hatte* ich diesen Schuss abgegeben. Mehr als einmal. Ich hätte mein Ziel treffen können.

Aber Anabeths Augen trafen meine, so weit und blau und ängstlich, dass ich sie nicht riskieren konnte. Dieses Risiko konnte ich nicht eingehen. Aber eine andere Farbe erregte meine Aufmerksamkeit. Ein tiefes Rot, das schnell lila wurde, an der Seite ihres Gesichts. Ein Bluterguss. Blade hatte sie getroffen.

Ich wollte ihn ausnehmen wie einen verdammten Fisch.

„Du wirst es noch bereuen, jemals dieses Haus betreten zu haben", sagte ich und hielt meine Augen auf seine gerichtet. Gage grunzte hinter mir, wahrscheinlich hatte er seine Waffe immer noch auf die beiden gerichtet. Eine Situation, mit der ich fertig werden musste. Ich nahm den Finger vom Abzug, breitete die Arme aus und richtete die Waffe an die Decke, dann setzte ich sie ab. „Entwaffnen, Gage."

Ein weiteres Grunzen, aber er folgte meinem Beispiel und legte seine Handfeuerwaffe neben meine auf den Tisch im Foyer. Weit genug weg, dass Blade nicht vor uns an sie herankommen konnte.

Der Trottel, der sich hinter Anabeth versteckte, grinste, als hätte er etwas gewonnen. „Seid ihr die großen, bösen Militärtypen, von denen wir immer hören? Scheint mir nicht so hart zu sein." Er zog Anabeth näher heran, kraulte ihren Hals und hauchte seine letzten Atemzüge gegen ihre Haut. *„Das* ist dein Held, Firecrotch? Denn wenn du all deine Hoffnungen auf ihn gesetzt haben, hast du dir den falschen Kerl ausgesucht."

Anabeth sah mich direkt an, immer noch so offensichtlich verängstigt, aber auch kämpferisch. Mutig im Angesicht ihrer Angst. Sich weigernd, einen Rückzieher zu machen. „Er ist nie der Falsche gewesen."

Ich blieb still und beobachtete. Wartete auf ihn. Er würde einen Fehler machen - der Typ war zu nervös, um es nicht zu tun. Er nahm wahrscheinlich an, dass sein Team von Wachen ihm Rückendeckung geben würde. So wie er immer wieder zu der offenen Tür hinter mir blickte, konnte ich vermuten, dass er erwartete, dass sie jeden Moment hereinstürmen würden, um sich um Gage und mich zu kümmern.

Der Gedanke brachte mich zum Grinsen. „Wartest du auf jemanden?"

Er sah mir in die Augen und wirkte mit jeder Sekunde, die verging, nervöser. „Ich bin nicht allein hier."

Gage lehnte eine Schulter an die Wand und zückte sein Jagdmesser, um ruhig und geduldig den Schmutz unter seinem Daumennagel zu entfernen. „Ich bin mir ziemlich sicher, dass du das jetzt sind. Meinst du nicht auch, Bishop?"

Ich nickte und weigerte mich, Blade von meinem Blick zu lösen. „Vollkommen. Siehst du, du hast den Fehler gemacht, mit Bikern nach Justice zu kommen. Gegen die Feuerkraft, die wir hier haben, kannst du mit dieser Art von Crew nicht gewinnen."

„Was, hast du eine Art Tötungsmaschine draußen im Wald?"

„Nee, nur ein Scharfschütze oben in den Bäumen."

Sein Gesicht wurde blass, und seine Arme lösten sich von Anabeths. Ich sah meine Chance, und ich ließ nicht zu, dass er sie noch einmal in die Finger bekam. Ich stürzte mich auf sie, packte Anabeth und schleuderte sie hinter mir zu Gage. Er würde auf sie aufpassen und sie aus dem Haus bringen, wenn sie fliehen musste. Mein Fokus blieb auf Blade gerichtet.

„Du hättest sie nie anfassen dürfen", sagte ich, ging in die Hocke und bereitete mich auf einen kleinen Nahkampf vor. „Ich hätte dich so oder so nicht am Leben gelassen, aber der blaue Fleck auf ihrer Wange bedeutet, dass ich dafür sorgen werde, dass es wehtut."

Er schien nicht beeindruckt zu sein. „Fick dich."

„Nein danke. Mein Schwanz gehört ihr." Ich holte aus und schlug zu, meine Faust traf seinen Kiefer auf eine Weise, die ihn fast von den Füßen warf. Ich nutzte die Gelegenheit, um mein Messer zu ziehen und wickelte meine Finger um den dicken, schwarzen Griff. Ich mochte Pistolen. Ich mochte auch Sprengstoff. Aber im Messerkampf war ich überragend. Lautlos, heimtückisch und in der Lage, einen Feind in Sekundenschnelle direkt vor der Nase seiner Partner zu erledigen - irgendetwas daran sprach mich an.

Und etwas an meinem Messer in meiner Hand ließ Blades Augen groß werden.

„Gage, beweg dich", rief ich, als ich zum Angriff überging. Ich hoffte wirklich, dass er Anabeth abschirmte, dass er ihre Augen bedeckte oder sie nach draußen brachte oder... irgendwas. Irgendetwas. Ich wollte nicht, dass sie das sah, aber es musste getan werden.

Mein erster Schlag landete fast genauso, wie ich es geplant hatte - hart und tief, genau neben dem Unterleib des Mannes. Er wirbelte herum und schlug mit der Faust zu, aber ich gewann den Kampf in Bezug auf die Geschwindigkeit. Ich duckte mich, zog mein Messer und schlug erneut zu, bevor das Blut Zeit hatte, sein Hemd zu durchtränken. Wieder, bevor die ersten roten Tropfen den Boden berührten. Und ich bewegte mich einfach weiter - blieb außerhalb seiner Reichweite, bis ich eine gute Chance hatte, ihn zu treffen, bewegte mich mit ihm, wenn er versuchte, mich mit einem Bulldozer zu überrumpeln und mich niederzuschlagen, und stach bei jeder Gelegenheit in die guten Stellen, die ich finden konnte.

Allerdings waren das nur die guten Stellen, wenn man wollte, dass jemand verblutet...schnell.

Blade ging nicht kampflos unter, aber er hatte keine Waffe, keine wirklichen Fähigkeiten und eine rohe Kraft, die sich schnell erschöpfte. Am Ende kniete ich über seinem Körper, sein Blut sammelte sich auf dem Boden und spritzte auf meine Brust. Seine Augen waren leer und starr. Und mein Messer - dasselbe, das ich als SEAL-Rekrut bekommen hatte - ragte aus seiner Brust, wo ich es in sein Herz gestoßen hatte.

Mission erfüllt.

Ich riss das Messer aus Blades Brust und stand gerade auf, als Deacon aus der Küche schlenderte, mit etwas, das wie eine Tüte Chips aussah, in seinen Händen. Er aß. Der Mann hatte gerade drei Leute umgebracht, war auf eine weitere Leiche am Boden gestoßen und aß. Er blinzelte nicht einmal, als er den Raum in Augenschein nahm.

„Wir werden eine ernsthafte Entsorgung brauchen", sagte er, bevor er sich eine weitere Handvoll Chips in den Mund schob.

Ich grunzte und wich zurück, zitterte, als das Adrenalin nachließ. Anabeth... mein süßes, schönes Mädchen... stand direkt hinter Gage. Ihre Augen waren auf mich gerichtet. Sie sah absolut verängstigt aus. *Fuck.*

„Ich sage, wir nehmen den Häcksler in der Mühle", sagte Gage, trat von Anabeth weg und blickte stirnrunzelnd auf Blades Körper hinunter. „Wir können die Teile danach verbrennen."

„Hauptsache, es ist erledigt", sagte ich und starrte immer noch auf Anabeth. Unfähig, den Blick abzuwenden. Zu Tode erschrocken, dass die Angst in ihrem Gesicht, wenn sie mich ansah, niemals verschwinden würde. Aber irgendetwas an meiner Stimme oder meinen Worten schien sie aus sich herauszubringen. Ihr Gesicht errötete ein wenig, und ihre Augen beruhigten sich. Ihr Körper beruhigte sich leicht. Immer noch unbehaglich, aber nicht mehr verängstigt. Das würde ich akzeptieren.

„Wir sollten gehen", sagte Gage und beugte sich vor, um Blades Arme zu ergreifen. „Deacon kann als Wache bleiben. Mein Jeep ist vielleicht das einzige Fahrzeug, das an dieser Stelle die Straße überqueren kann. Ich möchte wirklich nicht in einem überfluteten Bach stecken bleiben, während ich auf vier Leichen sitze."

Kein Zweifel, und kein Grund zur Sorge um meinen Truck. Das Fahrzeug konnte ersetzt werden. Das Mädchen, das mich beobachtete, konnte das nicht. Sie war nie ersetzbar gewesen.

Ich wollte Anabeth fragen, ob es ihr gut ging, aber ich wusste, dass die Antwort nein lauten musste. Wie könnte es ihr gehen, nachdem sie sah, was wir getan hatten? Ich wollte sie beruhigen, meine Arme um sie legen und sie an mich ziehen. Um sie zu beschützen. Aber ich war blutverschmiert, und es gab Leichen, mit denen ich umgehen musste.

Die Beruhigung würde warten müssen, und ich hatte keine Ahnung, was ihr in dieser Zeit über mich einfallen würde. Abgesehen davon hatte ich bei einer einfachen Aufgabe versagt - sie in Sicherheit zu bringen. Der blaue Fleck auf ihrer Wange bewies das.

Während die Schuldgefühle, sie im Stich gelassen zu haben, durch mich hindurchflossen, während Deacon und Gage zur Vordertür hinausflitzten, mit Blades Leiche zwischen ihnen, näherte ich mich der einen Frau, von der ich wusste, dass ich ohne sie niemals leben könnte. Diejenige, die mich vielleicht nie als etwas anderes als einen Killer sehen würde.

„Wir kümmern uns um dieses Chaos. Du gehst und machst Tee - es wird eine lange Nacht werden."

Sie starrte zu mir hoch, stumm, ihre Augen so verdammt

wachsam. Aber dann nickte sie. Eine einfache Kopfbewegung, die ihr feuerrotes Haar über ihre Schulter fallen ließ. Ich streckte die Hand aus, unfähig, es nicht zu tun, und wickelte eine einzelne Locke um meinen Finger, bevor ich sie leicht herauszog.

„Sei vorsichtig, Firefly. Ich komme zu dir zurück."

Kapitel
21

Egal, was Horrorfilme und Romane behaupteten, Holzhäcksler waren *nicht* die bequemste Art, Leichen zu entsorgen.

„Ich brauche noch etwa sechs Duschen", sagte Gage und rieb sich mit der Hand grob über sein buschiges Haar, während er aus der Windschutzscheibe starrte.

„Vielleicht würdest du dich nicht so schmutzig fühlen, wenn du dich ab und zu rasieren würdest."

„Frauen lieben einen Bart."

Ich wüsste es nicht, da ich seit ein paar Jahren keine mehr hatte, aber ich scherte mich sowieso einen Dreck um Frauen. Nur die eine Frau, die hinten in dem Haus saß, auf das wir langsam zusteuerten. Diejenige, die mich vielleicht nicht mehr sehen wollte - mit oder ohne Bart.

Als er die Straße erreichte, die zum Kamm hinaufführte, wurde Gage still. Er konzentrierte sich auf den nichtexistierenden Weg, der uns zu Anabeth führen würde. Wasser bedeckte immer noch die Straße, der Regen speiste den überlaufenden Bach, aber der

Fluss war nicht so schnell wie zuvor. Es war nicht so schlimm wie damals, als ich durchgefahren war und meinen Truck durch die Wucht verloren hatte.

„Einer der Erddämme flussaufwärts muss gebrochen sein", sagte ich und nickte in Richtung der Anzeichen eines breiteren, schnelleren Wasserkörpers, der sich über den Kies bewegte. „Deshalb habe ich es nicht über den Fluss geschafft."

Gage grunzte und schaltete einen Gang zurück, als der Jeep durch das Wasser kroch. „Sieht so aus. Ich frage mich, was in der Stadt los ist."

Ich überprüfte mein Telefon. „Nichts von Alder oder Finn."

Gage fuhr weiter, hielt uns in Bewegung. Hielt seine Zunge im Zaum und konzentrierte sich auf die Straße. Bis...

„Schick Katie eine SMS. Stell sicher, dass es ihr gut geht."

Ich widersprach nicht, rief ihre Daten auf und tippte eine Nachricht, wie er es verlangt hatte, aber das konnte ich auf keinen Fall einfach so durchgehen lassen. „Du stehst auf unseren Gastronomen?"

Er hat nicht geantwortet, was mich nur noch neugieriger machte. Und vorsichtiger.

„Sie ist die Nichte des Sheriffs."

„Das weiß ich."

Gut. Es musste eine Überlegung sein. „Ich wollte nur sichergehen, dass du es weist. Ihre Verwandtschaft könnte ein Problem für dich sein."

Gage hielt seine dunklen Augen auf die Straße gerichtet, sein Gesicht zu einem festen, wütenden Ausdruck verzogen. „Es wird kein Problem geben. Ich passe nur auf den Neuling auf."

Auf keinen Fall wollte ich diesen Schwachsinn kaufen.

Aber als wir es endlich durch das Wasser schafften, das über die Straße floss, schob ich meine Gedanken über Gage und Katie beiseite, um mich auf das zu konzentrieren, was mir wirklich wichtig war. Anabeth. Ich musste wissen, dass es ihr gut ging, dass sie sich beruhigt hatte, seit wir sie verlassen hatten. Dass Deacon sich um sie gekümmert hatte, ohne *sich um* sie zu kümmern. Der Mann hatte Charme, da würde jeder zustimmen, und obwohl ich ihm vertraute, gehörte Anabeth mir. Eine Art ursprünglicher, animalischer Drang, sie zu markieren, sie zu beanspruchen und sie ganz für mich zu behalten, durchströmte mich, wann immer ich an sie mit jemand anderem dachte. Etwas, das ich wahrscheinlich unterdrücken sollte, bis ich sie überzeugt hatte, zu bleiben.

Oder sie überzeugt, mich mitzunehmen, wenn sie geht.

Justice für immer zu verlassen, war noch nie eine Option gewesen, aber nach den letzten paar Tagen? Nachdem Blade sie als Geisel genommen hatte? Nach dem bloßen Gedanken, dass sie es vielleicht nicht lebend aus dem Haus geschafft hatte? Ich wollte sie auf keinen Fall kampflos gehen lassen. Einen, der hoffentlich nicht in Blutvergießen endete.

Deacon öffnete die Vordertür, als wir in der Einfahrt von Hansen anhielten, lehnte eine Schulter an den Pfosten und beobachtete uns mit einem leichten Lächeln im Gesicht.

„Sie trinkt eine Menge Tee", sagte er, seine Augen auf meine gerichtet, als ich aus dem Jeep stieg.

„Das war schon immer so. Miss auch."

Er zuckte mit den Schultern und richtete seinen Blick auf Gage. „Sind wir alle gut?"

„Ja." Gage kletterte auf die Veranda und fuhr sich noch einmal mit der Hand über sein nasses Haar. „Ich muss mich noch um ein paar Kleinigkeiten kümmern, aber die vier werden keine Geschichten erzählen."

„Gut." Deacon nickte und trat auf die Veranda hinaus. „Ich glaube, du brauchst etwas Zeit mit deinem Mädchen, Bishop. Oder vielleicht braucht sie Zeit mit dir."

Ja. Das habe ich definitiv gebraucht. „Bleibt ihr zwei hier?"

„Nee", sagte Deacon und schüttelte den Kopf. „Gage und ich werden Rex zum Frühstück ausführen."

Meine Lippen verzogen sich zu einem Lächeln, und ich warf einen Blick auf Gage. „Zu Katie's?"

Deacon zuckte mit den Schultern und sah aus, als wüsste er genau, was er vorhatte. „Ja. Es ist nah genug, und sie haben gutes Essen. Außerdem scheint es sie nicht zu stören, dass der Köter in ihrem Restaurant herumläuft. Bist du dabei, Mann?"

„Könnte essen", sagte Gage, ohne einen von uns anzusehen, als er nickte. Zu steif, um lässig zu sein. Der Mann wollte mehr als nur essen, aber er gab es nicht zu. Er pfiff, und Rex kam aus dem Flur herausgerannt, sprang und sabberte seinen Besitzer an.

„Also", sagte ich und konzentrierte mich auf meine Freunde statt auf den Köter zu meinen Füßen. „Ihr zwei geht zum Frühstück und ich..."

„... werde Über die Planke gehen." Gage grinste.

Exakt. „Idiot".

Deacon gluckste und klopfte mir auf die Schulter, als er an mir vorbeiging. „Sie ist etwas Anderes, das ist sicher. Ich kann verstehen, warum du an ihr hängst. Viel Glück, Mann."

Ich hatte das Gefühl, ich würde es brauchen.

Gage rempelte mich an und hielt sich dabei an meinem Ellbogen fest. Unterstützend, aber mich in meine Schranken weisend. „Jetzt weiß ich, warum du nie mit Rothaarigen ausgegangen bist. Sie ist verdammt unvergesslich."

Ich schnaufte, weil ich wusste, dass es keine Möglichkeit gab, diese Tatsache zu leugnen. „Völlig."

Er starrte mich hart an, sein Gesicht ernst, seine Hand fest auf meinem Arm. „Ich bin froh, dass ich es nicht vermasselt habe und sie getötet wurde."

Das war so nah an der Emotion, wie ich den Mann je gesehen hatte.

„Ich auch." Understatement. Denn wenn sie letzte Nacht gestorben wäre? Meine Welt wäre genau da zu Ende gegangen, wo sie wirklich begonnen hatte.

Gage klopfte mir auf die Schulter, dann trat er hinaus in den Regen und folgte Deacon über die Einfahrt. Sie ließen mich allein auf der Veranda zurück und machten sich auf den Weg zum Essen und zu der kleinen Brünetten, die wieder in die Stadt gezogen war. Ich? Ich war mehr an der Rothaarigen im Haus interessiert.

Ich starrte eine Handvoll langer Minuten durch die offene Tür - die Nerven brannten und die Angst kroch immer höher, sodass ich fast ertrank. Aber wie wenn das Wasser über die Straße brach, gab es keinen anderen Weg als den nach vorne. Ich konnte nicht wissen, ob sie über das, was ich Blade angetan hatte, hinwegkommen würde, wenn ich mich nicht direkt damit auseinandersetzte. Keine Chance, sie zu überzeugen, bei mir zu bleiben, wenn ich nicht kämpfte.

Also setzte ich einen Fuß vor den anderen, trat ein und schloss die Tür hinter mir.

Anabeth

Das Blut eines toten Mannes, der mich mit einem Messer bedroht hatte, von den Holzböden meiner Großmutter zu wischen, stand noch nie auf meiner Liste der Dinge, die ich tun wollte. Es zu tun und gleichzeitig zu versuchen, dem Freund Ihrer Ex, der den Mann getötet hatte, keine Angst zu zeigen, war ungefähr so schlimm, wie es sich anhört. Und anstrengend. Die alternative Realität, in der ich mich befand, war wirklich ätzend, bis auf die Tatsache, dass Bishop bald zurückkommen würde, um mich zu sehen. Oder zumindest hoffte ich das. Gott, wenn er es nicht tat...

„Noch eine Tasse Tee? Du wirst uns noch davonschweben." Deacon - gutaussehend, charmant und viel zu sanftmütig für jemanden wie Justice - warf mir über den Küchentisch hinweg ein neckisches Grinsen zu. Ich habe es nicht erwidert.

„Tee beruhigt mich."

Und das tat er normalerweise auch, aber dann nicht. Ich war in der Küche gewesen, seit wir mit dem Bleichen des Bodens fertig waren. Ich hatte meine erste Tasse gemacht, während Deacon draußen war und unsere blutigen Kleider und Handtücher verbrannte. Als die Stunden vergingen und Bishop nicht zurückkam, trank ich weiter. Ich war bei Becher Nummer 8. Vielleicht neun.

Mein Lieblingstee war auch nicht mehr da.

Ich klammerte mich an die letzte Tasse, hatte fast Angst, einen Schluck zu nehmen. Ich wollte nicht, dass der Trost, den er mir bot, aufhört. Ich mochte schon immer Pfefferminztee. Sie waren eine Verbindung zu Bishop. Er hatte Minzkaugummi gekaut, als ich ihn kennenlernte, und er hatte es wieder getan, als er mich das erste Mal geküsst hatte. Als ich ihn verließ, konnte ich nicht die Musik hören, die mich an uns erinnerte, oder die Filme und Fernsehsendungen sehen, die wir zusammen gesehen hatten. Aber die Minze ... die Wärme in mir, wenn ich den Tee trank, der nach ihm schmeckte ... das blieb. Es wurde zu einer Konstante in meinem Leben. Ein kleines Stückchen Bishop mit mir, egal wohin ich ging. Und es war dabei, für diese Reise zu enden, weil Bishop vielleicht nie wieder mit mir reden wollte.

Der Gedanke weidete mich aus, ließ mich unfähig, zu denken oder zu tun oder irgendetwas zu beachten, während der Tee in der Tasse kalt wurde. Als Deacon kam und ging. Als das Licht begann, über die Berge zu schauen und den Morgenhimmel zu erhellen.

Als Bishop plötzlich im Eingangsbereich der Küche auftauchte.

Groß und schlank, mit rauen Kanten, die Deacons glatten entgegenwirkten, stahl Bishop die ganze Luft aus dem Raum, bevor er sie wieder einatmete. Etwas wie Ruhe legte sich über mich, als ich unter seinem stählernen Blick dasaß. Etwas Vertrautes und Angenehmes. Etwas, das ich nur ungern aufgeben würde, wenn er mir nicht verzeihen würde, was ich wusste, dass ich es ihm endlich sagen musste.

„Ich weiß, das muss beängstigend sein", sagte er und sah dabei fast fest aus. Als ob ich ihn rauswerfen würde, anstatt ihn einzuladen. Ich habe ihm das angetan, ihn zweifeln lassen. Das lag alles an mir.

Ich habe mich manchmal selbst gehasst. „Es war sehr beängstigend."

Er nickte und hielt sich an der Wand fest. Er stützte sich ab, während sich die Muskeln in seinem Bizeps ausbeulten. Er stand und blockierte die Tür und starrte. Und er ließ Worte wie Bomben in die Stille der Küche fallen.

„Ich mag das Töten nicht."

Mein Magen verknotete sich, als ich einen Schluck des zu kühlen Tees nahm, um mir ein letztes bisschen Ruhe zu verschaffen, bevor ich mich ins Wasser stürzte.

„Ja, nun - du hast aus Notwehr getötet." Ich setzte den Becher ab, meine Hand zitterte bereits. „Ich habe nicht die gleiche Ausrede."

Seine Augenbrauen fielen, und seine Schultern entspannten sich. Nicht sehr viel, aber genug. Er war bei mir. Schenkte mir Aufmerksamkeit. „Was meinst du?"

Und da war es. Meine Eröffnung ... meine Chance, alles offenzulegen. Ihm die Wahrheit zu sagen und mit den Auswirkungen davon umzugehen. Um für meine Sünden zu büßen. Allerdings war es schwer, die Worte zu finden, nachdem ich sie so viele Jahre versteckt hatte. Fast unmöglich. Zumindest am Anfang.

„Anabeth?"

Zeit zum Sinken oder Schwimmen.

„Finn fing gleich nach Thanksgiving unseres Abschlussjahres an, Drogen zu nehmen. Zumindest wusste ich zu diesem Zeitpunkt, dass er Drogen nahm." Ein harter, scharfer Stich von Schuldgefühlen überkam mich bei dem Schock in seinem Gesicht. Sie hatten es nicht gewusst - wie ich später herausfand, hatte Finn seiner Familie erst viel später erzählt, dass er ein Problem hatte. Seit Monaten. Bis dahin...

„Okay." Bishop kam näher und setzte sich auf einen Stuhl neben mich. Er blieb jedoch auf Abstand. Der Raum zwischen uns gähnte, und seine Augen wurden flach und wachsam. „Wir haben es erst im Spätsommer herausgefunden.“

„Ich weiß.“

„Da warst du schon weg.“

„Ich blieb mit ein paar Leuten in Kontakt, und Finn ... schrieb mir Briefe.“

Bishop nickte und sah so verdammt verletzt aus. Ein Mann, der die Zeit, in der er in die Hölle gerutscht war, noch einmal durchlebt. Bis dahin hatte er mich in Vegas aufgespürt. Er wollte herausfinden, warum ich ihn verlassen hatte. Ich hatte ihm die Tür vor der Nase zugeschlagen, sowohl wörtlich als auch im übertragenen Sinne.

Und das war noch nicht das Schlimmste.

„Du kamst in jenem Jahr in den Frühjahrsferien nach Hause“, sagte ich und ließ zu, dass ich mich erinnerte. Ausnahmsweise erlaubte ich der Freude, sich durch die Traurigkeit zu schleichen. „Du hast mir gesagt, dass du mich heiraten willst.“

Er ballte seine Hand zu einer Faust. Er zog sich noch mehr zurück. „Das habe ich.“

Es war an der Zeit. Aber selbst als ich mir dessen sicher war, als ich auf die alte Tischplatte hinunterstarrte, unfähig, ihm dafür ins Gesicht zu sehen, waren die Worte einfach so schwer zu sagen.

Meine Stimme war rau, als ich sagte: „Wir haben in dieser Woche ein Baby gemacht.“

Ich fühlte mehr, als dass ich ihn zurückweichen sah, etwas, das meine Augen zu seinen zwang, selbst als sie von den Tränen brannten, die ich mit aller Kraft zurückhalten wollte. Der Blick in seinem Gesicht, die Überraschung. Der Schmerz. Es brachte mich fast um, also eilte ich weiter.

„Ich habe es nicht herausgefunden... Ich hätte es nicht geheim gehalten, aber als ich es wusste...“

„Du warst weg.“ Hart und wütend, seine Worte trafen mich wie ein physischer Schlag. Sie warfen mich in meinem Stuhl zurück. So falsch und doch nicht hart genug. Nicht für das, was ich geschehen ließ. Sondern für das, was ich getan hatte.

„Nein", sagte ich, atmete tief durch und kämpfte darum, dass die Übelkeit nicht in meiner Kehle aufstieg. „Als ich es erfuhr, hatte ich sie bereits umgebracht."

Bishop taumelte auf die Füße, sein Stuhl flog quer durch den Raum, als er zurückstolperte. „Du hast abgetrieben, ohne mit mir zu reden?"

„Nein", sagte ich, schüttelte den Kopf und schloss die Augen gegen das, was ich wusste, was kommen würde. Was ich wusste, dass ich es sagen musste. „Das hätte ich nicht getan."

Was ich getan hatte, war nicht viel besser gewesen.

„Was dann, Anabeth?" Bishop klang fast wütend. Wütend und wahrscheinlich unsicher, wohin er seine Wut richten sollte. „Du erzählst mir, du warst mit meinem Kind schwanger und hast es getötet... Was zum Teufel ist passiert? Was war so schlimm, dass du vor mir weglaufen musstest und nie mit mir darüber gesprochen hast?"

„Finn benutzte..."

„Das weiß ich", brüllte er.

Ich sah auf und begegnete seinem Blick. Ich brauchte seine volle Aufmerksamkeit für mein Geständnis. „Und das war ich auch."

Bishop erstarrte und starrte mich mit offenem Mund an. Jeder Zentimeter von ihm war angespannt, aber zurückhaltend. Wie an einer Leine. „Du hast was?"

Diesen Teil konnte man nicht auf hübschen. „Es war nicht so oft oder so viel, aber ich... ich hing oft mit ihm rum. Wir haben es manchmal benutzt. Es half mir, mich besser zu fühlen, wenn ich dich vermisste."

„Es ist also meine Schuld."

„Nein, es gehört ganz mir. Aber ich möchte, dass du verstehst.

Ich habe es gehasst, hier ohne dich zu sein. Ich habe aber nie versucht, dich zurückzuhalten. Ich wollte dir nicht in die Quere kommen. Also wartete ich und füllte meine Zeit mit dem, was ich konnte, um mich bei Verstand zu halten."

Er schritt, seine Schritte schnell und kräftig. Sein Weg war zu kurz für einen so weiten Schritt. Wie eine Art eingesperrtes Tier. „Wie lange?"

Die Drogen. Natürlich würde er mehr über die Drogen wissen wollen.

„Fast ein Jahr bevor ich clean wurde. Der Freund von Miss, der mich aufnahm, wollte nicht mit mir arbeiten, wenn ich high war, und ich wollte auftreten, also hörte ich auf. Ging zur Reha. Habe all die Dinge getan, die er mir sagte, die ich tun sollte, all die Dinge, die Miss wollte, dass ich sie tue. Bis auf eins. Ich bin nicht hierher zurückgekommen. Ich konnte keinem von euch gegenübertreten, nachdem was passiert war."

Bishop setzte sich wieder hin, schwer. Müde. Er hielt immer noch so viel Abstand zwischen uns. Eine Distanz, die mich vor seiner Berührung erzittern ließ.

„Jesus, Anabeth. Ich hätte dir geholfen."

„Das weiß ich. Aber zu dem Zeitpunkt... verzehrte mich die Schuld. Ich schämte mich so sehr für das, was ich getan hatte. Was ich für uns verloren hatte." Ich schüttelte den Kopf und wischte die kalten, nassen Spuren unter meinen Augen weg. Die Tränen, zu denen ich kein Recht hatte, zu weinen. „Ich konnte dir nicht ins Gesicht sehen."

Er rückte näher und schob seinen Stuhl an die Tischkante. Das ließ mein Herz einen Schlag aussetzen. „Wie hast du das Baby verloren?"

Oh Gott. Das eine Geständnis, das ich vor allen anderen hasste. Die Erinnerung, die mich jeden Tag auffraß, die mich nie zur Ruhe kommen ließ, die mir Albträume bescherte. Die Entscheidung, die mich fast umgebracht hatte. Aber es war an der Zeit - er verdiente die Wahrheit. Die ganze Geschichte, auch die hässlichsten Teile.

„Die alte Scheune... das Meth-Labor, das du niedergebrannt hast? Sie steht schon sehr lange da. Finn hat sie eines Sommers gefunden und wir haben sie zu unserem geheimen Ort gemacht. Er und ich versteckten uns im letzten Jahr dort unten, wurden high und hingen herum, als wäre es eine Art Clubhaus." Ein Clubhaus mit Feuerzeugen und Zigarettenpapier, Nadeln und Gummischläuchen. All die Dinge, die wir brauchten, um die Euphorie zu erreichen, die wir anders nicht finden konnten. Zumindest, bis ich es zu weit trieb. „Eines Tages bekam Finn dieses neue Meth - er sagte, es sei zu gut, um es zu rauchen, und dass wir es injizieren müssten. Also tat ich es. Ich habe ihn nicht einmal in Frage gestellt."

„Du hast eine Überdosis?"

Wenn doch nur. „Nein. Ich hatte einen Anfall, und mein Herz hat aufgehört zu schlagen. Technisch gesehen, bin ich gestorben."

Bishop zuckte zurück, die Fäuste erhoben, als wolle er einen Schlag ausführen. Er schloss die Augen und flüsterte ein raues „Jesus, Anabeth", bevor er den Kopf schüttelte.

Jeder Zentimeter von mir schmerzte, mein Körper zitterte und war kalt. *Noch nicht*, sagte ich mir. *Du kannst brechen, wenn du fertig bist, aber noch nicht.*

„Ich bin dankbar, dass Finn mir Hilfe besorgt hat. Bis heute weiß ich nicht, wie ich es geschafft habe, aber ich habe es geschafft. Ich wachte in einem Krankenhausbett auf und dachte, dass ich so viel Glück hatte, dass ich endlich den Tiefpunkt erreicht hatte und das nutzen konnte, um einen Neuanfang zu machen. Ich könnte clean werden und wieder die richtigen Dinge tun. Und ich hatte vor, dir von den Drogen und dem Anfall zu erzählen - das hatte ich wirklich. Aber nachdem ich stabilisiert war und wusste, was vor sich ging, kam dieser Arzt herein und sah so wütend aus. Er stand am Ende meines Bettes und beschimpfte mich, weil ich so unverantwortlich war. Er erzählte mir, dass ich schwanger gewesen war, es aber nicht mehr war. Dass ich das Baby verloren hätte, als ich…"

Ich konnte es nicht aussprechen. Konnte nicht einmal ihm gegenüber zugeben, dass mein Drogenkonsum uns das Leben unseres Kindes gekostet hatte. Ich konnte nur dasitzen und schluchzen wegen allem, was mich diese eine Entscheidung gekostet hatte. Meine Zukunft, meine Familie, mein Kind, Bishop - einfach alles. Die Schuld überschwemmte mich, ließ mich in einem Meer von Gefühlen ertrinken, das zu rau war, um es zu durchqueren. Zu kalt, um zu überleben. Und Bishop … wenn er wegging, wie ich es immer angenommen hatte, wenn er mich jetzt als etwas Erbärmliches und Grausames sah, würde er mein Herz mit sich nehmen. Vollständig und komplett. Es gäbe keine Zukunft mehr, keine Chancen, keine Möglichkeiten. Es gäbe keine Hoffnung mehr in meiner Welt.

Aber Bishop ging nicht weg. Er gab auch keinen Laut von sich. Er saß und starrte mich an, und er blieb so still, dass ich fast nicht wusste, was ich tun sollte.

Und er brachte mich zum Schreien, als er seine Arme um mich schlang und mich in seinen Schoß hob.

Kapitel

23

Bishop

Mein Gott, dieses Mädchen. So viel. Sie hatte *so viel* durchgemacht, während ich in der Schule war. Und ich hatte keine Ahnung. Keine. Ich hatte sie im Stich gelassen. Ich war unvorsichtig mit der einzigen Person, mit der ich hätte vorsichtig sein sollen. Ich hatte mein eigenes Ding durchgezogen, mich an den Rand gedrängt, um schnell fertig zu werden, statt mir Zeit zu lassen. Ich habe sie meinen Brüdern überlassen, damit sie ein Auge auf sie werfen konnten, anstatt zu warten oder einen Weg zu finden, uns zusammenzuhalten. Ich kannte ihre Vergangenheit - ich hatte immer gewusst, dass Drogen und Sucht ein Teil ihrer Familiengeschichte waren. Ich hätte aber nie gedacht, dass sie sie wieder berühren würden. Ich hätte nie gedacht, dass sie in deren Bann geraten würde. Ich hatte mich so sehr geirrt.

Ich packte sie, unfähig, auch nur einen Zentimeter Abstand zwischen uns zu halten. Ich musste sie festhalten und mich daran erinnern, dass sie diesen Tag überstanden hatte. Dass sie noch hier war, noch atmete, noch lebte. Dass die Welt sich weiterdrehen konnte, nur, weil ihr Herz weiterschlug.

„Du hättest es mir sagen können", sagte ich, während ich sie auf meinen Schoß zog und meinen Körper um ihren rollte. Ich beschützte sie. Ich versuchte, ein Schutzschild gegen alles zu sein, was sie verletzen könnte, doch ich kam zu spät. Der Schmerz kam von innen, und es gab nichts, was ich tun konnte, um ihn aufzuhalten.

Anabeth schüttelte den Kopf, seufzte und ließ sich an mich sinken. „Ich habe mich für alles gehasst. Ich habe mich so sehr gehasst."

„Ich meinte, von Anfang an. Du hättest mir von den Drogen erzählen können - ich hätte dir geholfen, clean zu werden. Ich hätte Finn die Scheiße aus dem Leib geprügelt, weil er das Zeug überhaupt in deine Nähe gebracht hat."

„Es war nicht seine Schuld. Ich habe ihm so lange die Schuld gegeben, aber es war meine Entscheidung, es zu benutzen." Sie klammerte sich an mich und verkrallte ihre Hände in meinem Hemd. „Ich habe es aber nicht als Problem angesehen. Wir haben benutzt, wir haben nicht - es gab nie ein Bedürfnis, weißt du? Es schien nie eine große Sache zu sein. Nicht bis zu diesem Tag." Sie schüttelte den Kopf. „Es tut mir so leid, dass ich nichts über Finn gesagt habe, als er anfing, Drogen zu nehmen. Ich hätte nie gedacht, dass er so tief fallen würde."

Ich konnte in diesem Moment nicht an meinen Bruder denken. Nicht ohne eine Menge verdammter Wut. Er hätte Anabeth beschützen sollen, sie nicht auf den Weg führen, den er tat. Und wenn ich wüsste, was mit ihm passiert war - die Jahre der Sucht, die Jahre im Gefängnis -, dann hätte das alles sie sein können. Ich hätte sie für immer verlieren können. Ich war so wütend, dass ich ihn am liebsten gejagt und verprügelt hätte, aber ich tat es nicht. Konnte es nicht. Anabeth war ein Wrack und brauchte mich immer noch, und dieses Mal würde ich sie nicht enttäuschen.

Ich würde sie stattdessen unter Druck setzen. Ich würde die ganze Geschichte erfahren. „Erzähl mir von Vegas."

Anabeth holte tief Luft, als ob sie sich gegen weitere Schmerzen stählen wollte. Scheiße, ich hasste es, dass ihr das so wehtat.

„Miss hat mich dorthin gebracht, um mich von Finn wegzubringen, obwohl sie dachte, es wäre nur vorübergehend. Paul, der Mann, der die Tür öffnete, als du nach mir gesucht hast, war ein Freund von ihr. Er sollte mich unterbringen, während ich clean wurde und meinen GED machte, da ich hier auf keinen Fall wieder zur Schule gehen wollte."

„Aber du bist geblieben. Was ist also passiert?"

„Paul war ein Medium auf dem Strip - er sprach mit toten Menschen und bezauberte Touristen. So lernte er Miss kennen - die beiden trafen sich bei einem New-Age-Seminar für Begabte. Wie auch immer, er nahm mich ein- oder zweimal mit, während er auftrat, nur um mich aus der Wohnung zu bekommen. Ich verliebte mich in das, was er tat, in die Leute, die ihm zusahen, und in die Art, wie er die Menschenmengen beherrschte. Ich wollte es für mich selbst, aber Miss wollte mich nicht auf der Bühne. Sie fand, ich sei noch nicht bereit für eine so schmutzige und unehrliche Welt. Paul stimmte zu und erfüllte ihre Bitte. Für eine Weile."

„Was hat seine Meinung geändert?"

„Ich rutschte immer wieder ab - nahm Drogen. Rückfällig, schätze ich, obwohl ich zu Beginn nie wirklich clean war, also passt dieses Wort vielleicht nicht. Wie auch immer - ich ging aus, wurde high, geriet in Schwierigkeiten. Paul hat mich dazu gebracht, zur Schule zu gehen, um meinen Abschluss zu machen und hat mich sogar durch eine Berufsausbildung zur Zahnhygienikerin geschickt, während ich..."

Mein Glucksen stoppte sie. „Sorry. Es ist nur..."

„Kannst du dir nicht vorstellen, dass ich mich den ganzen Tag mit Zähnen beschäftige?"

„Ganz und gar nicht."

„Ja, das konnte ich auch nicht. Und ich war so unglücklich

und deprimiert, was mich nur noch mehr den Drogen nachjagen ließ. Es war ein Teufelskreis, aber das Einzige, was mich glücklich machte - und mir das Gefühl gab, dass es eine Art Zukunft gab, auf die ich mich freuen konnte - war, bei Pauls Shows abzuhängen und die verschiedenen Künstler zu beobachten. Ich wusste, dass ich genug Fähigkeiten mit dem Tarot-Deck hatte, um das Gleiche zu tun. Schließlich bot Paul mir eine Chance - er würde mich mit ihm auf die Bühne stellen und mir den Einstieg in die paranormale Unterhaltung ermöglichen, aber nur, wenn ich sauber bliebe."

Kluger Kerl. „Du hast also gekündigt."

„Ja. Ich habe aufgehört. Habe seitdem nichts Härteres als ein Aspirin angefasst."

Ich küsste die Spitze ihres Kopfes, so verdammt dankbar für den Kerl, den ich so lange gehasst hatte. Ohne ihn hätte ich sie wirklich verlieren können. Ich würde ihm nie vergelten können, was er für Anabeth getan hatte. Und ich würde nie darüber hinwegkommen, wie sie sich praktisch ganz allein hochgezogen hatte, um zu bekommen, was sie wollte, und das ohne Drogen in ihrem Weg.

„Ich bin stolz auf dich."

„Musst du nicht", sagte sie, lehnte sich zurück und zog sich zurück, um sich das Gesicht abzuwischen. „Ich hätte gar nicht erst anfangen sollen. Ich hätte niemals alle darüber anlügen sollen." Sie sah zu mir auf, mit so viel Traurigkeit in den Augen. Ich konnte nicht widerstehen. Ich umfasste ihr Gesicht, meine großen Hände glitten bis in ihren Haaransatz.

„Ich hasse es, dass du das alles alleine durchgemacht hast."

„Ich hatte Miss - sie rief jeden Tag an und tat ihr Bestes, um da zu sein, wenn ich sie wirklich brauchte."

Was wir beide wussten, war nicht genug. Ich würde nicht schlecht über die Frau reden, weil sie tat, was sie für das Beste hielt, aber das bedeutete nicht, dass ihre Handlungen mir keinen Schmerz bereitet hätten. Sie hatte nicht geholfen, die letzten 14 Jahre meines Lebens zu ruinieren.

Ich würde einfach irgendwann lernen müssen, diese Wut herunterzuschlucken. „Ich habe sie besucht - wir haben oft hier in dieser Küche gegessen. All diese Jahre, und sie hat nie ein Wort zu mir gesagt.“

„Sie hasste es, meinen Anfall und das Baby geheim zu halten, aber ich ließ sie versprechen. Ich flehte sie jedes Mal an, wenn ich anrief. Ich konnte nicht damit umgehen, dass du es weißt... Und der Gedanke, dass du mich dafür hassen würdest, was ich getan habe? Es tat einfach alles so sehr weh. Der Schmerz hörte keine Sekunde lang auf.“

Ich streichelte ihren Rücken und küsste sie erneut, als es nicht mehr weiterzugehen schien, diesmal auf ihre gerötete Wange. Die ohne den blauen Fleck, der sie verunstaltete. Gott, ich hatte so viel wiedergutzumachen. Ich hatte sie so sehr enttäuscht.

Ich würde sie nie wieder im Stich lassen.

„Jetzt ist es vorbei, Firefly.“ Ich schlang meine Arme um sie und zog sie an mich. Ich wollte sie beschützen. Um sie festzuhalten. Um sie zu beschützen. Damit sie mir gehört. „Ich habe dich, und ich lasse dich nicht mehr los. Egal, was passiert.“

Sie schüttelte den Kopf, so verdammt stur wie immer. „Du solltest. Du solltest mich wegstoßen und mich dazu bringen, zu gehen. Bishop, ich...“

„Hör auf, dich selbst zu quälen“, sagte ich und sprach jedes Wort mit Auszeichnung. „Du bist an dem Tag gestorben. Ich hätte dich verlieren können.“

Ihre Augen sahen so schmerzhaft, so herzzerreißend traurig aus, als sie zu mir aufblickte. „Ich habe unser Baby verloren.“

Ja, das tat weh. Und zwar sehr. Mehr als ich je für möglich gehalten hätte, wirklich. Der Gedanke, dass wir ein Leben erschaffen hatten, ein Kind, und dass Drogen das winzige Wesen zerstört hatten, bevor es überhaupt richtig begonnen hatte... Ich wusste nicht, wie ich damit umgehen sollte. Ich wusste nicht, wie ich den Verlust der Möglichkeit so viele Jahre später betrauern sollte.

Was ich wusste, war, dass ich alles geben würde, um es noch einmal zu versuchen. „Du hast sie vorhin genannt. Hätten wir ein Mädchen bekommen?"

„Ich weiß es nicht. Sie haben es mir nie gesagt, aber ich denke an sie wie an ein kleines Mädchen. Ich denke immer an sie."

Ich hatte das Gefühl, das würde ich jetzt auch. „Ich wünschte, du hättest es mir gesagt, damit ich mit dir trauern kann. Ich hätte dich auffangen können, als du gefallen bist, meine Schöne."

Sie schniefte und lehnte ihre Stirn an meine Brust, während ich sie schaukelte. „Ich hatte solche Angst, du würdest mich hassen."

„Vielleicht sollte ich das." Ich hielt sie fester, als sie versuchte, sich wegzuziehen. „Du hast mir meine Wahlmöglichkeiten genommen und mich von allem abgeschnitten, was ich hätte tun wollen - mich um dich kümmern, gemeinsam um unseren Verlust trauern, zu Erwachsenen heranwachsen, die mit all dem Scheiß besser hätten umgehen können. Das hast du mir gestohlen."

Ihre Atmung beschleunigte sich, und sie verschluckte sich an einem leisen „Es tut mir so leid."

„Ich auch, und es wird einige Zeit dauern, bis ich damit zurechtkomme. Aber ich *werde* es in den Griff bekommen. Und ich möchte, dass du weißt, dass ich immer noch voll dabei bin, Anabeth. Das war ich immer und werde ich immer sein." Ich hielt sie fester, unfähig, sie loszulassen. Nicht gewillt, ihr eine Chance zu geben, sich wieder zurückzuziehen, aber ich musste noch eine Sache wissen. Das Allerwichtigste. „Also, was muss ich tun, um sicherzustellen, dass du ganz bei mir bist?"

Sie zuckte zurück und starrte mich mit großen Augen an. „Was meinst du?"

Zeit, die Karten auf den Tisch zu legen. „Du und ich. Zusammen.

Wie sollen wir das machen? Musst du zurück nach Vegas, um aufzutreten?"

Sie nickte langsam und sah mich immer noch an. Immer noch fassungslos. Das war okay, ich war auch verdammt gut betäubt.

„Wann?"

„Ich kann ein paar Dinge schieben, aber ich habe nächste Woche eine Show, die ich nicht verpassen darf."

Mehr Zeit, als ich gedacht hatte. Aber nur, wenn sie diese Tage mit mir teilen wollte. „Wie lange willst du denn hierbleiben?"

„Bishop, das ist verrückt..."

„Willst du mit mir zusammen sein, Anabeth?"

Sie saß so still wie ein Stein und beobachtete mich mit blutunterlaufenen Augen. Sie nahm mich in sich auf. Ich weigerte mich, zu schwanken, hielt ihren Blick wie ein Mann auf einer Mission. Wie ein Mann, der sein Herz ein letztes Mal verschenken will.

„Und du?" Ich drängte, als sie mir nicht antwortete. Ungeduldig. Ich hatte so lange auf diesen Moment gewartet - ich war das verdammte Warten leid.

Ihr Nicken ließ mein Herz höherschlagen, und ihr geflüstertes Ja brachte mich fast um. Endlich. Auf keinen verdammten Fall würde ich sie wieder gehen lassen. Nie wieder. Egal was passiert, ich würde von diesem Tag an ständig an ihrer Seite sein.

„Gut, denn ich möchte auch mit dir zusammen sein. So verdammt viel, Anabeth. Ich will keine weitere Sekunde ohne dich an meiner Seite verschwenden. Das heißt, wir bewältigen deine Karriere und meine Aufgaben hier gemeinsam. Als ein Team."

Sie nickte wieder und sah immer noch völlig überrascht aus. „Du willst mit mir zusammen *sein*."

„Das habe ich immer, Firefly." Ich zog sie an mich und verschloss ihren Mund mit meinem, unfähig, diesen weichen, süßen Lippen noch eine Sekunde zu widerstehen. Ich wollte nie wieder aufhören, sie zu küssen. Und als sie leise für mich stöhnte, als sie ihren Mund gegen meinen öffnete, nutzte ich das voll aus. Ich leckte mich hinein und kostete jeden Zentimeter ihres Mundes aus. Ich packte ihre Hüften und drückte sie fest an mich, bis es sich anfühlte, als ob wir uns allein durch diesen Kuss heilen könnten. Dass wir die Stücke wieder zusammensetzen könnten.

„So viel verlorene Zeit", sagte ich, als ich ihren Mund freigab, damit ich an ihrem Hals knabbern konnte. „So viele verpasste Gelegenheiten, dich zu schmecken."

„Bishop."

Mit den Händen an ihrem Hintern zog ich sie näher heran und wollte sie für immer festhalten. Wollte sie nie wieder loslassen. „Sag einfach immer wieder meinen Namen, Firefly. Jedes Mal, wenn du das tust, weiß ich, dass wir einen Schritt näher an der Ewigkeit sind."

Sie lächelte, drehte sich um und zog ein Bein hoch, um sich über mich zu spreizen, bevor sie sich vorbeugte, um den sanftesten, süßesten Kuss meines Lebens auf meine Lippen zu geben. Und als sie sich zurückzog, um mir ihr echtes Lächeln zu schenken, das die Leute so selten sehen, wusste ich, dass sie mir gehörte. Für immer.

Mein Herz fühlte sich so verdammt voll an, aber es gab immer noch Dinge, die gesagt werden mussten. „Du und ich? Wir gehen zur Arbeit. Nichts kann sich uns mehr in den Weg stellen. Aber wir müssen ehrlich zueinander sein. Keine Geheimnisse mehr. Kein Verstecken vor irgendetwas. Wir müssen füreinander die größten Verbündeten sein. Ich will keine Zweifel zwischen uns."

„Kein Zweifel mehr." Sie küsste mich wieder, ihre Lippen so verdammt weich gegen meine. Ihr Körper so warm und geschmeidig. „Bishop."

„Siehst du, Firefly? Du hast meinen Namen gesagt... das ist ein Schritt näher."

Sie lachte und ließ ihre Hüften kreisen, neckte mich direkt an ihrem Küchentisch. Sie bot mir alles von sich an. Und ich nahm. Probiert. Verschlungen. Denn sie gehörte mir und ich gehörte ihr, und nichts - keine Drogen, keine Vergangenheit, keine Jobs, die wir beide liebten - würde sie mir jemals wieder wegnehmen.

Ich würde dafür sorgen, verdammt.

Kapitel

24

Vier Tage. Wir brauchten vier Tage, um wieder zu Atem zu kommen, nachdem wir uns einander verpflichtet hatten. Ich hatte Anabeth in meine Wohnung gebracht und das Angebot meiner Brüder und Freunde angenommen, das Haus zu bewachen… solange sie draußen blieben. Gage und Rex waren in das Haus auf dem Bergrücken gezogen, damit er die beiden kaputten Türen reparieren konnte und wir etwas Platz hatten. Anabeth und ich mussten uns erst wieder zusammenraufen, und das erforderte Privatsphäre. Etwas, das die Jungs und Gage akzeptierten. Ich hatte allerdings das Gefühl, dass man mich unerbittlich verspotten würde, sobald ich wieder zur Arbeit ging.

Es lohnt sich.

Ich öffnete die Tür zum Baker's Cottage und führte Anabeth durch die Öffnung, wobei ich meine Hand auf ihren unteren Rücken legte. Und wenn ich diese Hand nur ein wenig fallen ließ, um über ihren Hintern zu streichen, dann war das ebenso. Es schien sie definitiv nicht zu stören. Tatsächlich schenkte sie mir ein freches Lächeln über ihre Schulter, bevor Shye ihre Aufmerksamkeit stahl.

„Schön, dich zu sehen, Anabeth. Bishop." Die kleine Blondine grinste, während sie uns zu einem Tisch an der Bar begleitete, wahrscheinlich hatte sie von Alder alles über unsere erneuerte Beziehung gehört. Mein Bruder war manchmal ein neugieriger Mistkerl. Er behauptete, er müsse wissen, was vor sich ging, um die Sicherheit der Stadt zu gewährleisten. Ich dachte, er tratscht nur gern.

„Die Tagessuppe ist Maissuppe, und Katie hat einen Hackbraten im Angebot, der sehr beliebt ist. Kann ich euch beiden etwas zu trinken holen, während ihr die Speisekarten durchseht?"

Bevor wir antworten konnten, kam Alder aus der Küche durch die Tür geschlendert, Katie folgte ihm. Gage war nicht weit dahinter, was mich nicht überraschte. Dass Finn praktisch zur gleichen Zeit durch die Vordertür kam, allerdings schon.

Anabeth versteifte sich an meiner Seite, und all die ungelöste Wut aus ihrer Geschichte - davon zu erfahren, dass er mit ihr Drogen genommen hatte, sie ihr vorgestellt hatte, obwohl er wusste, dass sie das Kind einer Süchtigen war, und nie ein verdammtes Wort zu mir darüber gesagt hatte - floss über. Ich hatte gedacht, wenn ich Finn das nächste Mal sehe, würde ich ihm den Arsch versohlen. Ich hatte eher das Gefühl, ich würde ihn umbringen.

„Bishop, bitte." Anabeth lehnte sich nahe heran, ihre Hand auf meinem Gesicht und ihre Augen hielten meine. „Es ist die Vergangenheit. Lass die Dinge nicht an Finn aus."

„Warum denkst du, dass ich irgendetwas an ihm auslassen werde?"

Sie hob eine Augenbraue. „Wenn Blicke töten könnten, wäre er jetzt Toast."

Ich hatte also meinen SEAL-Blick nicht verloren. „Gut."

Anabeth lehnte sich zurück, als Finn auf die Bar zuging, nickte in unsere Richtung, sagte aber nichts. Was für mich in Ordnung war.

Ich hatte keine Ahnung, was aus meinem Mund kommen würde, wenn ich es in diesem Moment wagen würde, ihn anzusprechen.

Gage und Katie schienen sich auf der anderen Seite der Bar, wo Finn saß, zu unterhalten. Und mit schien meinte ich, dass Katie endlos zu plappern schien, während Gage dastand und sie beobachtete. Andere Leute hätten vielleicht gedacht, dass er gelangweilt oder uninteressiert wirkte, weil sein Gesicht leer aussah, aber da war eine Vorsicht in dem stoischen Ausdruck und ein Feuer in seinen Augen. Er war alles andere als gelangweilt, obwohl ich keine Ahnung hatte, ob Katie sein Interesse erkennen konnte. Wenn die Art und Weise, wie sie sich auf Finn zubewegte, sobald sie ihn bemerkte, und Gage praktisch mitten im Satz zurückließ, ein Hinweis darauf war, würde das ein Nein bedeuten.

Alder setzte sich uns gegenüber, schnappte sich Shye und zog sie in seinen Schoß. „Habe mich schon gefragt, wann wir euch zwei wiedersehen."

Ich zog Anabeths Stuhl näher heran und lehnte mich zurück, wobei ich meinen Arm hinter ihr verschränkte. „Ich meine mich zu erinnern, dass du für ein paar Tage verschwunden warst, nachdem die reizende Shye endlich aufgehört hatte, vor dir wegzulaufen."

„Ich bin nie weggelaufen", sagte Shye und lächelte meinen Bruder auf eine Weise an, für die er verdammt noch mal dankbar sein sollte. Jeder Mann würde wollen, dass seine Frau ihn so ansieht. „Ich habe nur nie gemerkt, dass er mich verfolgt."

Alder grinste und zog sie für einen kleinen Kuss zu sich heran, bevor er sich wieder auf uns konzentrierte. „Das wird sich jetzt komisch anhören, aber ihr beide riecht wie Minze."

Ich grinste, als Anabeth ein wenig errötete. Ja, wir hatten so etwas wie eine Besessenheit. Anabeth hatte zugegeben, dass ihre Sucht nach dem Geschmack durch Erinnerungen an mich ausgelöst wurde, also habe ich das angeheizt. Minzkaugummi, Bonbons, ihre Tees... ich stellte sicher, dass sie alles um sich herumhatte.

Und die Tatsache, dass sie die Tendenz hatte, sich auf meinen Schoß zu setzen und mich schön tief und lange zu küssen, wenn ich Minzkaugummi kaute, hat sicherlich geholfen.

Ich zog ein Stück heraus und zwinkerte meinem Mädchen zu. „Es ist nur Kaugummi, Mann. Keine große Sache."

„Das ist ein starker Kaugummi." Er lehnte sich zurück, sah mich an und warf einen Blick auf Anabeth, bevor er mich fragte: „Was muss ich wissen?"

Ich zuckte mit den Schultern und rieb meinen Daumen an Anabeths Schulter, als ich spürte, wie sie sich neben mir versteifte. „Wir sind zusammen. Was willst du mehr?"

Alder beäugte Anabeth mit einem misstrauischen Ausdruck im Gesicht. Ich wusste, was er dachte - er war derjenige gewesen, der meinen Arsch aus Vegas geschleppt hatte, nachdem Anabeth gegangen war. Er hatte gesehen, wie ich tiefer in der Flasche steckte als je zuvor in meinem Leben und bereit war, alles aufzugeben, weil sie mich so sehr verletzt hatte. Er kannte nicht die Gründe für das, was passiert war, nur die Ergebnisse, und als großer Bruder hatte er wahrscheinlich Bedenken. Ich verstand das. Ich würde immer noch gegen meinen eigenen Bruder kämpfen, wenn er es wagen würde, gegen sie zu sprechen.

Aber Alder war ein glücklicher Ficker, seit Shye endlich die seine geworden war. Nicht mehr mürrisch, saß der Mann etwas tiefer, packte seine Frau etwas fester und lächelte verdammt noch mal.

„Na dann, willkommen zu Hause, Anabeth. Es ist gut, dich wieder zu haben."

Anabeth lehnte ihren Kopf an meine Schulter und legte ihre Hand auf meinen Oberschenkel. „Es ist gut, zu Hause zu sein."

Gott sei Dank, denn sie zu Hause zu haben, war so ziemlich das Beste, was ich mir je hätte vorstellen können. Auch wenn es nur von kurzer Dauer sein würde.

„Wir sollten feiern." Alder lächelte Shye an. „Was hat Katie, mit dem wir anstoßen können?"

„Kein Alkohol", sagten Anabeth und ich gleichzeitig und kicherten beide hinterher. Ja, sie trank nicht, was bedeutete, dass ich wahrscheinlich auch nicht mehr trinken würde. Ich war auch mit dieser Entscheidung einverstanden. Was immer nötig war, um sie glücklich, nüchtern und an meiner Seite zu halten, würde ich tun.

Shye schenkte uns ein fragendes Lächeln. „Toast, aber kein Alkohol. Verstehe. Ich glaube, wir haben noch ein oder zwei Flaschen von dem prickelnden Traubensaft, den wir für die Kinder bei der großen Eröffnung hatten. Würde das funktionieren?"

Alder hob die Augenbrauen und schaute wieder zu Shye, als wir nickten. „Klingt gut, Schatz. Sieh zu, dass du dir auch ein Glas holst."

Shye eilte los und blieb an der Bar stehen, wo Gage, Katie und Finn saßen. Als sie mit ihnen sprach, nickte sie in unsere Richtung, und mein Gefühl verschloss sich. Verdammt, sie wollte sie zu uns rüberschicken, um mit uns zu feiern. Hätte ich nicht von Finns Verwicklung in Anabeths Beinahe-Tod gewusst, hätte ich mich gefreut, Zeit mit meinem Mädchen und meinen Freunden und meiner Familie zu verbringen. Und jetzt?

Auf keinen Fall.

„Hör auf", flüsterte Anabeth und winkelte ihren Körper über meinen, damit sie mir ins Ohr flüstern konnte. „Nichts war seine Schuld, und ich habe ihn schwören lassen, dir nie von den Drogen zu erzählen. Er wusste nichts von ... irgendetwas anderem."

Das Baby. Er hatte nichts von dem Baby gewusst. War aber auch egal. Er wusste, dass sie es nahm, und er hat nie ein verdammtes Wort gesagt.

Anabeth versuchte, sich wegzuziehen, aber meine Hand, die ihre Taille umfasste, hielt sie auf. Ich starrte in diese blauen Augen, die mir die Welt bedeuteten, die, die ich verdammt lange vermisst hatte. Die, von denen ich mir geschworen hatte, dass ich jeden Tag für den Rest unseres Lebens in ihnen aufwachen würde.

„Er hat dich in Gefahr gebracht. Das werde ich ihm nie verzeihen.“

„Bishop, nicht...“

„Hey, Leute“, sagte Finn, als er neben dem Tisch erschien. „Ich höre, ihr habt ein paar Neuigkeiten.“

Ich versuchte, mein Temperament zu kontrollieren - ich versuchte es wirklich verdammt hart. Ich dachte absichtlich an Finns eigenen Kampf mit der Sucht, an den Anruf, den ich während meiner Stationierung in Afghanistan erhalten hatte, dass er wegen Dealens verhaftet worden war, an die Jahre, die er verloren hatte, weil er für ein Verbrechen ins Gefängnis gekommen war, das er nicht begangen hatte. Ich versuchte, all das vor meinem inneren Auge zu behalten.

Aber dann hat er es versaut.

„Schön, dich zu sehen, Anabeth“, sagte Finn und ließ seine Hand auf ihre Schulter fallen. Anabeth zuckte zusammen, ihr Gesicht wurde blass und ihr Körper lehnte sich wie aus einem Instinkt heraus an meinen. Dieses offensichtliche Unbehagen, diese Angst, ließ meine verdammte Leine reißen.

„Fassen Sie sie nicht an“, sagte ich, während ich aufstand. Anabeth versuchte, sich an meinem Arm festzuhalten, aber ich drückte einfach ihre Hand und ging weiter. Ich weigerte mich, meinen Blick von Finn abzuwenden. „Ich weiß, was du getan hast, also wage es nicht, einen Finger an sie zu legen. Sieh sie nicht mal an, verdammt.“

Finns Augen wurden groß. „Bishop, es tut mir leid. Ich hätte nie gedacht-“

„Nein. Du darfst dich jetzt nicht entschuldigen. Du darfst nicht um Verzeihung bitten oder versuchen, die Sache auszubügeln.“

„Was ist hier los?“ Alder bewegte sich zwischen uns und

sah bereit aus, uns beide auseinander zu reißen, wenn es sein musste.

Aber ich hatte es nicht nötig, Finn körperlich anzugreifen. Zumindest jetzt noch nicht. „Finn hier und sein Drogenkonsum haben wieder ihr hässliches Gesicht gezeigt."

Alders Gesichtsausdruck wurde stürmisch. „Du nimmst?"

„Nein. Verdammt, nein." Finn trat einen Schritt zurück und fuhr sich mit der Hand durch die Haare. „Ich... Damals, als ich noch Drogen nahm und Anabeth noch hier war..."

„Er hat mit ihr gespielt", sagte ich, unterbrach ihn und weigerte mich, ihn die Geschichte weiterspinnen zu lassen. „Er hat sie fast umgebracht."

„Warum haben wir das nicht gewusst?" sagte Alder und sah mit einem stürmischen Gesichtsausdruck von Finn zu Anabeth.

Anabeth packte meinen Arm und schob ihren Körper gegen meinen. Damit stellte sie sich zwischen Finn und mich, was mein Temperament nur noch mehr anheizte.

„Ich ließ ihn schwören, es nie zu erzählen." Sie drückte sich gegen mich und versuchte, mich von meinem Bruder abzulenken. Versuchte, mich zu beruhigen. „Das ist nicht Finns Schuld, Bishop. Ich muss die Verantwortung für mein Handeln übernehmen."

„Du hast dich erschreckt, als er dich berührte."

„Ich fühlte mich unwohl, weil ich Finn immer noch mit... dem, was ich verloren habe, assoziiere. Aber ich habe keine Angst vor ihm. Und ich will nicht, dass du dich mit ihm streitest, wegen dem, was vor so langer Zeit passiert ist." Sie erhob sich auf die Fußballen und zerrte an meinem Kinn, bis ich zu ihr hinunterblickte. „Bitte. Lass das los, damit wir weitermachen können."

Dieses Mädchen. Wie könnte ich ihr etwas abschlagen? Aber ich musste einen Punkt machen.

Trotzdem wollte ich nie, dass Anabeth unglücklich war, also nickte ich und beugte mich herunter, um ihr einen Kuss zu geben, als sie lächelte. Dann schob ich sie sanft aus dem Weg, bevor ich ausholte und meine Faust in Finns Mund schlug. Ich hatte in meinem ganzen Leben noch nie ein so befriedigendes Knacken gehört.

Anabeth schrie, und der Raum explodierte in Bewegung.

„Mein Gott, Bishop", schrie Alder, als er sich auf Finn stürzte. Gage packte mich von hinten und zerrte mich zurück. Er starrte Finn an, als wäre er bereit, auf meiner Seite in den Kampf einzusteigen. Ob richtig oder falsch, ich wusste, dass Gage bei mir sein würde, aber ich wollte mich nicht prügeln. Nicht wirklich. Ich hatte meinem kleinen Bruder gerade eine Kostprobe dessen gegeben, was er verdient hatte.

„Eins", sagte ich und deutete auf Finn, der Alder auf den Armen hielt, so wie Gage meinen hielt. „Die verdienst du für das, was du getan hast, aber es wird die einzige für die Vergangenheit sein. Wenn du irgendetwas von diesem Scheiß wieder in ihre Nähe bringst, wenn du ihre Nüchternheit in irgendeiner Weise bedrohst, dann werde ich nicht bei einer einzigen aufhören."

Finn starrte mich an, nickte aber und wischte sich das Blut von der Lippe. „Gut. Viel Glück für euch beide."

Er riss seine Arme von Alder weg und ging zur Tür, wobei er stinksauer aussah. Gut. Soll er doch wütend sein. Ich hatte vierzehn Jahre lang mit *Wut* zu tun - er konnte ein wenig davon selbst ertragen.

Ich löste mich von Gage und beobachtete meinen Bruder beim Gehen. Wartete, bis er um die Ecke des Gebäudes verschwunden war. Wartete, um sicherzugehen, dass er nicht zurückkommen würde.

„Glaubst du wirklich, dass das eine gute Idee war?" fragte Alder und sah aus, als ob er Nägel spucken wollte.

„Ja, ich weiß."

Er nickte und schaute von Anabeth zu mir. „Das wird keine langfristige Sache sein, oder? Dieser Streit mit Finn?"

Ich zerrte mein Mädchen wieder an meine Seite und hielt mich fest. Um sie in Sicherheit zu bringen. „Nein. Wie ich schon sagte, er hat die eine verdient. Ich werde es nicht wieder erwähnen, solange er Anabeth nicht verärgert."

Alder sah nicht überzeugt aus, aber das war verdammt schade. Ich hatte mein Mädchen, ich hatte eine Zukunft vor mir, die ich nie für möglich gehalten hatte, und ich konnte auf keinen Fall zulassen, dass Finn mir das versaute.

„Gut. Dräng ihn nur nicht zu sehr. Ich möchte nicht, dass irgendjemand den Weg zurück in die Sucht einschlägt." Alder schüttelte den Kopf und ging weg, packte Shye, als er an ihr vorbeiging, und zog sie mit sich. Die Art, wie er sie hielt, hatte etwas Beschützendes an sich, eine Aura der Gefahr. Ich hatte das Gefühl, dass Finn für eine Weile nicht mehr als Shyes Wächter fungieren würde.

„Schöne Stiefel." Gage stieß seine Schulter an meine und sah zu, wie Alder wegging. „Auch ein schöner Schlag."

„Dummer Schlag", sagte Anabeth, griff nach meiner Hand und sah sich meine Knöchel an. „Hast du dich verletzt?"

Als ob ich so etwas jemals zugeben würde. Außerdem waren die wunden Knöchel es wert. „Nicht ein bisschen."

Gage schnaubte. „Ich glaube, es wird Zeit, dass ich mich an die Arbeit mache." Er nickte Anabeth zu. „Du hältst ihn für mich unter Kontrolle, okay?"

Ihr Körper versteifte sich, aber die Entertainerin in ihr setzte schnell ein, ihr Bühnenlächeln hob leicht ihre Lippen. „Ich werde mein Bestes tun."

Vollidioten, alle beide. „Geh. Ich verbringe den Tag mit meiner Frau."

„Hätte nie gedacht, dass ich diese Worte mal von dir höre, Mann." Gage lachte, als er zur Tür ging, und ließ Anabeth und mich zusammen im Eingangsbereich des Restaurants stehen. Sie drehte sich zu mir um und sah nicht gerade begeistert aus. *Oh, oh.*

„Du weißt, dass das dumm war, oder?"

Ich zuckte mit den Schultern. Ich hielt es nicht für dumm, aber ich hatte nicht vor, ihr das streitig zu machen. „Du weißt, dass ich alles tun würde, um dich zu beschützen, oder?"

„Das ist nicht der Punkt..."

„Ich liebe dich, Anabeth." Mein Herz explodierte fast, als ihre Augen weit aufgerissen wurden und ihre Hände mich fester packten. „Im Sinne von keine Geheimnisse und kein Verstecken von Dingen voreinander, muss ich dir das sagen. Ich liebe dich, das habe ich immer und werde ich immer. Niemand darf dir ein schlechtes Gewissen einreden, wenn ich in der Nähe bin. Ob diese Person nun zur Familie gehört oder nicht. Ich werde immer für dich kämpfen."

„Bishop, ich..."

„Solange du nicht vorhast, mir „Ich liebe dich" zu erwidern, lass es. Du wirst meine Meinung darüber nicht ändern. Du bist mein Herz, Firefly. Lass mich für dich sorgen."

Sie stand da und starrte mich an, für etwas, das sich wie Stunden anfühlte. Tage. Scheiße, vielleicht sogar Jahre. Glücklicherweise hatte ich Geduld. Ich wartete sie ab, gab ihr Zeit, ihre Worte zu finden. Um ihre eigene Wahrheit in sich selbst zu finden. Und als sich ein helles, weiches, echtes Lächeln auf ihrem Gesicht ausbreitete, wusste ich, dass es richtig war, zu warten.

„Ich liebe dich auch, du großer Trampel. Jetzt gib mir einen Kuss, damit wir zurückgehen und mit Alder und Shye anstoßen können."

Gut, dass ich Erfahrung im Befolgen von Befehlen hatte. „Ja, Ma'am."

Ich küsste sie, und ich packte ihren Arsch und zerrte sie gegen meinen schmerzenden Schwanz, einfach, weil ich es konnte. Weil ich wusste, dass es ihr gefallen würde. Sie stöhnte, öffnete ihre

Lippen für mich und ließ ihre Zunge gegen meine gleiten. So bedürftig, dieses Mädchen. So perfekt. So meins.

Diesmal für immer.

Zwei Monate später

Anabeth

„Wenn du nicht aufhörst, mich anzusehen, als wolltest du mich verschlingen, werde ich nie fertig, dieses Bühnen-Make-up abzustreifen."

Bishops sexy Lächeln ließ nicht eine Sekunde nach. „Ich liebe es so sehr, dir beim Strippen zuzusehen, Firefly. Das ist nichts Neues."

Nein, überhaupt nichts Neues. Bishop und ich hatten eine gute Woche in Justice verbracht, nach dem Vorfall in meinem Haus. Vorfall - denn so brachte ich den Tod von jemandem durch Bishops Hand unter einen Hut. Der Mann, der hereingestürmt war, der mich zu Boden geworfen und als Geisel gehalten hatte, hätte mich leicht töten können und hätte es wahrscheinlich auch getan. Bishop hatte mich verteidigt und sich des Problems auf die schnellste und prägnanteste Weise angenommen. Ich weigerte mich, darin etwas Falsches zu sehen.

Nach diesem Tag haben wir unsere ganze Zeit miteinander verbracht. Viele Stunden allein, im Bett, am Küchentisch. Stundenlanges Reden, eimerweise Tränen von mir und vielleicht sogar einige von ihm, obwohl ich das nie jemandem erzählen würde. Er würde es auch nicht tun. Wir hatten die Regel, uns alles zu erzählen, also waren seine Geheimnisse *bei* mir sicher.

Und wenn meine Zeit abgelaufen war, wenn ich für gebuchte Termine nach Vegas zurückkehren musste, war er mit mir gekommen. Wir hatten uns in den letzten zwei Monaten ein paar Mal trennen müssen - meistens, weil er wegen irgendetwas, das mit den Soul Suckers zu tun hatte, in Justice gebraucht wurde oder wegen der Überschwemmung, die drei Häuser und Bishops Truck zerstört hatte. Diese Zeiten waren hart - die große Entfernung nervte, aber wir machten das Beste daraus. Chatten, SMS schreiben, Videoanrufe - wir waren nie länger als ein paar Stunden nicht in Kontakt. Und als wir wieder zusammenkamen? Als er in Vegas aus dem Flugzeug stieg oder ich nach Justice fuhr? Explosiv. Wir konnten die Hände nicht voneinander lassen, was zu einem weiteren Segen in unserer verrückten Geschichte geführt hatte.

Ich war schwanger.

Ich wusste schon, als wir wieder zusammenkamen, dass es eine schlechte Idee war, wenn Bishop kein Kondom benutzte, aber ich hatte es nicht mit ihm besprochen. Ich hatte es nicht gewollt. Vielleicht sehnte ich mich tief im Inneren nach dieser Verbindung zu ihm - der Dauerhaftigkeit eines gemeinsamen Kindes. Oder vielleicht wollte ich einfach nichts zwischen uns, nachdem wir so lange getrennt waren. Ich weiß nicht genau, was in meinem Kopf vorging, aber wir waren mit einer zweiten Chance gesegnet, eine Familie zu gründen, und dieses Mal würde ich nichts vermasseln. Dieses Mal würde ich ihm von dem Baby erzählen können. Schon bald. Wirklich bald.

Schließlich wischte ich das letzte Make-up weg, das mich unter all den Lichtern nur ein wenig jünger aussehen ließ. Als ich das Taschentuch wegwarf, erregte mein Tarot-Deck meine Aufmerksamkeit. Dem Drang, eine Karte zu ziehen, um einen

Blick in die Zukunft zu werfen, konnte ich nicht widerstehen. Also breitete ich die Karten ein wenig aus und wählte in aller Ruhe eine aus. Die richtige.

Ich hatte die Drei der Schwerter nicht mehr gezogen, seit ich Bishop erzählt hatte, warum ich die Justiz verlassen hatte. Die Strähne lebte weiter.

Bishops warme, sanfte Stimme umspielte mich, als er fragte: „Welche Karte ist es heute?"

„Die Kaiserin." Ich fuhr mit dem Finger über das Gesicht auf der Karte und lächelte. „Es bedeutet Weiblichkeit und Schönheit-"

„Definitiv die richtige Karte für dich heute Abend."

Es bedeutete auch andere Dinge, wie Natur und Fülle. Wie Fruchtbarkeit.

„Ich glaube, du hast recht", sagte ich. „Eindeutig die richtige Karte."

Ich stand auf und ging auf den Kleiderständer in der Ecke zu. Bishop hielt mich jedoch auf. Er packte mich an den Hüften und zog mich in seinen Schoß.

„Du bist wunderschön, Firefly, aber du scheinst ängstlich zu sein", sagte er, während er meinen Hals kraulte. „Rede mit mir."

Ängstlich war eine Untertreibung. Aufgeregt, erschrocken, begeistert, besorgt ... alles bessere Beschreibungen. Ich hätte wissen müssen, dass er erkennt, dass ich etwas vorhabe. Der Mann hätte genauso gut Hellseher sein können, wenn es um mich ging, immer auf der Suche, untersuchend, beobachtend. Immer bestrebt, mich glücklich zu machen. Damit ich bei ihm bleibe. Er hatte keine Ahnung, wie viel es brauchte, um mich loszureißen, was ich ändern musste. Schon bald. Aber zuerst hatte ich eine Überraschung für ihn.

„Ich wollte warten, bis wir wieder in meiner Wohnung sind", sagte ich, während ich mit einer Hand über die Muskeln in seiner Schulter fuhr. So angespannt - der Mann muss sich Sorgen um schlechte Nachrichten gemacht haben.

„Jetzt", sagte er und gab mir keine Möglichkeit mehr, mich zu verstecken. „Keine Geheimnisse und kein Verstecken. Sag es mir jetzt."

Unsere Regeln, für mich aufgestellt. Eine gute Erinnerung. Ich fuhr mit den Fingern durch sein Haar und starrte in diese grauen Augen, die ich so sehr liebte. „Ich möchte meine Eigentumswohnung zum Verkauf anbieten."

Er runzelte die Stirn. „Okay."

„Und ich möchte zurück in die Justiz ziehen. Für immer."

Sein Stirnrunzeln vertiefte sich nur noch. „Aber du liebst es, auf der Bühne zu stehen."

„Ich schon. Ich liebe es, Tarotkarten zu lesen und Touristen zu unterhalten. Aber dich liebe ich mehr." Ich beugte mich vor, um ihn zu küssen, meine Nerven feuerten in rascher Folge und ließen meine Hände zittern, als ich mich gegen seine Brust stemmte. Ich bereitete mich auf die wirkliche Neuigkeit vor. „Und ich glaube, ich werde es am meisten lieben, eine Mutter zu sein."

Bishop erstarrte, steif und unnachgiebig unter mir. „Anabeth-"

Die Ehrfurcht in seiner Stimme, die Aufregung ... sie brachte mich zum Grinsen. Ich lehnte mich vor, als ich nickte. „Ich bin schwanger."

Seine Arme legten sich um mich und zogen mich näher heran, seine Lippen fanden meine und beanspruchten Besitz. Tiefe, langsame Küsse führten zu wandernden Händen und zur beiseitegeschobenen Kleidung. Das führte dazu, dass er mich hochhielt, während ich seine Hüften spreizte, das führte dazu, dass er tief in mich stieß, während er meinen Namen rief.

Und als wir fertig waren - gesättigt und verschwitzt und immer noch umeinander gewickelt - sprach er endlich.

„Bist du sicher?"

„Positiv. Ich war heute Morgen beim Arzt, bevor ich dich vom

Flughafen abholte. Ich wollte sichergehen, dass die Tests, die ich zu Hause gemacht habe, korrekt waren."

Seine Hände wanderten zu meinem Bauch und hielten mich. Hielt uns. „Ein Baby."

„Unser Baby."

„Und das willst du?", fragte er und sah mich mit so viel Hoffnung in den Augen an. „Dass ich, das Baby, nach Hause nach Justice komme... Denn ich werde dich nicht zwingen. Du kannst hier weiterarbeiten, und wir finden eine Lösung. Was immer dich glücklich macht."

Mein dummer Mann. „*Du* machst mich glücklich. Es tut zu sehr weh, von dir getrennt zu sein, und dieser Ort ist nicht mehr der, an dem ich sein will." Ich küsste ihn wieder. Und wieder. Ich zog mich nur zurück, wenn aus den Küssen mehr werden sollte. Nicht, weil ich ihn nicht wollte, sondern weil ich noch Dinge zu sagen hatte. „Du bist mein Zuhause, Bishop. Ich will da sein, wo du bist, und ich will das ruhige Kleinstadtleben, das Justice uns bietet, damit wir eine Familie gründen können."

Sein Griff um meine Hüften wurde fester. „Wir haben immer noch Probleme mit den Soul Suckers. Es ist nicht mehr so sicher wie damals, als wir Kinder waren."

„Wirst du sie in meine Nähe lassen?" Ich zog seine Hand auf meinen Bauch und drückte sie an die Stelle, an der bald ein Kind ihn anschwellen lassen würde. „Würdest du sie jemals in unsere Nähe lassen?"

Seine Augen verhärteten sich augenblicklich, und seine Stimme wurde rau. Fies. SEAL Bishop zeigte sein Gesicht. „Nicht in einer Million verdammter Jahre."

„Dann mache ich mir keine Sorgen um sie. Ich will nur dich und unser Baby. Ich will eine Familie. Und ich will das in Justice."

Bishop seufzte und zog mich für einen weiteren süßen Kuss zu sich heran, bevor er seine Stirn an meine legte. „Ich liebe dich,

Firefly, und ich werde alles tun, was ich kann, um dich glücklich zu machen. Um unsere Familie zusammen und sicher zu halten. Das verspreche ich dir."

„Ich weiß, dass du das tun wirst, deshalb fällt mir diese Entscheidung auch nicht schwer." Ich zog sein Gesicht näher und presste meine Lippen auf seine, bevor ich mich lächelnd zurücklehnte. „Wie wäre es also, wenn wir zurück in meine Wohnung gehen und du mich extra glücklich machst. Wir sollten wirklich sicherstellen, dass wir jedes Zimmer eingeweiht haben, bevor ich die Wohnung verkaufe."

„Ich weiß es nicht. Solltest du dich nicht ausruhen? Du bist in einem zerbrechlichen Zustand." Sein Grinsen täuschte jedoch über seine Worte hinweg. Genauso wie die Art, wie seine Hände immer wieder über meine nackte Haut wanderten und unter den seidenen Morgenmantel glitten, der von meinen Schultern hing.

„Stimmt. Wir sollten es wahrscheinlich ruhig angehen lassen." Ich verbiss mir ein Lachen, als sein Lächeln nachließ. Zwei konnten sein Spiel spielen. „Ich meine, wenn du nicht wieder diesen dicken, harten Schwanz in mich reinschieben willst ..."

Ich brach ab, als ich ihn neugierig machte und mit den Fingerspitzen über die Spitze seiner Erektion fuhr, die sich zwischen uns verkeilt hatte. Er zuckte und brummte und zog mich näher zu sich. Er küsste meinen Nacken, bevor er dort einen harten Biss platzierte.

„Ich will immer in deiner süßen Muschi vergraben sein, mein kleiner Plagegeist. Das ist mein Lieblingsort. Mein Himmel."

„Dann lass uns nach Hause gehen. Wir können feiern."

Bishop gab mir einen leichten Klaps auf den Hintern und runzelte streng die Stirn. „Keine geschäftlichen Anrufe oder Unterbrechungen."

Ja, ich war schlecht darin. Meine Branche neigte dazu, seltsame Arbeitszeiten zu haben, und meine ständige Verbindung zu meinem

Telefon, während ich in Vegas war, war etwas, von dem er nicht der größte Fan war. Aber heute Nacht würde unsere sein. „Nur du, ich und eine Menge Stunden, die wir zusammen nackt sind. Versprochen."

„Ich mag die Art, wie du denkst." Er half mir aufzustehen, steckte sich die Hose wieder zu, als er sich erhob. Und dann war er auf mir, hielt mich fest, nahm mein Gesicht in seine Hände, als wäre ich etwas Wertvolles für ihn. Als ob er nicht wegbleiben könnte. „Das ist ein Geschenk, Firefly. Du, ich, das Baby, der Umzug zurück nach Justice. Das alles ist wie ein wahrgewordener Traum. „Ich verspreche, das nicht als selbstverständlich anzusehen."

Mein Herz schmolz, Tränen stiegen mir schnell und hart in die Augen. „Ich weiß."

„Ich werde euch beide beschützen. Komme, was wolle, niemand wird in eure Nähe kommen. Ich werde die ganze verdammte Stadt in die Luft jagen, bevor das passiert."

„Das weiß ich auch."

Und das tat ich. Deshalb fühlte ich mich sicher, zur Justiz zurückzukehren.

„Die Kennards würden nie zulassen, dass ein Familienmitglied verletzt wird", sagte Bishop und hielt mich fest. „Ich möchte, dass ihr meine Familie seid."

„Ich bin. Wir werden es sein."

„Nein, nicht nur wegen des Babys. Ich habe vierzehn Jahre gewartet, um dir das zu geben. Ich will keine weitere Sekunde verschwenden." Er griff in seine Anzugtasche und zog eine kleine schwarze Schachtel heraus, bevor er auf ein Knie sank. „Heirate mich, Anabeth Monroe. Heirate mich, und lass uns zusammen eine Familie sein."

Jeder Wunsch, jeder Traum, den ich je gehabt hatte, ging in Erfüllung. Irgendwie hatte ich mir eine zweite Chance auf das Leben verdient, das ich mir immer gewünscht hatte, und das würde ich niemals als selbstverständlich ansehen. Also nickte ich, unfähig, dem Mann, den ich mehr als mein halbes Leben lang geliebt hatte, nicht ja zu sagen. Ich flüsterte das Wort kaum laut genug, dass ich es hören konnte, geschweige denn Bishop. Aber darüber brauchte ich mir keine Sorgen zu machen. Er wusste es. Er wusste es, und er übernahm die Kontrolle, wie er es immer tat. Er steckte mir den quadratischen Solitärring an den Finger, drückte einen sanften Kuss auf meinen nackten Bauch und stand auf, wischte meine Freudentränen weg, bevor er mir den Morgenmantel auszog.

„Die Drive-Thru-Kapelle ist offen. Zieh dich an, und lass uns das erledigen.“

„Jetzt? Du willst *jetzt sofort* heiraten? Nur wir?“

„Ich habe dich einmal verloren, habe auch eine Chance auf eine Familie verloren. Ich werde das nicht noch einmal durchmachen.“ Er streichelte meinen Bauch und hielt meinen Blick mit diesen stahlgrauen Augen fest, mit denen ich jeden einzelnen Tag für den Rest meines Lebens aufwachen wollte. „Ich liebe dich, und ich will, dass du auf legale Weise an mich gebunden bist - mit Tinte und großen Buchstaben, die besagen, dass du mir gehörst. Also sei mein, Firefly. Jetzt gleich. Für immer.“

Wie könnte ich da Nein sagen?

„Ja.“

Über die
AUTORIN

Kristin Harte begann als Chemiestudentin auf dem College, landete aber irgendwie beim Schreiben von Liebesromanen, in denen es um Ex-Militärhelden und die Frauen geht, die sie in die Knie zwingen … buchstäblich und im übertragenen Sinne. Sie trinkt gerne im Schatten, kuschelt sich an kalten Abenden unter eine warme Decke und recherchiert, wie man Dinge in die Luft jagen kann. Ihre Kinder wissen nichts von dem, was sie schreibt, und ihr Mann hofft nur, dass er nicht an dem Tag in ihrem Haus in Chicago ist, an dem die Regierung auftaucht, um Kristin mit ihrem Google-Suchverlauf zu konfrontieren.

www.kristinharte.com